烏龍小龍女 上

風白秋 著

風文創 721

目錄

序文

很開心又和大家見面了，不知道小天使們有沒有想我，是不是很驚訝我寫了一篇同上本完全不同的文文呢？

這個看起來甜滋滋的故事其實來自於我的一個夢，一個關於傳統文化中的霸主——「龍」的夢，夢裡的龍可不像我們的圓圓小朋友一家那麼溫柔詼諧，反而十分的凶狠可怖，不停追逐著我，並摧枯拉朽一般的毀滅著一切，讓夢中的我尖叫不已。

被驚醒以後，我大汗淋漓，久久不能平靜，乾脆打開電腦開始構思它。在我的文中，龍並不恐怖，他們會像我們普通人一樣有喜怒哀樂，經歷悲歡離合，捨得與不捨得，放棄與不放棄，都會在文中一一體現。

也許因為這是我的第一本涉及到一些傳統神話人物的小說，寫的時候其實還是有些緊張的，京城的繁華、大漠的豪邁、龍宮的奢華、地府的幽暗，都是我想要向小天使們徐徐展開的一幅或真切、或玄幻的繪卷，若能讓你們能夠有滋有味的讀下去，就會讓我異常欣喜。

與場景的切換不同，這一次我也查找了許多關於古代的美食資訊，把它們摻雜在劇情的進展中，隨著劇情的起伏，小天使們也得以從文中窺探到古代飲食的一角。

在繁華的朝代，夜市熱鬧的景象毫不遜於現代的夜市，著名的清明上河圖讓我們直觀到那熱鬧又縹緲的一切，我曾幻想過，百年甚至幾千年後，人們看著我們在夜市吃著剛出爐的雞排被燙得齜牙咧嘴的照片，會不會如同我們現在看著清明上河圖一樣浮想聯翩呢？

創作的過程，跟之前相比已經順暢許多，少走了許多彎路。卻也是費盡了心血，每一個人物的塑造、每一件衝突的發生、每一次感情的遞進，都讓我沈迷其中。

有人說寫文是一個作夢的過程，我深以為然。

這篇文由現實中的夢起頭，再由我的手來敘述一個全新的夢，也許夢中人會與你們想像的不同，但是我希望在你們心中，他們是鮮活的人，更是能給你們帶來快樂的人。

能有機會在虬枝中攀折，把心中蔓延的枝椏理順，讓那些故事能夠逢春，訴諸於筆尖，才有了這個看似不完美的夢境，也才有了我同你們的第二次見面。

再一次的見面少了第一次的激動和忐忑不安，反而多了幾分熟稔同心照不宣，我親愛的小天使們會不會指著書上的名字驚訝道：「這個作者我認識，她的書很有趣哎。」

一想到可能會有這個畫面出現，我就會忍不住的笑起來，有些小小的得意，也有大大的滿足。

說了這麼多，將心裡話都同你們說完了，你們會不會也在捂嘴笑呢？

最後的最後，希望這個故事能在閒暇時帶給親愛的你們歡樂和溫暖，也希望我的小天使們能同書中的圓圓小朋友一樣，收穫一份屬於自己的幸福與甜蜜，謝謝你們，感恩鞠躬。

愛你們的風白秋

第一章

袁妧被包得像個粽子一般躺在黃梨雕花小床上，控制不住自己打了個哈欠，引得身邊的傻爹娘與傻哥哥們一陣輕聲歡呼。

她爹爹袁正儒刻意壓低嗓音。「打哈欠了，妧兒打哈欠了，打哈欠了！蕓兒妳看到了沒！」

江氏慈愛的看著床上的袁妧道：「看到了看到了！」

二哥袁瑜稚嫩的甜脆聲音響起。「娘，妹妹方才的樣子好可愛，我小時候也這麼可愛嗎？」

聲音故作成熟的大哥袁琤忍不住嫌棄的呸了一聲。「你小時候才沒有妹妹這麼可愛呢！你小時候特、別、煩、人！我一碰你，你就尿尿，還灑到我身上過！」

袁瑜不樂意了，狠狠道：「哥哥胡說！我小時候定與妹妹一樣可愛！」

袁琤才不理他，嗤笑一聲繼續低著頭看著袁妧，看著她低聲道：「莫要吵醒了妹妹……」

袁妧閉著眼睛在心裡嘆了口氣。

可憐自己現在變成這麼一個動彈不得的奶娃娃了，不知為何父王沒有過來尋她，也不知娘與兄姊是否知道她被父王踢下了凡間，投生在這袁國公府二房小姐身上。

一家人說話間，袁妧的奶嬤嬤梁嬤嬤悄聲進來，低頭稟報。「老爺、夫人，方才老夫人派人過來詢問小姐的週歲宴應當如何做。」

袁正儒起身肅了肅衣裳，對坐在女兒小床邊的江氏囑咐道：「蕓兒妳好好歇歇，我這就去娘那兒，商議一下。」

江氏順從地點點頭。「儒哥，爹娘十分喜歡妧兒，怕是要大辦，你……」看了一眼床邊略顯懵懂的兩個兒子，接著低聲含糊道：「你勸著些。」

袁妧豎起耳朵，這小一年來她整日吃吃喝喝睡睡，只知道自己的祖父母與爹娘哥哥們對自己的真心疼愛，可如今聽娘的話，彷彿有什麼她不知道的私密事。

袁正儒嘆口氣，安撫的拍了拍她的手。「妳放心，這點事我尚且知道的，只是妳也知道娘的脾氣，喜歡誰，就恨不能把全部東西給她，我怕自己也勸不住。」

江氏苦笑一下。「罷了，讓爹娘高興些也是咱們做兒女的孝敬，只是多受些白眼罷了。」

袁正儒沒有答話，伸手摸了摸兩個兒子的頭頂，隻身去了袁國公與袁國公夫人的正院。

袁國公夫人許氏看著不過四十五、六的年紀，早年在田間耕種的風霜於她的臉上刻下了不可磨滅的痕跡。哪怕已經養尊處優二十多年，學了再多的規矩，在她心底的最深處，她依然是那個帶著孩子、獨自撐起一個家等待著戰場上夫君歸來的潑辣村婦。

那一夜，迷糊中她才夢到從空中飛快的降下一條似龍似鳳、渾身被盈盈水光包圍的神獸，就聽見外面一陣吵鬧，原來是二媳婦生了小孫女。

等了一整宿，她終於在黎明初現之時聽到這個好消息，聯結到方才自己的夢，懷中剛出生就顯得白嫩非常的小孫女迅速成了她的心頭肉，每日不看她兩回自己都不得勁。

許老夫人表現出對袁妧非同一般的喜愛，一時間讓國公府下人之間風雲湧動，都琢磨著該如何去二房獻殷勤才好。可如此一來，家裡自然有些人拈酸吃醋看不過去。

想到這兒，袁正儒嘆了口氣，看著眼前一臉嚴肅固執的許老夫人只得無奈的同意。「娘說大辦就大辦吧！我與蕓兒並無什麼別的心思，只是覺得有些鋪張罷了。」

袁國公捋了捋鬍鬚一錘定音。「陛下已經說了，待妧兒週歲後就帶她入宮一趟的話，妧兒必定處於風口浪尖之上，索性大辦一場，也省得各方猜忌。」

話已至此，袁正儒也沒了反駁的心思，只能低頭應下，開始琢磨那日該如何操辦。

袁國公府小紅人袁妧的週歲宴自然是要辦得極其盛大，京城裡各府下人們的關係是虬枝盤曲，消息壓根兒瞞不住，誰不知道即將週歲的這小丫頭是袁國公和國公夫人的心頭肉？京城裡與袁國公府有些交情的人家都收了帖子，紛紛表示那日定然赴約。

晟王府中，傅王妃點了點手頭收到的帖子，對身邊跟了她幾十年的季嬤嬤道：「袁國公對先帝有恩，與陛下又頗有幾分交情，這次咱們去是必須得去的，只是老大家的世子妃我著實有些看不上眼，老二媳婦去的話又顯得咱們不重視，總不能……讓我這把老骨頭親自去吧？」

季嬤嬤沒有回話，只是拿起身邊輕軟的真絲五福薄毯給她仔細的蓋在腿上，她知道現在傅王妃不需要她開口，果然傅王妃嘆口氣。「唉，我想也沒用，這事兒非世子妃去不可，還得帶著澹兒同去。唉……去把世子妃喚來吧！記得把涵兒帶遠著些，別讓她們母女見了面。」

季嬤嬤低聲應了聲是，退出去吩咐門口的小丫鬟們去尋世子妃，自己扭頭去了後抱廈，親自尋了世子的嫡長女趙涵，把她帶到花園去看花兒。

世子妃黎氏聽完傅王妃的話倒是高興得很，老王爺奉行什麼韜光養晦那一套，基本不與大臣們結交。而宗室那些子弟都是些酒囊飯袋，聚在一起不過討論京城裡哪家館子的吊燒鱔做得好，哪家酒窖出的醉香酒最正宗，東家長西家短的，聽得她昏昏欲睡，現如今可算有個能正兒八經應酬的機會了！

傅王妃看到她眼睛都變亮了，心底嘆了口氣，對她道：「這回妳就帶澹兒同去，本就是小兒週歲宴，家裡有小兒的應都會帶著去，澹兒已經請封了世孫，是咱們府裡未來的世子，也該出去結交一下了。」

黎氏有些想說什麼，張了張嘴到底沒說出口，她倒是想見女兒，可生怕觸怒了傅王妃，只能嚥下到嘴邊的話低頭唯唯諾諾的應了句。「媳婦兒知曉了，那到當日清早，媳婦就來領澹兒。」

傅王妃看她這窩窩囊囊的樣子也膩味，揮揮手讓她下去，接著問身邊的大丫鬟玉珠。「澹兒下了學沒有？這孩子自小板正，剛剛啟蒙就像個小老頭兒一般，可愁煞我了。」

玉珠抿嘴一笑，露出討喜的小梨渦，蹲下給傅王妃捶著腿。「王妃心底可高興著呢，世孫滿四歲讀書，這才讀了小一年就被先生連著誇讚好幾回，都是王妃自小教得好，不過世孫這用功勁兒奴婢看了都心疼，這不還得半個來時辰才能下學。」

想起小孫子，傅王妃臉上也浮出了慈愛的笑。「澹兒是個好的，有了涵兒的前車之鑒，他一出生我就抱過來養著，沒沾染上他娘的那些臭毛病，待他回來了記得把那果子茶熱上一壺，他可最是愛喝。」

玉珠脆聲應下。

袁妧週歲前一日晚上，她剛閉上眼睛，一張大臉就堆著諂媚的笑出現在眼前。「元元，這凡間的日子過得可舒心？」

袁妧看著自己親父王白帝龍王臉上的碩大朝天鼻，恨不能把他鼻子揪掉，伸出手去，卻看到自己五寸長短粗胖的小手，只得恨恨的收了回來，冷哼一聲回道：「您百忙之中前來探望小女子，小女子不勝感激。」

白帝龍王一聽女兒這麼與他說話就知道壞事了，閨女生大氣了，他湊上前假哭道：「父王的好女兒，怎麼這麼與父王說話呀？妳看看這地上一年才頂咱們天上一日，妳也就下凡兩個來月，很快就能和爹娘團聚了，嗚嗚嗚。」

袁妧嗤笑一聲。「喲，父王算學學得可真叫一個好，千辛萬苦把我踢下凡間就讓我活個六十歲？我不！我不只要長命百歲，我還要活成人瑞！」

白帝龍王越發傷心，方才的假哭也多了幾分真，流著淚看著袁妧的小胖臉。「都怪那臭老黑，非在爹面前吹噓他的女兒，說他女兒在凡間歷練得如魚得水，回北海之後千般好萬般好的……然後笑話妳整日躺在龍宮裡混吃等死，父、父王喝了點酒，一時氣不過……」

幾句話就顯得頹廢的龍王垮著肩膀坐在地上，巨大的腦袋透出無盡的可憐，低頭小聲為自己辯解。「父王雖說喝多了但還是提前替妳選好人家，這袁家人就挺好的，地位夠高又不是特別高，還盼女兒盼了好幾年，定能對妳好，保妳一生平安順遂的……乖女兒，父王已經後悔了，可事已至此，總不能讓妳這肉身剛出生就夭折吧？妳就委屈委屈……要不，妳在凡間待個十幾年父王就來接妳回去？」

袁妧看著自小疼愛她的父王這個樣子也有些心疼，嘆口氣認命道：「罷了罷了，來都來了，我在這家待了才一年就看出這家子疼女兒的心了，若是只待了十幾年就回去，估計這家子爹娘的命都能去了半條，就算我活到凡間壽終正寢，也不過是龍宮裡兩、三個月，回頭父王與娘和兄姊說，就當我去青帝伯伯那兒小住幾日吧。」

聽了女兒這體貼的話，白帝龍王真是忍不住一陣窩心，他怎麼就禁不住臭老黑的激，把這麼好的女兒推到凡間了呢？一百多年來沒離開他們身邊，這一下子要離開兩個多月，想想自己的心都要碎了，他伸出龍爪扇了自己醜包子臉一巴掌，悔恨道：「是父王錯了，父王恨不能現在就把妳帶回去，沒出息就沒出息，有爹娘兄姊，妳就算一輩子這麼沒出息也是咱們西海的元公主！」

袁妧聽了他的話真是兩眼望天無語極了。這什麼爹？一口一個「沒出息」，她不過只是有些懶散罷了，怎麼就沒出息了?!看著自家父王一把鼻涕一把淚的臉，她忍下了想要反駁的慾望，揮揮手對他道：「父王先別哭了，難不成我就這麼光身下凡了？沒什麼法寶啊法術之類的？萬一我遇著什麼危險怎麼辦？」

白帝龍王驚訝的張大嘴巴，臭老黑沒說過他女兒下凡還要什麼法寶、法術的呀？看著女兒越來越不耐煩的臉，他委屈的舔了舔嘴裡的四顆獠牙，小聲道：「咱們龍宮都是和水有關的法術，不若給妳個控水術？」

袁妧「嘶」的吸了一口氣。「控水術不是低級蝦兵蟹將都會的法術嗎？」

白帝龍王越發委屈。「可凡間若是出現能改變命運的法術，那天帝怕是要把父王收押，到時候妳娘定是茶飯不思，妳的兄姊們……」

袁妧太了解自己父王了，若是讓他這麼說下去能說個三天三夜，她趕緊打斷道：「行行行，控水術就控水術，父王先回去安慰娘吧，別讓她再難過了。」

白帝龍王還是有些委屈，又有些捨不得女兒，想到家裡四個吃了黑火藥的人心底又怕怕的，怯怯道：「女兒，妳寫封信給妳娘吧！不然爹怕就這樣回去了他們都不理父王呢……」

袁妧氣得好想捶他的大腦袋，伸出比白帝龍王半根指頭還小一截的肥手道：「父王好好看看，這雙手怎麼寫字？」

白帝龍王看到女兒現在的小肥手也有些犯愁。

父女倆沈默了一會兒，最後還是袁妧不忍心，對他道：「父王你寫，寫完了我按個手印，我的血應該還有龍族的味道吧，娘聞到了就知道是我。」

白帝龍王捨不得女兒現在的小身子受傷，可這也是沒辦法的辦法了，他伸手從空中憑空拿出一副紙筆，按照袁妧的敘述寫了一封情深意切的信，袁妧拿過信來看了一遍還算滿意，看了看自己的小胖手，狠狠心用掌心往白帝龍王獠牙上一劃，瞬間湧出了鮮血。袁妧好奇的看了看凡人赤紅的鮮血，才往信上畫了個小龍的圖案，又歪歪斜斜寫了個「元」，遞給白帝龍王道：「行了父王，快些回去吧。」

白帝龍王連忙喚出一團晶瑩的水滴，小心的包裹住女兒的傷口，傷口以肉眼可見的速度癒合起來，直到變成一個小紅點。白帝龍王鬆了口氣，把女兒的信揣在懷裡，對她道：「明日父王把龜丞相的小舅子玳瑁送來，他靈識敏銳，可照看妳，若是有個什麼，他也能及時通知咱們龍宮，妳明日抓週有隻寓意長命百歲的小龜，我已經讓玳瑁入了牠的身，切記要把玳瑁帶在身邊。」

嬰兒袁妧已經很累了，也不知道聽清楚了沒有，胡亂點點頭應下，就沈沈睡去。白帝龍王看了看女兒，想摸摸她又怕粗糙的龍爪傷著她，只能嘆口氣扭身回了龍宮。

天色微亮，袁妧長舒一口氣睜開眼睛。她想起昨晚白帝龍王與她說的話，心底到底有些不捨與難過，嘆了口氣，側過頭看見梁嬤嬤正巧背對著她收拾今日她週歲宴上要穿的衣裳，閉上眼睛一咬牙，在心裡喚了一聲「水來」。

只聽梁嬤嬤小小的疑呼一聲，她急忙睜開眼睛望過去，順著梁嬤嬤的視線看到她腳邊的一小灘水漬，約莫也就一杯茶那麼些，梁嬤嬤迷惑的自言自語：「怎麼地上突然髒了，這是哪裡的茶灑了？」卻怎麼也想不起來自己弄灑了茶水，敲了敲腦袋嘆了口氣。

怕被發現急忙緊閉眼睛的袁妧心中欲哭無淚，恨恨的想著自己那坑人的父王——這是什麼控水術？這麼一點點水有什麼用！

那頭江氏卻容不得她無限感慨了，帶著大丫鬟初春與雁南進了袁妧的小偏房，把她從床上挖起來，今日她可是這宴席的大忙人。

袁家出嫁的姑奶奶袁舒寧早早的就回了娘家幫忙，把兩個大的孩子放出去與他們表兄弟姐妹一同說話，只將最小的秦清澤帶在身邊。

此時的秦清澤目不轉睛的盯著眼前的小女娃，只見她身著灑金大紅蜀錦華服，短短的頭髮努力的在腦後被紮成兩個小結，只用紅頭繩綁住，生怕戴了什麼髮飾會傷到女娃嬌嫩的肌膚。而頸間掛著一副打磨得極為光滑的金項圈，嵌著一塊巴掌大的極品羊脂白玉，散發著瑩瑩白光，襯托得她如玉的小臉更是嬌嫩非常。

第二章

秦清澤只覺得妹妹太好看了，他愣愣地上前捏了一把袁妧的小手，頓時驚訝得張開嘴，扭頭對著老夫人與袁舒寧喊了起來。「外祖母、娘，妹妹的手好小！」

袁舒寧長嘆一聲用帕子遮住眼睛，自家這傻兒子真是沒眼看……

江氏忍不住笑了出來，拉過秦清澤的小手比了比逗他道：「清兒的手也很小呢。」

秦清澤羞赧的嘿嘿一笑，注意力卻又被江氏懷裡的袁妧吸引過去，乾脆直接爬上了江氏旁邊的梨花椅，稀罕的看著袁妧。這一幕，逗得三個大人笑個不停。

窩在江氏懷裡的袁妧卻忍不住想打哈欠，昨夜一整晚她都沒怎麼睡，她瞇起眼睛打著盹，小腦袋一點一點的，許老夫人看她困乏的小樣子，摸出西洋懷錶看了看，算了算時辰。

「差不多了，走，咱們去前頭去。」

吉時一到，袁妧就被袁國公親自抱著去了前院。要知道，這可是一般人家嗣孫才有的待遇，平常家裡孫女兒抓週不過是在後院抓一下子罷了，這讓前來觀禮的人心底的念頭又是打了一回滾。

已經睏到不行的袁妧強打起精神來，還是得抓緊時間把玳瑁弄到身邊才是正經事。

偌大的鏤空紫檀飛角案上已經擺滿了琳琅滿目的精細小物件兒，袁妧瞪大眼睛在案上仔細尋著，越過了清透的黃玉香盒兒，特製的小號刀尺針縷，以及文房書籍彩緞花朵等等，直接盯住了案臺角落一隻成人巴掌大小的小烏龜。

袁國公在眾人的祝福聲中把袁妧小心翼翼的放在案臺前，低頭對她柔聲道：「乖妧兒，去抓個回來給祖父。」

袁正儒在一旁看著白嫩的女兒摸了摸她的臉。「快去吧妧兒。」

袁妧裝作似懂非懂的點點頭，在案臺上坐直了身子，琢磨了一下爬行路線便開始行動。繞開雜七雜八的物件兒，飛快地爬到案角，一把逮住了小烏龜玳瑁，圍觀眾人都屏住呼吸，見她抓住了烏龜不鬆手都有些發愣。

這烏龜擺在上面不過是個兆頭罷了，一般人家還真沒有孩子抓烏龜的，這……袁國公府的嬌嬌小姐真是不同凡響。

有那機靈的已經恭喜開了。「烏龜乃大吉避煞長壽之物，小姐日後必定一生順遂，康安百年。」一時間眾人紛紛附和，方才安靜的院子一下子沸反盈天，被陣陣馬屁聲淹沒。

袁妧此時才沒空理他們，用靈識探問烏龜。「玳瑁？」

一個悶聲悶氣的少年聲音在她腦海中應道：「公主！」

袁妧放下心來，摸著玳瑁的殼哄牠。「你放心，今日我就帶你回去。」

玳瑁聲音頗為無語。「公主，今日好歹妳抓週，難不成只抓我？沒看見您家老祖父的臉都呆了嗎？快抓些應酬差事的，否則我能不能待在妳身邊還兩說呢。」

袁妧被提醒才抽空瞄了一眼袁國公和袁正儒，只見二人傻目微瞪，面上掛著虛假的笑對著恭賀的人群拱手，卻時不時的看著自己。她心底嘆了口氣，是自己太著急了。

她一手抓住玳瑁，努力控制著小身子站起來，搖搖擺擺的靠近一堆物件兒，隨手抽出了一本袁正儒親手抄寫的縮小版論語，猶豫了一下，又拿了旁邊一幅巧奪天工的盤金蘇繡百鳥圖，接著一屁股坐下，蹭蹭爬回了袁國公身邊，把書和繡圖往袁國公手裡一塞，雙手環胸抱緊玳瑁坐在案上。

一群正在溜鬚拍馬的人被袁妧的動作驚住了，到嘴邊的話卡了一下殼，卻飛快的換了一副說辭。「啊呀呀，小姐這左手論語右手刺繡，將來必定是琴棋書畫樣樣精通、心靈手巧，國公爺可是有大福氣……」

袁國公卻沒搭理，一把抱起了袁妧，小聲哄著她。「那龜兒是活物，妧兒快些把牠取出來，莫要咬了妳。」

袁妧裝作沒聽懂的眨眨眼，歪著頭看著袁國公，還伸手用力揪了下他的鬍子。一直關注他們兩人的眾人倒吸一口氣，看到袁國公只是揉了揉下巴，又低聲哄著小孫女把懷中的烏龜取出，互相使了個眼色，這還真是受寵。

袁妧不願自己把烏龜拿出來，袁國公與袁正儒也不能當著這滿院子的男人們從小孫女懷裡奪，又擔心她被烏龜咬到，只能匆匆應酬過眾人之後又親自把她抱回後院。

早就有那機靈人兒跑去給老夫人和江氏報喜了，後院一眾夫人們聽說袁妧抓了論語和繡圖，更是刺啦一聲，宛如水滴滴在油鍋裡，喧鬧又歡喜的上前祝福。

袁家的女人們正與眾夫人說笑著，突然聽到小丫鬟進來稟報。「……國公爺抱著二小姐回後院了。」

老夫人臉上浮現出慈愛的笑，看著滿屋子的客人對江氏道：「妳爹送妧兒回來了，妳快些去門口接一下。」

江氏這半個多時辰沒見著女兒心底正想得慌，聞言也不多客套，行了禮與眾人告了別就匆匆往二門迎去。

袁國公見兒媳婦迎了出來，把懷中的袁妧遞給跟著江氏出來的梁嬤嬤，眉頭微皺看著袁妧對江氏嘆口氣。「妧兒方才頭一回抓的龜兒還在她懷中，快些給她取出來，莫要傷了她。」說完輕咳一聲，又看了一眼小孫女，轉頭回了前院。

江氏一聽心中慌亂，方才就覺得女兒衣裳中鼓鼓囊囊的不知是何物，卻沒想到竟然是那隻烏龜。

她忙親手接過梁嬤嬤懷中的袁妧看了一眼，見她小臉白裡透紅，大眼睛滴溜溜的轉著，瞧著沒什麼大礙，看著懷中睇著大眼睛看她的袁妧，忍不住伸出手輕輕點了點她的頭。「頑皮。」

袁妧才不管她說什麼呢，兩隻手緊緊的環在胸口抱住玳瑁，朝江氏露出一個甜甜的笑。

江氏被自家乖女兒笑得心都化了，哪裡還有心思去教訓她？抱著她快步回了正房旁邊專門闢出來給袁妧住的小臥房，哄著她換衣裳。

袁妧也不是真正的孩子了，順從的把玳瑁從懷中拿出來，讓江氏親手給換了一身大紅寬袖繡白鶴對襟襦裙，又蹬上了一雙綴珍珠如煙緞繡鞋，站在榻上宛若王母娘娘身邊的小仙童。

江氏滿意的抱了抱乖巧的女兒，指著袁妧一直放在身邊的玳瑁對她道：「娘知道妳喜歡這龜兒，但可不能這樣帶在身上，娘尋個好看些的魚淺給妳養上，平日裡無事妳也能逗弄一番可好？」

袁妧咧開嘴傻乎乎的點點頭，看得江氏是又憐又愛，恨不能抱著乖女兒親上幾口，想到還在等著的婆婆，便哄著袁妧出門。「乖，妳祖母現如今還等著妳呢，咱們先去陪陪祖母吧？」

袁妧上前一把撲在江氏身上，江氏順勢抱起她正要出門，卻見懷中的女兒眼睛總是瞥著尚在榻上的小烏龜，忍不住笑出聲對梁嬤嬤吩咐。「快些尋個喜慶些的鬥彩魚淺過來把這龜兒裝上，省得妧兒一直惦記著。」

梁嬤嬤笑著應下，小心翼翼的捧起一動不動的玳瑁，湊到袁妧面前給她看了看。「老奴這就去尋魚淺，小姐還請放寬了心，回來就能看著牠安了新家了。」

袁妧做出一副放心的表情來，指著大門口要出去。江氏親了親女兒滑嫩的小臉，抱著袁妧帶著一眾丫鬟婆子去了待客的廳堂。

此時前院的宴席已經擺上了，大家你一言我一語的誇著方才袁妧的表現，直把袁國公和袁正儒誇得心裡舒坦極了，面上也不免帶了幾分春風得意。

小小的趙澮從方才抓週開始前就盯著案上的小烏龜，看著牠探頭探腦的樣子就想笑。他自小可沒見過什麼活物，祖母總說那些貓啊狗的會移了他性情，如今看到了肥肥的小女娃成功的把那隻小烏龜帶回了後院，看袁國公與袁正儒現在這疼愛樣子，怕是不會強奪了那小女娃的烏龜，心底忍不住一陣陣羨慕。

他噘著嘴酸溜溜的安慰自己。「哼，不過是隻龜兒，只有奶娃娃才喜歡。」咕噥才結束，只見旁邊一個與他年歲相當的小娃聽見他的話，蹭的一下站起來，拍了一下面前的矮八仙桌對他喊道：「你說什麼？你說我表妹壞話！」

趙澮一驚，抬頭看了一眼飛揚跳脫的小男孩，有種背後說人是非被人抓到的羞赧，嚥了嚥口水強撐著辯解。「誰說你表妹壞話了，誰認識你表妹是誰？」

秦清澤卻翹起鼻子洋洋得意起來。「我表妹就是剛才抓週的女娃，聰明得很，知道抓烏龜吉祥，你竟然說我表妹是奶娃，就是說她壞話了！」

因著袁琤跟在袁正儒身邊，袁瑜作為這一桌年歲最大的孩子，發現二人起了爭執，急忙跑到秦清澤旁邊拉住他。「表弟，方才姑姑怎麼叮囑你的？你若是再犯錯了可就要被姑父打了。」

想到自家爹爹虎目一瞪的凶狠樣子，秦清澤不自覺的縮了縮腦袋，但是轉念一想，自己這是替表妹出頭，爹娘自然也會支持他的，他重重的哼了一聲，扯住袁瑜指著趙澹道：「三表哥，他說表妹壞話！」

奶娃怎麼是壞話呢？趙澹想著方才的小女娃，轉過念頭也羞惱的站起來，邁了兩步到秦清澤面前惡狠狠的盯著他。「我沒說她壞話！」

秦清澤在家中可是一霸，除了他爹娘誰都不怕，各個哄著他、捧著他，哪裡見過有人如此吼他，一時間不知是氣是惱，伸手用力推了眼前的趙澹一把。「就是你、就是你，你不是好人！」

毫無防備的趙澹被推得一個趔趄，後背重重磕在厚重的桌沿上，忍不住「嘶」的倒吸一口氣。袁瑜心裡害怕，忙上前扶起他察看，秦清澤也嚇了一跳，心道「完了完了自己這次肯定要挨揍了」，卻不知從哪兒升起一股莫名的勇氣來——反正都要挨揍了，不如替表妹出了這口惡氣！

想到這兒他覺得自己簡直就是那替天行道的大英雄，一跺腳，二話不說拎起小拳頭上前給了剛站穩的趙澹兩拳。

趙澹到底是龍子鳳孫，心底有自己的驕傲，方才礙於場合沒有回手，現在這臭小子又不識好歹送上門來，他也不客氣了。挨了秦清澤兩下，推開扶住他的袁瑜，抬起腿一腳把秦清澤踹倒，撲上去壓在他身上一頓亂拳，直把秦清澤打得哭天喊地。

這一切發生在電光石火之間，袁瑜才六歲，哪裡經歷過這種事？看著表弟挨揍，捏緊拳頭想上前揍趙澹，卻又想到哥哥臨走前囑咐他招待好客人的話，忍下了心頭的氣，用力把趙澹從秦清澤身上推下來，大吼一句。「都別打了！」

聽到三少爺開了口，方才急得團團轉不敢攔小主子們的丫鬟們這才上前把二人分開。

趙澹恨恨的收了手，看著躺在地上打滾哭喊的秦清澤哼了一聲，甩開丫鬟的手，氣不過又狠狠補了一腳，踢得秦清澤「嗷」的尖叫一聲。

這下子大人們可都聽見了，整個前院一下子安靜下來，變得落針可聞，只聽得到秦清澤的哭聲，義德侯世子秦西馳看見兒子這倒霉樣子額頭青筋跳了跳，大步上前一把拉起他用力拍了一下。「別哭了！還嫌不夠丟人嗎？」

剛挨了一頓揍又被自己親爹打，秦清澤委屈得快要上天了，又不敢跟他爹辯解，只能強忍住哭聲，抽抽噎噎的吸著鼻子。

趙澹看見秦西馳出現在秦清澤身後，忍不住扭頭找了下自己的爹趙蕭，卻見他坐在桌前淡定的斟了一杯酒，看也不看他一眼，心中說不出什麼滋味來。他巴不得他爹也能過來揍他一頓，也好過現在對他不理不睬。

袁正儒這時候也到了孩子們這兒，見到秦西馳已經在檢查秦清澤是否受傷，而趙澹倔強的小身子卻孤單筆直的站在原地，不知為何心中泛起一陣憐憫，嘆了口氣屈膝蹲在他眼前詢問。「小世孫可受傷了？」

趙澹抹了下臉頰搖了搖頭，表情認真的對著秦西馳懷中的秦清澤道：「我說了，我、沒、有、說、她、壞、話！」

秦清澤此時哪裡還說得出別的來，扁扁嘴又要哭，被秦西馳一把捂住嘴，對趙澹道歉道：「小兒無狀，自幼頑皮，還請世孫不要同他一般見識。」

趙澹做不出對長輩無禮的事情，沈默片刻對著秦西馳行禮。「世子爺無須如此，今日也是澹莽撞了。」

袁正儒見雙方算是都道了歉，順勢牽起趙澹的手詢問他。「小世孫現在衣髮凌亂，要不要去後面拾掇一下？家母早就念叨小世孫了，今日也盼著見你呢。」

趙澹對著微笑的袁正儒也使不出性子，默默點了點頭。

這時候被帶下去用飯的季嬤嬤聽到風聲也跑了過來，看見趙澹的樣子心疼得直哆嗦，悄悄吩咐身邊的小丫鬟去馬車上取趙澹的替換衣裳，上前對袁正儒行了個禮。「老奴惶恐，煩袁大人指派個人帶少爺去換身衣裳。」

袁正儒點點頭。「嬤嬤莫急，我這就派人引你們去。」

趙澹看著趙蕭還一動不動，有些不甘心，徑自走到趙蕭面前看著他的眼睛道：「父親，兒子要去後院給國公夫人請安了。」

趙蕭彷彿不經意的瞥了他一眼。「去吧，莫要給國公家添了麻煩。」語畢，一句多餘的話也沒有。

趙澹忍住眼淚回到季嬤嬤的身邊，與袁正儒行了禮，就隨著丫鬟去了後院。

季嬤嬤跟在趙澹小小的身子後頭憐惜的看著他。世子爺與世子妃一個賽一個不靠譜，二房二夫人又虎視眈眈的盯著這未來世子的位置，世孫可真是難啊！幸而得了老王爺與王妃的庇護，只望他快快長大吧。

第三章

袁妧此時真的睏得眼睛都睜不開了，恨不能用手指撐著眼皮保持清醒，許老夫人溫暖的懷抱更彷彿是搖籃，她不禁把頭靠在許老夫人的胸口，聽著她胸腔發出略帶共鳴的嗡嗡說話聲，正要放棄掙扎睡過去，耳畔卻突然傳來一道清脆稚嫩的聲音。「小子趙澹見過國公夫人，見過世子夫人，見過二夫人。」

她不知為何心頭一跳，睜開迷濛的雙眼，正巧與趙澹對了個正著。站在中央的男孩看著不過五、六歲模樣，五官卻精緻又大氣，孩童中少見的挺鼻薄唇讓他看起來比實際年紀大了些許，略圓的眼睛卻又透露著稚氣，身著朱紅箭袖錦袍，頭髮沒有像平常小兒那般紮了垂髫，而且一絲不亂的被束在頭頂，頗顯出了幾分別樣的精神。

許老夫人見了他這樣的孩子心中也是喜歡的，伸手招呼他到自己身邊來。一手摟著袁妧，一手拉著趙澹的手與他說話。「……上回我見你的時候，尚是你週歲那日，現如今一轉眼就四年了，你妧兒妹妹都週歲了。」

趙澹隨著許老夫人的話看向與自己不過一臂之隔的小嬰兒袁妧。

袁妧已經看了他許久了，見他終於看向自己，連忙咧開嘴想朝他一笑，卻忘了自己現在還不能完全控制住自己口中的口水，一張嘴還沒來得及咧出笑來，嘴角就鼓起了一個大泡泡，比她這一年任何時候鼓的都大，甚至她的眼睛都能看到泡泡的邊緣。

袁妧心中一窘，忙想吹破這丟人的泡泡，卻不知道它為何如此堅挺，吹了一下竟然沒吹破，她越發著急，只得更加用力的吹了一下。趙澹微微瞪大眼睛，在他略顯驚訝的眼神中，袁妧嘴邊的泡泡終於在她的努力之下吹破了。

「啪」的一聲輕響，趙澹白嫩的小臉上多了一抹濕意，他下意識的摸了一下臉頰，不可思議的看了看手指上一絲晶瑩的口水，微微張嘴驚訝的抬眼看著面前眨著無辜大眼睛的袁妧，又低頭看了一眼手指尖已經不見蹤跡的口水絲。

許老夫人也被這一幕驚了一下，想給趙澹擦乾淨，可她左手拉著趙澹，右手摟著袁妧，壓根兒沒手再去抽帕子。她身邊的羅嬤嬤見狀，剛從懷裡抽出帕子來，卻見一張繡了一朵白玉蘭的粉帕子已經覆在趙澹的手上。

趙澹抬起眼睛，對上一雙溫柔含笑的眼睛，江氏見趙澹抬頭看她，抿嘴笑了一下，幫他細細的擦著小手，柔聲道：「你妧兒妹妹還小，小世孫可別笑話她。」

趙澹搖了搖頭，想說什麼卻說不出話來，只能呆呆的看著江氏在給他擦了手之後，捧起他的臉仔細端詳，並給他擦了臉，看他的小臉和手都已經乾淨了，回頭點了點對面的那個肉團子，輕聲細語的斥了句。「今日妳可真是皮！」

肉團子袁妧傻乎乎的咧開了嘴，衝著溫柔的江氏「囊、囊」的喊了兩聲，許老夫人與江氏都一臉驚喜的看著肉團子，許老夫人更是強壓住激動的情緒看了一眼江氏。「咱們妧兒會說話了！」

江氏更是眼淚都快出來了，想到今日真的不是能掉眼淚的場合，憋住了眼眶中的淚，顫抖地開口應了一聲。「哎，娘的乖妧兒。」

趙澹不知自己心中是什麼感覺，有些熱有些癢，還有些羨慕有些嫉妒，看著身邊的兩個慈愛的女人激動的盯著那肉團子，他鬼使神差的伸出手，輕輕捏了一把肉團子的臉。

手中滑膩的手感傳來，他才反應過來自己做了什麼，飛快的把手縮了回來，卻發現肉團子受驚了一般一直歪著頭盯著他看，看著她忽閃忽閃如黑寶石一般的眼睛，他忍不住笑了，又伸出小手摸了摸袁妧的臉，抬頭對尚在激動的江氏道：「二夫人，妹妹甚是可愛。」

江氏聞言，也伸手摸了摸趙澹的小臉，對他溫柔的笑道：「小世孫與妧兒同樣可愛。」

趙澹害羞地笑了起來，鼓起勇氣拉住袁妧的小肥手，認真看著她如玉的小臉道：「妧兒妹妹，妳是我見過最有趣的孩子了。」

花廳裡的夫人們聞言都忍不住笑了起來，許老夫人笑得背都痛了，好半晌才緩過來，揮手讓身邊給她拍背的丫鬟下去，把趙澹拽進懷裡摟著輕輕拍著他的後背。「這孩子，你自己還是個孩子呢。」

黎氏見兒子得了袁國公一家女人的青眼，也自得起來。「國公夫人這話可說錯了，我們澹兒整日起五更爬半夜，天還沒亮就得起來去讀書，老王爺還給他請了拳腳師傅，這就已經日日開始扎馬步了，誰家孩子能如此自律用功？」

季嬷嬷登時汗都出來了，看著黎氏那洋洋自得的樣兒恨得牙根發癢，看著面面相覷掩唇譏笑的夫人們，她心底一陣哀嚎。今日，這晟王府世子夫人的名頭怕是越來越響了。

顧氏強忍著不做出失禮的表情，心底卻笑得開了花，世子爺整日說她為人處世尖酸刻薄、不通人情，真該讓他看看什麼叫真真正正的不通人情世故。

趙澹的臉脹得通紅，雖說他才將將滿五歲，但是已經讀了一些日子的書了，書中的道理他懵懵懂懂的也知道了一些，自己娘親在這種場合說出這種話來，簡直是把他放在火堆上烤。

許老夫人見他羞慚滿面的樣子禁不住心疼，拉住袁妧的小手遞到他手中，輕聲對他道：「妧兒十分喜歡小世孫這個哥哥，現下她也十分睏乏，小世孫可否陪著妧兒去後頭歇歇？順便……看看妧兒方才抓的小龜兒。」

袁舒寧對黎氏無語極了，也見不得娘家尷尬，笑著附和著許老夫人。「娘說的對極了，妧兒眼睛都快睜不開了，咱們大人之間說說話吃吃酒，有兩個孩子也略有些放不開，二嫂快些帶著小世孫與妧兒去後頭歇會兒吧。」

江氏衝小姑一笑，又對黎氏行禮道：「不知世子妃是否與我同去？我看著小世孫也有些乏了。」

季嬷嬷剛要捅一下黎氏讓她應下，黎氏卻快嘴快舌的接了話。「不用了，他隨著二夫人去我是放心的，我在這兒與眾位夫人說會兒話。」

季嬤嬤恨不能手頭有塊磚把她給拍暈了帶回王府，這一回出來可把王府的臉都丟了個裡外乾淨，距離上回世子妃出來應酬也才一年多，怎麼這一年世子妃越發的左性了？

趙澹聽到他娘還這麼說話，眼淚都要忍不住滴下來了。

江氏嘆了一口氣，用身子擋住眾人的目光，用手輕輕在他眼睛上一抹，憐愛的拉住他的手輕聲哄他。「小世孫陪著你這皮猴妧兒妹妹去歇息可好？」

趙澹僵硬的點點頭，江氏示意雁南抱起袁妧，親自牽著趙澹與花廳裡的人行禮告辭，帶著兩個孩子回了二房夫妻住的韶華院。

被放在韶華院軟榻上的袁妧反而不睏了，看著站在她身邊一路低著頭不說話的趙澹，伸手抓住了他衣角不鬆手，江氏見狀笑了出來，對趙澹道：「你妹妹喜歡你呢，小世孫先陪著妧兒坐會兒，若是睏了就一起歇一歇。」

趙澹點點頭還是沒出聲，江氏讓初春擰了溫帕子過來，把他的小臉仔細擦了一遍，又拿起潤膚的油膏給他抹了一層，拍了拍他白嫩的小臉道：「可不能見了風，不然臉就要皴了，如今這就好了。」

又回頭吩咐已經等在門口的粱嬤嬤。「把方才小姐抓的龜兒帶過來。」

趙澹這時候才從難過中回過神來，看著眼前白白嫩嫩的袁妧，清澈的眼中彷彿盛滿了對他的擔憂，伸手抱住她肥肥暖暖的小身子，深深的嘆了口氣，袁妧下意識的拍了拍他的後背，努力控制自己的舌頭不打轉，喊了一句。「哥！」

江氏驚喜道：「小世孫，妧兒這是喊你呢！喊你『哥』！這若是被我那兩個小兒聽到了，怕是要喝上醋了，他們日日逗妧兒喊哥哥，可沒見妧兒出聲。」

趙澹也很是訝異，看著袁妧的小臉也笑了起來，江氏也鬆了一口氣。正巧這時候梁嬷嬷抱著一個七鯉鬥彩魚淺進來，放在榻上給兩個孩子看。

這麼一會兒工夫玳瑁就在魚淺裡安了家，梁嬷嬷尋了幾片碗蓮，又尋了一塊奇石，點綴著幾顆晶瑩圓潤青青白白的各色玉珠，添上了淺淺一層水，讓這小小的魚淺裡別有一番趣味，玳瑁在裡面看著別提多舒坦了。

袁妧嘖嘖道：「玳瑁，你這小日子過得還不錯嘛！」

玳瑁略顯羞澀。「都是沾了公主的光。」又略帶緊張的問道：「這個男人是誰？為何抱著公主？」

袁妧簡直想翻白眼了。「男人？你見過五歲的男人？你能不能別學我父王那一套。」

玳瑁輕嘆一聲。「我來凡間之前可是被全龍宮所有人委以重任，一定要照顧好公主，若是公主小小年紀就被男人抱了這事情傳回去，我怕是要被龍宮上下剝了殼燉湯了，嗚嗚嗚……」

袁妧索性不去理牠，扭動著小身子從趙澹身上滑下來，伸出手一用力，把玳瑁直接翻了個身，玳瑁四腳朝天掙扎著，蠢樣子逗得趙澹都忍不住笑出聲來。

玳瑁好不容易翻過身來，氣還沒喘勻，就被趙澹伸手又翻了回去，牠欲哭無淚，普通龜的龜生可真是艱難啊……只能拚命的掙扎掙扎再掙扎。

兩個孩子玩了一會兒玳瑁，也真的有些睏了，江氏張羅著給兩個孩子拿了小枕頭與薄毯過來，把他們擺在一起，兩人手拉著手很快睡著了。

剛睡下不久，就聽見門口傳來噔噔噔的跑動音，只見三個男娃不管不顧的跑進來，最小的那個看到江氏面上一喜，剛要開口卻被最大的那個機警的捂住了嘴。「噓，沒看見妹妹睡著了嗎？」

秦清澤被袁琤捂住嘴巴，發出「嗚嗚」兩聲，看見了躺在榻上閉著眼睛的袁妧也放棄了掙扎，回頭用水汪汪的大眼睛看著袁琤，袁琤低聲問他。「還說不說話了？」秦清澤搖搖頭，袁琤才緩緩鬆開了手。

秦清澤蹭的一下跑到榻邊想要看袁妧，卻沒想到看見袁妧身邊躺著另一個男孩，定睛一看，竟然是方才同他打架的冤家對頭！方才被袁妧和坐在榻邊的江氏擋住，他可沒看見他！

他幼小的心靈受到了極大的震撼，這是他的妹妹，是他心心念念許久的妹妹，現如今和他的對頭躺在一起?!他再也控制不住自己，「哇」的一聲大哭起來。

袁琤和袁瑜也剛看到趙澮，他們二人到底年紀大了些，見到趙澮不過是狐疑為何他在這裡，剛想開口問江氏，就聽見四歲的秦清澤受不住打擊哭了起來。

袁琤看著眉頭微皺、嘟嘟嘴彷彿要醒過來的妹妹，心底又氣又急，再次上手用力捂住秦清澤的嘴巴低聲斥責道：「方才怎麼答應我的?!若是妧兒被吵醒了我就抓著你去讀三個時辰的書！」

秦清澤委屈的抽著鼻子，卻也發不出聲響來，周圍安靜下來，袁妧和趙澹緊皺的小眉頭又慢慢舒展開，又沈睡過去。

江氏橫了長子一眼，伸手把秦清澤從袁琤手底下解救出來，小聲哄著秦清澤。「清兒乖，妹妹睡著了，得睡醒了才能與你同玩，你若是睏了也躺一會兒？」

秦清澤努力壓低聲音抽泣道：「二舅母，他……為何睡在這裡？」

江氏看著秦清澤有些好笑，伸手把他抱上榻。「小世孫今日太乏了就歇在這兒了，至於為何乏了嘛，問問與他打架的人可好？」

秦清澤又羞愧又不服氣，瞪著睡夢中的趙澹。「我也要與妹妹同睡！」江氏笑著替他拽了一個枕頭過來，放在袁妧的另一側，秦清澤氣鼓鼓的躺下，側著頭盯著沈睡中的二人，不過片刻工夫眼前就模糊起來，慢慢睡了過去。

週歲過後，袁國公府就為袁妧進宮做準備了。江氏日日抱著袁妧教她說些吉祥話，自從週歲那日喊了幾句之後，袁妧在短短幾日裡學會了稱呼所有人，但是只能說一、兩個字，這還真不怪袁妧，她倒是也想多說，可是一說多了舌頭老打結，就變成「嗚嚕嗚嚕」含糊不清的話，自己聽著都不高興。

這日，剛滿十三個月的袁妧又被打扮成熱熱鬧鬧的小盆栽一般，手裡緊緊提著她哭著喊著要帶上的玳瑁，被袁國公抱上馬車準備進宮。

送走了袁國公祖孫的顧氏回到自己的世安院差點咬碎了一嘴銀牙，哪怕早知道這件事了，現如今真的看到袁國公帶著二房那個小崽子進了宮，還是有些恨。

她自己生了會兒悶氣，到底是無處發洩，來回走了好幾圈，索性直接去了女兒的浮音苑。已經十一歲的袁婉是袁國公府的嫡長孫女，地位非同一般，若是說袁國公老倆口對袁妧是寵，那麼對袁婉則是重。

她自四歲起就搬出了爹娘的院子，許氏給她特地尋了宮裡放出來的教養嬤嬤，直把她教養得通身氣派，舉手投足之間不經意的大氣，讓顧氏面對女兒的時候偶爾都有些自慚形穢。

聽完了顧氏一連串的抱怨，袁婉親手給她斟了一碗茶，柔聲對顧氏道：「娘到底是不滿意在何處呢？陛下此舉不過是為了向祖父示寵罷了。家裡最合適的就是二妹妹，大哥已經十三上下了，若是真帶著大哥進了宮，那可和帶著二妹妹進宮不是一個意思了。」

顧氏最氣女兒這番氣定神閒的作態，一著急，嘴上說道：「妳大哥不合適不還有妳嗎？妳才是咱們家的嫡長孫女，怎麼什麼好事都讓那小崽子占了。」

袁婉皺著眉頭看了顧氏一眼。「娘，我今年可都十一了，此時入宮算什麼？外人看到了又該如何說我？」

被女兒這麼一說，顧氏也知道自己說錯了話，可心底又實在是壓不住那股邪火，重重的哼了一聲，扭頭回了世安院。

第四章

袁婉看著顧氏氣沖沖的背影無奈的搖了搖頭，與身邊的陳嬤嬤嘆氣道：「娘的脾氣這幾年可越發見長了，尤其是有了二妹妹這一年，也不知為何她就非要與二叔一家子算計，將來……二叔一家子總是要分出去的。」

陳嬤嬤面上不顯，嘴上安慰著袁婉，心底卻對顧氏嗤之以鼻。這世子夫人越來越作，不過就是袁國公這一府人心善慣出來的，若是真嫁到宮裡，或者傳承數十代規矩森嚴的世家大族，怕是早就老老實實的盤著了，只盼著日後大少爺娶的妻子能大氣些，擔起這一府重擔吧。

這一頭，袁妧可絲毫不知自己又被大伯母恨上了，她被袁國公好說歹說才同意把玳瑁放在馬車裡，此時的她正趴在袁國公寬厚的肩頭好奇的四處打量，水裡的龍宮、天上的天宮她都待過，這人間的皇宮她還是頭一回來。

袁妧覺得自己小小的眼睛已經看不過來了，這宮院看著沒有龍宮與天宮大，但是雕欄玉砌、畫棟飛甍，一花一葉一磚一瓦都透著精雕細琢的勁兒，直讓她心中大呼真是大飽眼福，還沒回過神來，就被袁國公抱進了昭和帝所居玉心殿內的西暖閣書房。

西暖閣又與外面大殿十分不同，地方不大，看著不過三丈見方的一間屋子，擺著精細小巧的黑漆描金多寶槅與陳書架，意外的沒有袁妧想像中的奢靡。細碎的陽光透過鏤空雕花窗櫺射入，斑斑點點的灑在窗邊的漆地嵌螺鈿方几上，讓整個西暖閣都顯得柔和了起來。

袁國公小心翼翼的把袁妧放在地上，扶著她跪下，自己撩起衣襬跪在袁妧身邊，對著坐在案桌後的昭和帝一叩首。「老臣袁定北帶小孫女袁妧叩見陛下。」

卻沒想到昭和帝噗哧一聲笑出來。「二牛，今日你竟如此的正經，快些起來吧。」

袁國公下意識的看了一眼跪在一旁的小孫女，有些臉紅的低聲嚷嚷。「陛下可別在臣的小孫女面前說臣的小名了，日後臣還如何撐起做祖父的威嚴。」

昭和帝朗笑出聲。「可別說，你這袁定北的名字乃父皇醉酒後戲言賜下一事，現如今小一輩可是無人知曉，袁二牛這名字更是只有咱們這幾個親近的人才知道吧。」

袁妧頭一回聽說自己祖父竟然叫袁二牛，忍不住咧開小嘴笑了起來。

昭和帝驚奇道：「怎麼？你這小孫女兒彷彿能聽懂咱們說話一般，那可真別再說了，快些起來吧！抱著孩子來與朕瞧瞧。」

袁國公又是一叩首。「謝主隆恩。」站起後便輕輕的抱起袁妧，捏了捏她的手，給她鼓鼓勁。雖說在家裡已經千叮萬囑了，但是袁妧畢竟還小，誰又知道她到底會不會犯了忌諱呢？

壓下心中的忐忑，袁國公把袁妧遞給昭和帝的貼身總管太監順安，袁妧乖乖的趴在順安懷裡，被他身上略有些濃重的香味刺得差點兒打了個噴嚏，只好伸出手去攬住順安的脖子，把頭用力埋在他的肩膀上，才堵住了這個噴嚏。

軟軟的小娃依靠在身上，順安不自覺的一抖，心中一暖，緊了緊懷中的小身子，小心的把她抱到昭和帝面前，放在案邊的地上，蹲下身子扶著她。

昭和帝低頭看了粉雕玉琢的袁妧一眼，只見她費力拱起兩隻肥手，做出一個不標準的揖，嘸了嘸口水，努力不讓口水耽擱自己說話，看著昭和帝用力的喊了一句。「陛哈！」

昭和帝被她嚴肅認真的小樣子逗得哈哈大笑，竟然伸出手去把袁妧抱了起來，將她抱在懷裡逗她。「喲，竟然知道朕是誰？袁國公平日可沒少與她說吧。」

袁國公聽到小孫女一聲「陛下」心中大安，面上卻做出吃醋的樣子。「老臣也沒想到她竟然能認出來陛下，只是之前哄她出門的時候，說了句今日咱們要去見陛下，這可被這小機靈鬼記在心裡了。臣這小孫女兒還沒喚過臣祖父呢……這可是頭一回說兩個字兒，就是喚陛下。」

彷彿是為了印證袁國公的話，坐在昭和帝懷裡的袁妧又衝著袁國公口齒不清地喊了一句。「煮！」

袁國公苦笑道：「看看看看，現如今她喚臣與老妻都是一個祖字，也不知道是叫祖父還是祖母，為了爭孫女兒叫誰，臣與老妻可沒少鬧彆扭。」

昭和帝已經快到知天命的年紀了，先帝就是在他這個年紀駕崩的，這兩年他心底總是覺得有些心慌氣短。現如今看見這麼個討喜的娃娃衝著他喊「陛下」，當真是覺得自己都年輕了許多，特別是知道這個胖娃娃頭一回叫的就是自己，更是心中開懷。

他把袁妧放在御案上，面對著自己坐著，逗她說話。「妳是不是喚做妧兒呀？朕替妳祖父問問妳，妳平日喚『祖』到底是喚你祖父還是祖母？」

袁妧心底翻了個白眼，這皇帝怎麼如此無聊，面上卻露出小牙笑著指指袁國公，喊了一句。「煮！」

移開肥短的手指，指了指窗外，又喊了一句。「煮！」

這可把昭和帝逗得夠嗆，笑得都咳嗽出來，順安忍著笑給昭和帝拍了好一會兒的背他才順過氣來，虛點了點袁國公道：「怪不得你稀罕你這小孫女，的確是逗人，順安，把那如意項圈拿來，賞給這討喜的小娃。」

得了昭和帝一句「討喜」的評價，這可是帶袁妧進宮的意外之喜了。

袁國公抱著睡著的袁妧喜孜孜的回了國公府，輕輕把她放在床上，揮手讓下人們下去，悄聲對許老夫人道：「今日妧兒真是乖巧，陛下賜了一堆東西，特別是那如意項圈，本是南邊勃固國進貢的整玉雕成，實屬不可多得的寶貝，有了這層機緣，日後兩房分了家，別人也不能看輕了妧兒去。」

這天下間向來以皇上的喜好為標準，得知皇上賞賜了袁妧，還逗弄她許久，誇了她一句討喜，一時間京城裡對袁國公家這個二小姐更是側目。

黎氏也難以靜下心來，轉悠了半日，忍著心中的膽怯去尋了傅王妃，期期艾艾的說明了今日來的目的。「母妃，袁國公二小姐滿週歲那日與澹兒有些機緣，媳婦看著這是命定的緣分，不若給他們定個娃娃親？」

傅王妃知道媳婦是個蠢貨，但沒想到她能蠢到如此地步，瞠目結舌不知道說什麼好，連季嬤嬤都露出了不可思議的眼神，二人齊齊盯著她。

在這沈默中黎氏的聲音越來越小。「這京城上下現如今年紀合適的除了公主，怕就是袁國公府的二小姐名聲最響了，國公把她疼在心坎裡、皇上又賞賜了她，媳婦覺得、覺得……」卻再也說不下去了。

傅王妃看著她扭著帕子低著頭，卻滿臉不服氣的樣子，「呵呵」笑出聲來。這麼多年了，她跟她是生不起氣來了，失望累積得越來越多也變得不痛不癢。她懶得與黎氏說，可又怕她做出什麼丟人的事來，只得壓下不耐解釋。「妳應知道那小姑娘是二房的，將來袁國公府總是要分家，到那時候她不過是個五品吏部郎中的女兒。咱們家是什麼人家，澹兒日後就算遞減承爵也是個國公爵，多的話我也不願意說了，妳回去吧！若是做出什麼有損澹兒名聲的難看事兒，就別怪我不講婆媳情面。」

黎氏滿臉脹得通紅，她哪裡能想那麼遠？再說……再說袁國公身子硬朗，只要他在一日，那姑娘不一直是國公府的姑娘嗎？但她卻不敢反抗傅王妃，只能悶聲悶氣的告退。

袁妧小朋友哪裡知道自己進了一回宮就被別人惦記上了，今日可是她人生中的大日子，因為今日她終於可以擺脫缺油無鹽的食物，正式吃上大人的飯菜了！

雖然只能吃些清淡的菜式，但是這也夠讓她興奮的了，在龍宮中整日閒得無事，她可沒少研究三界的美味，最喜歡做的事情就是到處蹓躂、品嘗美食。如今喝了一年多的奶，可把她喝得口淡無味，睡覺的時候都恨不能抱著自己的肥胳膊啃兩口。

她激動的坐在特製的小椅子上，看著面前一大桌子菜，直想起來蹦躂兩下，著急的搓著兩隻小手催江氏。「娘，快，快，吃！」

一家人被她猴急的樣子給逗開懷，袁瑜端起一盅清燉揚州獅子頭，故意繞在她面前，見她下意識的張開嘴，繞了一圈又端了回來，用調羹舀一塊放入口中。「嗯……真香真嫩真好吃。」

袁妧瞪大眼睛，看著沒良心的二哥憋得臉都紅了，卻聽見大哥袁琤在旁邊輕斥袁瑜。「胡鬧，怎麼這麼說話？你的書白讀了？應該說肉質酥嫩、入口即化、肥而不膩、鮮美清香。待會兒吃了飯再同我讀書去。」

袁妧欲哭無淚，大哥竟然比二哥還可惡，她憤憤地雙手一拍桌子。「哥哥，壞！」

袁正儒見女兒生氣了，一手一個拍了兩個兒子的後腦勺一下，笑咪咪的親自端了一盅放到她眼前，哄她道：「妧兒不氣，妳兩個哥哥頑皮，爹爹來餵妳。」

說完打開蓋子，挑出獅子頭……旁邊泡在高湯裡的青菜芯，拿起小銀剪子剪成一小段一小段的放在袁妧的胭脂碗中，用小勺子舀起遞到她嘴邊。

袁妧的心隨著袁正儒的動作跌宕起伏，看到他挾了青菜簡直像落到懸崖裡，她要吃肉、肉、肉！

可是看著在嘴邊冒著熱氣的青菜，她還是沒骨氣的張開嘴，一口吞進嘴巴裡，菜芯吸飽了高湯，既有肉的鮮香也有青菜的清爽，讓人感覺好滿足。

她閉上眼睛品味了一會兒，露出幸福的表情，絲毫不理會家裡爹娘哥哥們看著她笑得東倒西歪的，細細的吞下口中的菜芯，張開嘴巴。「還要！」

江氏笑著推了一把袁正儒。「看你！把女兒逗成什麼樣了？」自己接過他手中的勺子，輕輕挖了小小的一坨獅子頭，送進袁妧嘴中。

袁妧上下牙齒一合，感覺到肥肉中的肉汁迸了出來，香氣填滿了整個嘴巴，她不自覺的扭動著小身子，恨不能化為龍形飛上天，在雲層裡撒歡翻滾幾圈才能表達此刻的心情。

江氏輕輕點了點她的鼻尖笑著嗔了一句。「小吃貨。」

身邊服侍的婆子丫鬟們瞧了，都不禁掩住嘴忍笑。

袁妧才不管娘如何評價她，張著嘴示意她再來一勺，就這麼一勺一勺的吃了將近四分之一的獅子頭，江氏就停下手不給她餵了，轉而剝了一隻白灼蝦剪成小段遞到她嘴邊。「肥膩的東西可不能吃太多，吃些蝦吧。」

袁妧眉頭一皺，一反方才迫切的樣子拚命往後縮，左右搖著頭躲開江氏手中的勺子。

江氏驚奇的看了一眼袁正儒。「儒哥，看樣子妧兒怕是不喜食蝦呢。」

袁正儒也驚訝，自家女兒自從能吃一些添加的菜糊、肉糊以來，可沒出現過這種樣子。他接過江氏手中的勺子哄袁妧。「妧兒乖，這蝦十分鮮甜，是從渤海灣八百里加急送來的，入鍋之前尚且還鮮活，最是好吃不過了，來嚐一口。」

袁妧一聽更是抗拒，這可是自家蝦兵們的子孫啊，就這麼活生生被燙熟了，真是聽者傷心聞者流淚的人間慘劇。

袁正儒見袁妧如此表現，疑惑的放下勺子，自言自語道：「妧兒大概是不喜這些帶腥氣的東西吧。」

又抬頭與江氏笑道：「罷了罷了，她不願意吃就算了，這一大桌子菜，怎麼也有妧兒喜歡的。」

人總有自己的偏好，許是袁妧本就不喜歡這些呢，不過這也給江氏提了個醒，桌上每一道袁妧能吃的菜式她都挑了一口餵她，最後一家子得出結論——自家這個小祖宗不喜歡吃海鮮！

袁瑜啃著蝦嘖嘖兩聲。「妹妹真可憐，享受不了如此美味，我可是最愛吃這些了，妹妹妳放心，日後有哥哥替妳吃。」

袁妧噘起嘴輕哼幾聲，看著自己不靠譜的二哥美滋滋的一個接一個的啃著蝦，摸著試菜試到鼓起來小肚子長舒一口氣。自己呀，沒資格要求家裡人與她一同不食海鮮，還是管好自己吧。

一家人私下吃飯從未遵守過食不言的禮數，話說當年初初進京的時候，怕被人瞧不起，許老夫人可是特地讓袁國公進宮求了兩個禮教嬤嬤出來，一大家子關起大門學了半年，才出門在京城中應酬。

可是學了再多的規矩，食不言這一條袁國公卻是萬分反對的。他自幼爹娘去得早，對童年的記憶就是吃飯的時候爹娘才能有空與他說幾句話，以至於他對這個執念頗深。

許老夫人與他也是少年夫妻，自然不會強求。這也是顧氏嫁進來之後頗為詬病袁家的一點，覺得泥腿子就是泥腿子，沒規矩。

吃過飯後江氏幫袁妧揉著肚子，揉得袁妧昏昏欲睡，兩個哥哥已經在旁邊被爹爹抓著考校功課、背著論語，聽著哥哥們的朗朗背書聲，袁妧抵抗不住周公的召喚，趴在江氏懷裡睡了過去。

第五章

顧氏最近是越發恨二房的小崽子了。自從她能吃飯之後，家裡的廚房彷彿整日都是為她而設的，從早到晚什麼生滾粥、小餃子的做個不停。

國公府所有主子都是北方人，之前請的那淮揚菜李廚子毫無用武之地，只是偶爾做些與主子們嘗嘗鮮。現如今可好，多了個喜食清淡的袁妧，雖說她吃得不多，但是好歹從早到晚都要吃，李廚子是捋起袖子認真做，把那幾道地道的淮揚菜和小食做得是又精又細。

袁妧整日吃得有滋有味的，特別是那縐紗小餛飩，更一躍成為她的摯愛，每日不吃上幾個都覺得自己今天沒吃飯。

縐紗小餛飩皮兒飄逸輕薄，餡兒飽滿清透、溢滿汁水，引得人一個接一個停不下來，袁國公嚥下碗裡最後一個小餛飩，端起碗來喝了一口濃郁鮮香熬了七、八個時辰的餛飩湯，放下碗長舒一口氣，滿足的摸了摸袁妧的小腦袋。

「還是咱們妧兒愛吃、會吃，李廚子都來咱們家五、六年了，這還是頭一回覺得離不開他了。」

許老夫人贊同的點點頭。「咱們京城的餛飩可沒這麼薄的，這小餛飩漂在湯裡像上等薄紙一般，我都怕一勺子舀斷了它，多虧了乖孫女，祖母才能嚐到如此美味。」

袁妧得意的晃了晃腦袋，現如今她說話已經能說得頗順了，拍著自己的小胸脯毫不臉紅的誇讚自己。「妧兒，愛吃，會吃。」

顧氏的白眼在心底都要翻上天了，每逢初一十五全家聚在一起吃飯的時候，就是她看著這小崽子多受寵的時候，若是一家人一條心也就罷了，可是她家這群……

想到這兒，果然聽到她的傻兒子袁瑾憨乎乎的開口道：「二妹妹最是乖巧，大堂哥今日從國子監回來給妳帶了東門邊上西域酒樓的巨勝奴，只有一點，那玩意兒太甜，妳可不能多吃。」

袁妧一想到號稱鬆脆得能「驚動十里人」的巨勝奴，口水都要下來了，伸出一隻小手放在下巴下面準備接口水，咧開嘴對著袁瑾笑得像加了蜜一樣甜。「大堂哥，最好了！」

顧氏暗自恨恨兩聲，小崽子除了嘴甜還有什麼？怎麼就哄得家裡人都迷了心神了?!這時候卻見自己的女兒袁婉抽出帕子給袁妧擦了擦嘴邊的口水，溫柔的對她道：「大姐姐昨日剛給妳繡完了一個帕兜，吃了飯讓竹蓉給妳送去。」

袁妧點頭如搗蒜，臉頰兩邊的肉抖得像那鬆軟的肉包子一般，看得一貫刻板正經的世子袁正修都忍不住笑了起來，低聲與身邊的袁正儒道：「小妧兒的確是可人疼。」

顧氏太陽穴一鼓一鼓的，這就是她拚命維護的家人，她每天算計都是為了誰？自己的夫君讀書上沒天分，袁正儒卻自幼機敏，同樣五品官，袁正修做著光祿寺少卿這種閒職，袁正儒卻在吏部做郎中，前途不可限量。

自己的長子、未來的世子爺，整日不好好讀書，天天想著舞刀弄棍。袁國公也是害了他，竟然真給他尋了武師，想到這兒顧氏就咬牙切齒的恨不能掀了桌子，這真真是見不得他們大房好！

正當她強忍著怨恨調整自己心情的時候，袁國公開了口。「太子長子已啟蒙三年，現如今應是要去上書房跟著太傅們讀書了，前幾日陛下與我說要給他尋兩個伴讀，今日就要下旨甄選了，咱們家琤兒、瑜兒年歲都合適，應是躲不過，老二，你好生與兩個孩子準備準備。」

顧氏聽到這番話真是心痛得要昏過去了，這等子好事怎麼又是二房的？這個家還有沒有他們大房一家的一席之地了！

她重重的放下筷子，驚得一家人都轉過頭看她，袁正修狠狠瞪了她一眼，讓她稍微清醒過來。

許老夫人幽幽的一句話傳到她耳邊。「世子夫人這是與誰置氣呢？」

她心裡一突，迅速的冷靜下來，滿臉通紅的吶吶回道：「媳婦只是一時頭暈，手滑了……」

許老夫人嗤笑一聲。「看來世子夫人這兩日身子骨不好，不若好好歇歇幾日？」

顧氏徹底怕了。如今她掌著家裡的一部分中饋之事，許老夫人嘴上說的歇幾日……可真歇了怕就不是幾日了，她低下頭含著淚懇求。「媳婦不過昨日沒睡好，晌午回去睡一覺就緩過來了，無須歇歇。」

許老夫人輕哼一聲，看在兒孫的面上沒有跟她計較到底。

袁婉嘆了口氣，揚起笑臉對許老夫人道：「祖母，昨日我求娘教我一個新的花樣子，怕是娘一整宿都想著呢，可不是沒睡好。」

袁妧也跟著袁婉揚起臉向許老夫人笑著，許老夫人見一大一小兩個孫女如花兒一般的小臉，哪裡還氣得起來？袁琤也已經纏著袁國公問起了伴讀的事情，這件事就這麼岔了過去。

果然下朝的時候聖旨就下來了，三品以上官員家六至十歲的嫡子都要參與甄選，畢竟太子長子，日後可能就是太子、未來的一國之君，伴讀絲毫馬虎不得，一時間整個京城都騷動了起來。

袁琤和袁瑜倒是不怎麼在乎，或者說，袁國公府都不怎麼在乎，他們巴不得離皇家的人遠著些，可是從昭和帝提前與袁國公打了招呼這點來看，他們二人只要不是才學太差，怕是必定有個人要中選了。

果不其然，一月之內連考了三回試，袁琤排名都在前三，最後昭和帝御筆一揮，點了袁琤與殿閣大學士陳墉的嫡次孫——九歲的陳惟一同做了太子長子趙泓的伴讀。

從此之後袁琤也過起了如同父祖一般起個大早進宮的生活，袁妧看著才八歲的大哥整日的睡不飽，不免心疼，可她實在太小了，根本幫不到他什麼，晚上自己躺在床上鬱悶的嘆氣。

玳瑁已經很適應袁國公府的生活了，有人定時餵食換水，還能時時看到牠的公主，可真是比龍宮的日子舒暢多了，猛然一聽到袁妧嘆氣，牠如臨大敵，緊張的問道：「公主！為何嘆氣?!」

袁妧輕輕翻個身，看著放在床頭的魚淺，見玳瑁努力伸著脖子露出一個頭來，鬱悶道：「你看我大哥，不過進宮兩個月，那眼圈黑得堪比黑炭了，我怕時間長了他身子骨受不了。」

玳瑁張大牠的烏龜嘴愣了一會兒，才小心翼翼問道：「公主……那個，妳知道我為何叫玳瑁嗎？」

「不是因為你是玳瑁龜嗎？」

玳瑁無語。「公主之前定沒有好好關心人家，都不知道人家名字的由來，枉費人家對公主一片真心……」

假哭真是龍宮從上到下的優良傳統，看見玳瑁假模假樣的擺好架勢要哭，袁妧微笑的威脅牠。「你若是假哭，我就澆了醋剝了你的殼。」

玳瑁一聲哽咽噎在嘴邊，尷尬的清了清嗓子正經解釋道：「其一自然因為我是玳瑁龜啦！其二……公主別瞪我，還有其二！其二因為我能尋到許多海中珍寶，各式寶石、各式藥材，玳瑁嘛，自然是海中最珍貴的寶物。」

說完，看著袁妧疑惑的眼神，只能嘆口氣接著說：「所以公主在擔心什麼？凡人的這些小病痛，對於咱們來說不過是灑灑水的事情，龍王把我放在這兒也是顧慮這一層。」

見袁妧撇撇嘴不信的樣子，玳瑁一搖前爪，兩粒烏金發亮的藥丸出現在她枕邊。「公主，這就是最最最上等的滋補物件了，入水即化無色無味，一粒可保十年康健，這真是居家出行必備……」

袁妧懷疑的拿起藥丸捏了捏，打斷了牠的胡言亂語瞎吹噓。「成，明日我就給大哥試試，若是有什麼問題，明晚咱們家就吃甲魚湯了！」

雖然嘴上說得狠，但袁妧還是很相信玳瑁的，第二日一大早非纏著袁琤給她餵飯，趁他不注意把一粒藥丸扔進他的粳米粥裡，看他喝下去才放了心。

優哉游哉的日子過得飛快，轉眼間又是一年，袁妧此時已經是兩歲多的孩子，邁著小短腿自己想去哪兒就去哪兒，說話也能成句了。

這一年裡，小表哥秦清澤是隔三差五就來看她，兩個小惡魔湊在一起就商量幹壞事，當然秦清澤說最多的還是想報復趙澹。「……哼，那時候妳還小呢，沒看見妳表哥我上去把他踹倒一頓亂揍，直到我爹爹過來才攔住我，結果被他抽冷子踢了我一腳，這一腳之仇不共戴天，一定要報！」

袁妧悄悄的捂嘴偷笑，那日實際什麼情況她二哥早就跟她描述得詳詳細細的了，自己這小表哥還真是會移花接木，說得和真事一樣。

她笑完面上做出氣憤的表情附和他。

「沒錯，就是，一定要報、一定要報。」

被趙澹當著那麼多人的面揍了，可是秦清澤人生裡的奇恥大辱，聽見表妹附和的話，才稍微放下心來，看來她還不知道當日的事情，轉而咬牙切齒的想如何對付趙澹。

趙澹此時卻並不好過，他又冷又餓，抱著雙膝蜷縮靠在廢棄的八角柱上一動不動，他被困在這個廢棄院子已經三日了。

這三日中不巧還有一日下了暴雨，這小院中房屋窗門全都被鎖得死死的，他只能緊緊地貼在牆上，藉著屋檐躲雨，待太陽出來了又蹲在院子的草叢中曬乾身上濕透的衣裳。

瑟瑟秋風中，趙澹的意識已經開始模糊。三日前他是怎麼進來的？哦，是大哥趙淳的貼身書僮鹿童喚他，說趙淳尋他一同玩耍。

他自出生以來就被老王爺與傅王妃抱到正院，與二房的兩個堂兄相處甚少，祖母曾委婉的叮囑他離堂兄們遠著些，可他也渴望著有兄長愛護。

於是他聽了鹿童的話，甩開跟著他的丫鬟與小廝，偷偷隨鹿童來到了這個小院。其實，到門口他已經覺得不對勁了，無奈自己身小力弱，哪裡敵得過十二、三歲的鹿童？被他一把推進院子在門外反鎖。

經歷了最初的慌亂之後他沈下心來，他相信祖父與祖母定會尋到他的，於是他蹲在大門邊保持體力，仔細聽著門外的聲音，等著一旦有人路過就拚命敲門，可惜等了三日，一個人都沒有路過……

這三日他喝的是雨水，吃的是院子裡的雜草，他已經分辨不出來自己在吃什麼了，撈起一把草就往嘴裡送，正僵硬的嚼著，突然聽到門外遠處傳來嘈雜的腳步聲。

趙澮猛的抬起頭，以為這是自己的幻覺，又仔細聽了聽，卻聽到有個孩童的聲音喊著。

「澮兒你在這兒嗎？」

他身邊彷彿也帶了幾個人，一同隨他喊。「世孫，世孫你在哪裡？」

他不知從哪來的力氣，咬住已經乾裂的唇，用盡最後一絲力氣爬到門前，一下一下拍著院門。

可拍了許久也沒有回應，正當他已經打算放棄的時候，卻聽到天籟一般的聲音在門外響起。

「裡面彷彿有人，澮兒是你嗎?快，打開門瞧瞧！」

接著聽到有人砸鎖的聲音，趙澮已經沒有了絲毫力氣，他的小手無力的扶住門釘，感受著門上的震動，給自己打氣。快了、快了，門快要開了!

終於聽到「喀啷」一聲門鎖斷開的聲音，趙澮心裡一鬆，臨昏迷前看到一張眉頭緊皺、滿臉擔憂的小臉，他努力扯起嘴角。「泓……哥……」

晟王府裡一片肅靜，丫鬟婆子們走路都恨不能踮起腳尖來不發出一點聲響，晟王爺開了東跨院的小祠堂，陰沈沈的坐在正廳當中的金絲楠木圈椅上，看著眼前跪在地上的趙荀與趙淳。

趙淳在晟王爺陰森的目光中控制不住的發抖。他害怕極了，今年他也不過是十一歲的年紀，只是一時腦袋發熱才做出這事來，可事到如今，三歲小兒也知道這事萬萬不能承認。

趙荀感覺到身邊兒子的不尋常，心裡一突，回頭看了眼站在祠堂門口抹眼淚、頻頻向兒子張望卻閃避著他眼神的妻子周氏，心中的憤怒幾乎要衝到頭頂了。她竟然敢？他們竟然敢?!

趙淳察覺到爹爹身上突如其來的怒火，更是害怕，他顫抖的伸出手拉著趙荀的衣袖，澀澀的叫了一聲。「爹……」

趙荀握緊的拳鬆開，全身的力氣彷彿被抽走一般，低著頭不搭理兒子的呼喚。

趙淳心都要跳出來了，他覺得自己今日要死在這兒了，在祖父猶如實質的高壓目光之下，他癱軟的俯下身子趴跪在地上，剛要開口，卻聽到旁邊趙荀乾澀的聲音。「爹，這事兒我與淳兒本不知曉，至於為何查到了鹿童，回去之後我定會給大哥、大嫂與澹兒……一個交代。」

晟王爺有些失望的看了一眼二兒子，又將目光移向他身邊的趙淳，卻見他連頭都不敢抬，心底更是一片冰涼，如今說這些虛話不過是塊遮羞布罷了。

他看了一眼坐在一旁若無其事的大兒子，心中更是疼惜趙澹，咬著牙點了他問道：「蕭兒，澹兒如今受此大難，你乃澹兒的親爹，有什麼想說的，你說一句徹查到底，爹就算把王府翻過來也要查個清楚！」

趙荀握緊拳頭，大哥平時看著對澹兒漠不關心，可這次的事情不是小事，而且是太子長子趙泓發現的澹兒，現如今已經鬧到陛下面前，若是真的查出來是淳兒，那……淳兒這輩子就毀了。

他低著頭不敢看趙蕭，彷彿在等待最後的宣判，卻沒想到趙蕭打了個哈欠有些煩躁道：「就為了這點子小事把我喚來？澹兒不是好好的嗎？只是餓了兩日罷了，平日裡生病的時候淨食不也是餓著？吃點兒東西明日就好了。」

趙荀抬起頭不可思議的看著一臉不耐煩的趙蕭，甚至趙淳聽到他的話也不抖了，驚訝的直起身子看著他。

整個祠堂內外所有人都盯著趙蕭，這讓趙蕭更是心頭火冒，但是在晟王爺的壓制下卻也不敢做出什麼踢桌子、踹凳子的事兒，蹭的一下站起來。「我是他爹，我說了算，這事到此為止，我可懶得再鬧下去。」

說完對著晟王爺一拱手。「爹，兒子今日著實困乏，不知能否先告退。」

晟王爺心裡說不出什麼滋味，酸苦辣鹹唯獨缺了甜，深知留下他也無用，頹然道：「你去吧。」

趙蕭得了爹的準話片刻猶豫沒有，也不理地上尚且跪著的趙荀與趙淳，快步出了祠堂，他的鴦鴦還等著他呢！

晟王爺看著大兒子的背影，看著瞠目結舌的二房眾人，苦笑一聲。「你們都回去吧，我只說一次，把鹿童送來，我定要了他的命！」

趙淳一抖，聽懂了晟王爺話下的意思。若是有下回，他怕是不能輕易脫身了！幸好，幸好趙澹是個爹不疼娘不愛的，幸好……

第六章

趙澹感覺自己渾身像是被馬車輾過，稍微動了動手指就費盡了他所有的力氣。

接著，他聽到身邊一聲驚喜的叫聲。「太醫，澹兒醒了，他的手動了！」他努力想睜開眼睛，卻感覺眼皮比千斤秤砣還重。

恍惚中感覺有人上前察看，他失去意識再次昏睡過去。

床邊一直守著他的傅王妃驚呼一聲，眼淚差點迸出來，太醫皺著眉把了脈、看了眼白，鬆了口氣。「王妃無須擔心，世孫這幾日怕是沒怎麼睡覺，現如今只是睡過去了。」

傅王妃提著的心這才稍稍放下，看著躺在枕間、襯得臉色蒼白的小孫子，心中越發的憤怒。她閉上眼睛喘了好久，壓抑住翻騰的情緒，站起來去了外間。

趙泓已經在外間坐著吃點心了，見到傅王妃出來忙站起身行禮。「叔祖母，澹兒可好些了？」

傅王妃慈愛的拉起他的手。「今日多虧了殿下，若不是殿下尋到澹兒，誰能想到他會被鎖在那廢棄了二十多年的院中？真是多謝殿下了。」

趙泓羞澀一笑。「侄孫也不過是無意中發現的，當不得叔祖母的謝，只是……此事鬧得太大，京城上下都知道澹兒失蹤了……」

話未說完，看到傅王妃難看的表情，轉而道：「今日侄孫著實耽擱太久，本不過是替皇祖父過來幫幫忙，皇祖父也是十分掛念澹兒，如今澹兒無事，侄孫也要早早回去與皇祖父說一聲。」

傅王妃彷彿才反應過來，看著不過八歲，做事卻面面俱到的趙泓，又想到家裡那個孽障，感慨的伸手拍了拍他的肩膀。「如此老身就不耽擱殿下了。」

說完想喚人進來送趙泓出去，可想到自己的兒孫現在怕是沒一個有心思過來的，只能嘆了口氣親自送他到了二門，目送他離去。

袁琤皺著眉頭在袁國公的書房踱步，繞得袁妧眼都花了，終於盼到袁國公與袁正修、袁正儒下了衙回來，他連忙迎上去。除了死活賴在書房的袁妧，家中四個男人都眉頭緊皺。

袁琤看了眼窩在袁國公懷裡吃點心的妹妹，也沒心思趕她了，憂心忡忡道：「殿下方才派人通知了我，說已經尋到了小世孫，讓咱們把派出去的人召回來，我聽著意思彷彿是在晟王府內尋到的，那……就是大事了。」

袁國公知道的比他還多些。「確是在一個廢院子尋到的，不知道這回晟王爺會如何做？陛下知道此事已經大怒了，只能看看這次推出來的人能不能讓陛下解了心頭氣了。」

袁正修肅著臉認真問道：「爹，為何陛下會如此生氣？」

袁國公被問得一時無語，自家這個兒子呀……他耐心解釋道：「世孫那可是正經的皇家血脈，尤其還是長子嫡孫，陛下最是規矩不過，把長子嫡孫看得比誰都重，也最厭煩一些偏枝庶子使些手段。」話沒說透，嚥下未說完的話。

想到陛下登基前的血雨腥風，可不厭煩這些子手段嗎？看著似懂非懂的大兒子和了然於心的二兒子，他心裡也煩躁得不行，只能安慰自己，大兒子雖說愚鈍了些，但心是正的，二兒子又不在乎這些虛無的名利，日後兄弟倆怎麼都能相互扶持。

他拉回心思放在正事上。「咱們也無立場去參與這件事，只靜觀其變就可。琤兒，我知你與殿下關係尚可，但這件事你就別多嘴了。」

袁琤有些愧疚的拱手道：「祖父，殿下對孫兒真心不錯，這一年多的相處，孫兒與他處出了幾分真情實意，殿下今日也是真的著急，孫兒才一時情急……」

袁國公看著一片赤子之心為朋友的孫子，心中無奈，只盼著日後殿下別辜負了他吧。

他抱著懷中的袁妧站了起來。「行了，本與咱們家也無什麼關係，這樣突然聚了起來，怕是你祖母她們也要擔憂了，快些回去吃飯吧，稍稍提點著她們些，省得出去應酬說錯了什麼話。」

袁國公說這句話的時候目光沒有離開袁正修，袁正修自然也知道自己的世子夫人是個不怎麼靠譜的，略顯尷尬的咳了咳，低下頭期期艾艾的應下。

聽了一肚子故事的袁妧被袁正儒抱回了韶華院，她回想起上次見到的英氣孩童，他竟然受了如此大的苦嗎？想到自家小表哥還日日惦記著報仇，她搖了搖頭，果然高宅大院裡骯髒事兒多……

坐立難安的江氏終於等來了丈夫與孩子們，袁正儒看到她站在門口，微微一笑，柔聲道：「與咱們無關，是晟王府小世孫的那件事，找到他了。」

趙澹失蹤了江氏自然是知道的，她對趙澹還頗有幾分好感，聽到找到了也鬆了口氣，然而看著霜打茄子一般的袁琤，知道現在不是說話的時候，拉著他進屋用晚飯。

晚上李廚子特地做了拿手好菜三套鴨，從江淮運過來的南方老雄麻鴨，套著現宰殺去骨的野鴨與四月大的嫩鴿，麻鴨肥美，野鴨鮮香，嫩鴿細酥，輔以上等火腿與各式菌菇，蒸得極爛，一小鍋湯湯水水帶鴨端上來，一時間彷彿整個院子都瀰漫著這股子極致的香氣。

袁琤這一整日擔驚受怕的，早就餓到胃都酸疼起來，聞著這香氣口水都差點出來了，配上一盅色彩明快、誘人食慾的高湯扣三絲，足足吃了兩碗飯才停下筷子。

袁妧極愛吃三套鴨中的鴿子，鴿子吸收了兩層鴨子的鮮美，那滋味讓袁妧無法形容，只能說出兩個字：「好吃！」

江氏憐愛的看著吃得滿嘴都是的女兒，替她擦了擦嘴。「慢著些，哪有點小女兒家的樣子？」

袁妧拚命嚥下口中的鴿子，扭過小身子背對江氏，面對袁正儒噘起嘴告狀。「娘嫌棄我。」逗得今日一直沒展開笑臉的袁琤也笑了起來。

晟王府中，趙荀一家子回了院子，就馬上把鹿童口中塞了破布，送到晟王爺那兒，鹿童跪在地上瑟瑟發抖，看著晟王爺看死人一般的眼神，絕望得鼻涕眼淚一起流，他不知道哪來的力氣掙脫押著他的府兵，扯下口中的破布尖聲高喊一聲。「王爺！是大少……」

話沒說完又被府兵壓住，把破布塞回他嘴中，鹿童再掙扎卻也掙扎不開了。

晟王爺神情莫測的看了他許久，對王府總管容智揮揮手。「拖下去在前院杖斃⋯⋯」不知道想到什麼，他嗤笑一聲又道：「去二房，把老二和他那兩個好兒子全都叫過去，看著這畜生被杖斃。」

剛剛才喝了杯熱茶喘了口氣的趙荀，剛想喚趙淳過來，卻見容智親自來了，他面帶三分笑，但嘴中吐出的話卻讓他心頭一驚。「二爺，王爺說要杖斃鹿童，命小的來喚您與大少爺、二少爺一同去前頭觀看行刑。」

趙荀又哪裡能反抗，看了一眼帕子都要擰碎的周氏，嘆了口氣。「去尋淳兒和瀾兒過來吧。」

周氏心疼兒子卻也無法，看著依然面帶微笑、彷彿對屋子裡詭異的氣氛絲毫沒有察覺的容智，只得咬咬唇去了兒子暫時休養的屋子。

趙瀾也在這裡陪哥哥，還省得派人去他的院子尋他，剛剛換了一身衣裳的趙淳心底就是再不願意，還是臉色蒼白的過來，容智一見人到齊了也不磨嘰，陪著父子三人去了前院。

鹿童此時已經被捆在了行刑的長凳上，扒光了褲子露出花白的屁股，也不知道吹了多久，在寒風中一抖一抖的，彷彿已經知道了自己即將到來的命運。

趙荀帶著趙淳與趙瀾剛剛站穩，容智就命人點上火把，烈烈火把燃燒的聲音給這本來就略顯沈重的環境更添了幾分陰森。

鹿童看見趙淳，眼裡突然放出光來，掙扎了幾下沒掙扎動，「嗚嗚嗚」的衝著趙淳拚命點頭。

趙淳躲開他的眼神，默默的跟在趙荀後面，看都不敢看他一眼。鹿童的心徹底涼了，他不過是懷抱著最後一絲希望罷了，大少爺信誓旦旦的說過，若是出了事一定能保下他來，如今……他頹然的趴在長凳上，等待著最後的酷刑。

容智扯唇一笑，輕咳一聲。「人到齊了，行刑吧。」

兩個虎背熊腰的府兵舉起手中的刑杖重重打向鹿童的下身，只見鹿童瞪圓了雙眼青筋暴出，汗一下子流了下來。趙淳看得一哆嗦，這板子像是打在他身上一般。

不過十來下鹿童就沒了力氣，像一坨爛泥一樣癱軟在長凳上，若不是有繩子捆著，怕是早就滑落下來了。

容智親自上前把他口中的破布扯下，鹿童已經出氣多進氣少了，卻還能隨著板子一下一下的落下發出細微的哀叫聲。

不知過了多久，只見他用力抬起脖子一扭頭，狠狠盯著眼前的趙淳，咬著牙用最後的力氣喊了一句。「大、少爺……」垂下了頭，再也沒了動靜。

府兵上前探了探他的鼻息，起身對容智稟報道：「容管家，他已經沒氣了。」

容智點點頭。「行了，拖出去吧！咱們家是良善人，給他裹一床破蓆子扔到山上去。」又回頭看著兩股戰戰、汗流浹背的趙淳笑了一下。「大少爺，鹿童的爹娘祖輩都是府裡的家生子，如今一大家子也都被關起來了，轉過天就發賣了去，您看滿意嗎？」

趙淳哪裡還說得出話來，雙手緊緊抓著趙荀的胳膊才努力讓自己站穩，趙荀看著兩個兒子都嚇得臉色慘白，只能接話道：「容……總管，若事情了了，那我們父子就先回去了。」

容智的父親當年也是陪著晟親王爺隨先帝御駕親征的，還立了些功勞，在這王府中他只聽晟王爺與傅王妃的指示，其他人誰的面子都不給，這王府上下的主子對他都有些忌憚。

見趙淳已經徹底知道怕了，容智笑著拱手道：「二爺說得是，大少爺與二少爺怕是受了驚，王爺已經早早派了府醫去您的院子候著了。」

趙荀還能說什麼呢？只能指揮著下人們扶著已經站不穩的兩個兒子灰溜溜的回了自己的院子。

當天夜裡趙淳和趙瀾就發起了高燒，嘴裡說著胡話，周氏又驚又心疼，府醫雖然開了藥，卻沒法子馬上退燒。周氏一狠心，對趙荀道：「娘的院子裡還有太醫守著，你去求個太醫過來吧！」

趙荀萬沒想到自己的妻子竟然如此的厚臉皮，他詫異道：「妳可知道那太醫是過來做什麼的？那是太子殿下看在小殿下的面上派來給澹兒治病的，妳讓我去求太醫？怎麼不想想你們母子做了什麼？我哪裡還有臉去求太醫?!」

周氏眼淚湧了出來。「難不成就看著兩個孩子這麼燒著？萬一燒糊塗了可如何是好？你不去，我去！」

說完扭頭就要往外跑，趙荀眼疾手快的拉住她，看著她哭哭啼啼，心煩意亂的一擺手。「行，我去，今日我就不要這個臉了。」

王府正院延寧院中，趙澹終於睜開了雙眼，已經守了他整整一日的傅王妃鬆了口氣，急忙讓人端上來易克化的粳米粥親手餵他，看著他狼吞虎嚥的樣子眼中泛起一陣陣的潮意。

黎氏聽到消息也匆匆趕來，這個兒子已經是她唯一的指望了，他可不能出丁點事情。一進門，見到趙澹已經吃完了一碗粥，看著沒什麼大礙了才鬆了口氣上前請安。「娘，媳婦來晚了。」

傅王妃真瞧不上她，自己的兒子受了這麼大罪，卻只看了一眼就回了院子，現在醒了才跑過來，真不知道她到底是如何想的。

趙涵看到了許久未見的娘，面上卻一點表情也沒有，木訥的站在一旁，黎氏見到女兒忍不住上前兩步，激動的喚了一聲。「涵兒。」

趙涵低著頭給她行了個禮，回了一句。「母親。」

傅王妃見不得黎氏這做派，意有所指問道：「怎麼？妳過來不是看澹兒的？從進了門妳可看見了妳的兒子？」

黎氏被點破了，也覺得有些不好意思，僵硬地摸了摸趙澹的頭問了句。「澹兒身體可好些了？」

趙澹懷抱期望的看著她。「好多了，多謝娘掛懷。」

兩個人交流了這麼一句就冷了場，整間屋子的氣氛都尷尬了起來。這時卻聽到羅嬤嬤在門外稟報。「王妃，二爺過來說想、想求個太醫……大少爺和二少爺都燒起來了。」

傅王妃也被二房的厚臉皮驚到了，她知道自己那沒有什麼雄心壯志的二兒子是斷不可能想出這個主意的，到底還是那個禍家的媳婦。她搖了搖頭，自己上輩子造了什麼孽，這輩子有了這麼兩個媳婦。

羅嬤嬤見她沈默，又開口說了一句。「二爺現如今正跪在門外，說兩個少爺快要燒糊塗了。」

到底是自己的孫子，傅王妃眉頭一皺，轉眼卻看到臉色依然蒼白的趙澹，狠狠心道：「讓他回去吧，府醫一樣能治得了。」

趙澹看到傅王妃皺眉低下頭，沈默片刻抬頭露出懇切的表情。「祖母，就讓太醫隨二叔去一趟吧，如今我也大好了，太醫在這兒也不是救命，大哥、二哥燒得如此厲害，可別出了岔子。」

傅王妃與黎氏都大驚，任誰出言求情也沒想到趙澹會開口，黎氏當下喊出了聲。「不成！這是他該的！」

傅王妃想到趙澹就是為了所謂的「兄弟情」才被騙到那院裡受了這大罪的，抱著趙澹流下了淚，直到把心中的疼惜哭了出來，才摸著他的小臉憐惜道：「這是他自找的，你莫要管了，好好歇著才成。」

說完扶他躺下，回頭讓羅嬷嬷傳話。「讓他滾回去，問問他還要不要臉了?!」

羅嬷嬷低著頭應了一聲，悄聲出了門。

第七章

趙荀提心吊膽的跪在外面，聽著裡面傳來了自己娘的哭聲，心裡驚慌，不會是趙澹出了什麼大問題了吧？正忐忑著，就見到羅嬤嬤出來，臉色嚴肅的看著他。「王妃讓我問二爺一句話。」

趙荀疑惑地抬起頭。問話？是問兩個孩子燒到什麼地步了？

卻聽羅嬤嬤接著道：「王妃問，您還要不要臉了?!」

趙荀真真覺得像是捱了一個大耳刮子，彷彿臉皮都被撕下來扔在地上被萬人踩了。他面紅耳赤的爬起來扭頭想走，走出兩步又反應過來，回頭與羅嬤嬤一拱手。「今日是我不是，還請嬤嬤與娘說一聲。」撐著說完這句話，是真的再也留不下去了，踩著棉花般搖搖晃晃的回了二房。

趙澹失蹤這件事情，在晟王爺的強壓之下到底是壓下來了，昭和帝看著眼前的晟王爺，聽著他說著胡編亂造的理由。「……那奴才的爹娘因為衝撞了澹兒曾受過嚴罰，背後抱怨幾句，他心底氣不過，悄悄砸了荒棄院子的鎖，又把澹兒騙了過去反鎖了……」

昭和帝不屑的嗤笑一聲，對著大自己五歲的堂兄搖了搖頭。「罷了罷了，朕只說一句，家和才能萬事興。」晟王爺的臉脹得通紅，只能唯唯諾諾的應下。

昭和帝嘆了口氣繼續道：「泓兒當日無意間尋到了澹兒，回來與朕說他那時模樣可憐，這幾日總是想起那一幕，心痛於自己沒保護好族弟。正巧泓兒也沒個弟弟，回頭澹兒身子好些，就讓他也來上書房讀書吧。」

晟王爺驚喜非常，這可真是因禍得福了，忙應下。「勞陛下與殿下惦記了，回頭他身子骨好些就讓他進宮。」

袁琤知道自己與趙澹做了同窗也很欣喜，回家與袁正儒和江氏道：「這回殿下可算不用整日唸叨了，日日在我們眼皮子底下，看看誰還能欺負了他來。」

因為哥哥每天回來都說這件事，袁玧這幾日也不由得關心起趙澹來，聽聞他已經在皇上面前掛了號，且要去上書房讀書了，也替他高興。

玳瑁知曉後卻嘀咕了好幾日，那個趙澹不就是頭一回見面就抱著公主的男人嗎？如今他得了好了，為何公主這麼高興，難不成……糟了，他得趕緊稟告龍王才成！

當天夜裡白帝龍王就匆匆趕到女兒閨房，看見已經打著小呼嚕、短手短腳的女兒，疑惑的問玳瑁。「你說……有男人接近公主？」

玳瑁認真的點點頭，把週歲的事情從頭到尾說了一遍，又繼續說道：「最近二少爺總說趙澹的事情，今日聽他得了好，公主看著十分開心。」

白帝龍王一聽這可不得了，他認真叮囑玳瑁。「你一定要看好公主，我沒與元兒說，她這次下凡本就是歷情劫，若是選對了人，那便是夫妻和睦相伴白頭，若是選錯了……這輩子就會肝腸寸斷不得善終。」

玭瑁眼淚汪汪的看著龍王。「所以小的急忙通知您了，也不知這位世孫是不是公主命定中的人……還有！那個表少爺，隔三差五來尋公主玩耍，每回都要把小的翻來翻去的！要說那表少爺，小的在龍宮可從未見過如此頑皮的孩子……」

白帝龍王無語的看了牠一眼，打斷牠。「行了、行了、行了，有事回報即可，今日我就不與元元相見了，別又惹她哭一場。」

玭瑁癟癟嘴吞下未說完的話，恭送白帝龍王回龍宮。

一夜好眠的袁妧一起床，習慣性的看玭瑁，卻見牠沒有像往常一樣探著頭跟她問好，而是安靜的縮成一個龜殼趴在石頭上，有些驚訝的戳戳牠。「玭瑁，你生病了？」

玭瑁氣呼呼的探出頭。「沒有！我可是靈龜！」

袁妧好奇道：「那是怎麼了？難不成昨日沒吃肉？」

玭瑁哼了一聲不回話。

袁妧自小暴脾氣，用力把牠抓起來威脅。「說！是不是想喝甲魚湯了？」

玭瑁哭喪的聲音響起。「公主公主，我這不是擔心妳嗎？妳可千萬別著急尋夫君啊！」

袁妧這一刻是真的想把牠剝了殼燉了，恨恨道：「你睜大眼睛看看，我才不到三歲！再過幾年你再操心也不遲。」

玳瑁委屈的問道：「那要再過幾年啊？」

袁妧橫了牠一眼。「反正好幾年！行了，昨日我點了肉湯圓和灌湯小籠包今日一早吃，你想吃的話就老實點。」

一聽到肉湯圓，玳瑁兩隻烏龜眼放出晶亮的光來，牠可不像普通烏龜那樣只能吃些生食，牠可是極愛人類美食的！

牠馬上閉上嘴，趁梁嬤嬤和丫鬟們不注意，自己飛快的爬到出門的小籠子裡，著急的催促袁妧。「公主公主，咱們快些吃早飯去！」

袁妧聽牠撒嬌的語氣也氣不起來，待梁嬤嬤給她穿好衣裳之後，便提著玳瑁去尋爹娘。

肉湯圓果然十分鮮美，玳瑁才沒有袁妧那些忌口的毛病，在海底還未修煉成的時候，什麼魚呀蝦的牠可沒少吃，弱肉強食嘛。

牠特地求著袁妧扔了一個包了蟹黃肉餡兒的湯圓給牠，一口一口吃得很是香甜，軟糯的外皮、多汁的內餡，牠狼吞虎嚥吃下一整個大湯圓，自己翻過身子來四隻腳朝天曬太陽，迷迷糊糊的睡了過去。誰知等牠睡醒了，才發現家裡竟然來了客人，那客人不是別人，正是這幾日牠惦記許久的趙澮！

趙澮不是自己一個人來的，而是隨著趙泓一同過來。

趙泓身為太子獨子，基本上只等著滿十二歲就要封太孫了，正值壯年的太子與已到知天命年紀的昭和帝之間的關係有些微妙，反倒是這個孫子更得昭和帝歡心，時常派他代表自己去示恩老臣。

今日袁琤正巧提起家裡廚子做的淮揚菜越來越精緻美味，都是自家妹妹的功勞，而趙泓也許久許久沒出宮了，一時興起拍著袁琤的肩膀笑道：「既如此，咱們就都去你家嚐嚐，真是吃膩了這宮中溫乎軟爛的菜，總覺得吃什麼都一個味兒。」

陳惟點頭點得飛起，這一日在宮中吃兩頓，真真吃得他身心俱疲，他可是最好一口吃的，每日回去吃晚膳又因著家裡講究養生不能吃太多，跟著趙泓這還不到兩年，他都覺得自己瘦了一大圈。

袁琤看著上書房裡的幾個同窗都露出相同的神情，心中叫苦，太子長子出宮又怎麼會容易？這不是自己給自己找事嗎！

他只能把希望寄託在昭和帝身上，誰知道昭和帝聽完趙泓的話，反而笑得開懷。「朕也早聽袁國公說起那個縐紗餛飩，喚御膳房做了來，袁國公卻說不是那個滋味兒，正巧你去替朕嚐嚐。」

事已至此，袁琤只能堆著笑臉把這群大少爺們請回了家。

袁國公府聽聞袁琤帶著太子長子來了，一下子轟動起來，顧氏見許老夫人忙著吩咐這吩咐那的，眼珠一轉，對她道：「娘，兒媳先去灶房看看有什麼要準備的，回頭把菜單呈給殿下讓他選。」

許老夫人瞥了她一眼，見她神情有些按捺不住的激動，眉頭一皺，想知道她打的什麼主意，遂對她道：「妳去吧。」

待她喜孜孜的出了正院，許老太太吩咐了羅嬤嬤一聲。「去看著她到底要做什麼，別丟了咱們國公府的臉。」

羅嬤嬤神情嚴肅的應了聲，悄悄跟在了顧氏後頭。

顧氏果然沒去灶房，而是七拐八拐躲開大路鑽進了浮音苑，羅嬤嬤皺著眉思量片刻，到底沒上前，躲在樹後盯著浮音苑的大門。

袁婉此時真的有股想突破禮教的衝動，把茶杯摔到顧氏面前，好不容易才忍住。「娘妳回去吧，我不會出這院門的！」

顧氏一臉恨鐵不成鋼。「妳這孩子！太子長子啊，未來的太子，甚至未來的皇上，他這輩子能來咱家幾回？過了這個村可就沒這個店了！」

袁婉發現與她根本說不通，只能換個角度與她說：「娘，太子長子今年不過八歲，我已經十二歲了。」

顧氏一聽感覺有戲。「沒事沒事，皇上的裕妃還比皇上大七歲呢！女方大些，早些成親……有好處！」

袁婉被顧氏意味深長的語氣氣得臉都紅了，終於忍不住把杯子往地下用力一摔。「我今日就是死在這兒，也不會踏出院門一步！」

顧氏被嚇了一跳，差點沒跳起來，撫著怦怦跳的心口瞪著女兒，看見她羞憤的樣子，只得撇撇嘴。「娘也是為了妳好，這回來的還有陳大學士的嫡孫，只小妳兩歲，最是合適了。」

袁婉再也忍不住，失望又憤恨的看了顧氏一眼，一甩袖子跑回內室，撲在床上嚶嚶的哭了起來。

顧氏見女兒跑了進去，有心追上去，卻想到自己出來的理由，時辰可真是耽擱不起，只能囑咐臉色難看的陳嬤嬤。「快些進去看看小姐，記得給她收拾收拾，想通了就直接出來。」

陳嬤嬤嘆了口氣，行禮應下。顧氏匆匆忙忙的出了浮音苑，羅嬤嬤忙跟上她，見她這回才真的去了灶房，這才偷偷的回了許老太太身邊，把方才的一切都向她稟告一遍。「只聽著摔杯子與大小姐哭的聲音，不多時世子夫人就出來了，看面色也有些生氣難看……」

大宅院裡生活了幾十年的人哪裡有傻子，一聽這話就把顧氏的目的猜得七七八八了，許老太太無力的攤在榻椅上，對羅嬤嬤苦笑道：「當年，因著怕陛下猜忌，順從旨意給修兒娶了這麼一號人，到底是我與國公爺錯了。」

羅嬤嬤見主子如此失望，忙勸解道：「老夫人可別這麼說，您看二夫人多好！二夫人是拎得清的。」

拎得清的江氏現在正忐忑的抱著袁妧，在院中等待著未來的太孫殿下。

袁琤早就有了自己的院子，還自己取了茂林院這麼個接地氣的名字，裡面果然高林聳立，怕是袁國公府樹最多的地方了。

趙泓嘖嘖稱奇。「看不出你竟然喜歡這種景兒的院落。」

袁琤有些靦覥。「自小我就喜歡樹，當年祖父讓我選院子的時候我一眼就看中了這個，這院子之前本是書房，祖父派人加蓋了十來間屋子，才把這院子給了我。」

趙泓好奇的拍了拍院中三人合圍的大樹。「這也太大了！國公爺不愧是軍功起家，這一看就是習武人家的院子。」

趙澹也拍了拍樹道：「泓哥這可就說錯了，習武人家的院子才不這樣。」

袁琤笑道：「正是如此，我大堂哥自幼習武，他的院子一進去一馬平川，除了木樁、兵器架之類的什麼都沒有。」

趙泓被反駁了也不生氣，笑著拍了拍腦袋。「是我著相了，光看這樹頗像話本子裡寫的飛簷走壁的大俠練功之處。你大堂哥回來了沒有？若是回來了咱們一同用飯可好？」

袁琤哪裡有不同意的，自然是馬上派人去尋袁瑾。

這時卻見初春小心翼翼的過來行禮，道：「殿下、各位少爺，二夫人問您們何時有空過去用膳……」

陳惟摸了摸肚子怪叫道：「餓了餓了，快些用膳去吧！咱可不能忘了今日來的目的！」

趙泓見他的怪樣子，笑著呸了他一口，轉頭對初春道：「我們兄弟幾個現在就過去，麻煩二夫人了。」

得了消息的江氏忙派人通知李廚子，為了招待好這群小祖宗們，江氏特地開了院子裡的小廚房，讓李廚子帶著兩個燒火的小子扛著一堆食材過來現做。

李廚子小心的問了來的人忌不忌口、喜食什麼口味，準備了半天終於把菜都備得差不多了，坐在那兒閉目養神，腦子裡卻轉得飛快，想著待會兒要怎麼做。這會兒聽到通知，李廚子猛的張開雙目，站起來手腳麻利的開始剁起食材來。

袁琤引著趙泓一行人與江氏寒暄過後，李廚子的頭兩道涼菜就上了。

都是一群男孩子，江氏不好陪在這裡，抱著袁妧剛要告退，卻聽見一直沒說話的趙澹開口道：「二夫人，把妧兒妹妹留下吧。」

江氏一驚，略帶疑惑的看了他一眼，卻見趙澹有些羞赧，強撐起嚴肅的樣子衝她作了個揖。「我與妧兒妹妹已是經年未見，甚是想念，不如留下她同我們一同用膳。」

趙泓差點把嘴裡的茶噴出來，這話說的，經年未見？人家這孩子看著也就兩、三歲模樣！

陳惟才沒有趙泓這等定力，一口茶嗆到嗓子裡咳嗽起來，身邊的袁瑾見狀用力拍著他的後背，直咳得面紅耳赤才止住。

見他要開口的樣子，趙澹生怕他說出什麼羞人的話，急忙又對江氏一拱手。「若是二夫人顧及男女大防不方便，就把妧兒妹妹帶下去便是……」

這句話一說連最小的袁瑜都忍不住了，哈哈哈的笑聲像有魔力一般感染了一群男孩兒們，趙泓都放下了架子笑得直拍桌子。

袁妧看著趙澹耳朵紅得快要燒起來了，臉上卻強繃著正經的表情站在那兒，惡趣味從心底起來，在江氏懷中朝趙澹伸手。「世孫哥哥。」

江氏看著自己小人精一般的女兒哭笑不得，就吃飯的時候袁妧才最積極，平日讓她做點什麼就裝聽不懂。

她笑著把袁妧放在趙澹旁邊的椅子上，拿出特製的錦緞坐墊給她墊上，又用絲綢布條把她固定好，忙活好了之後拍拍她的頭。「別鬧哥哥們。」又對趙澹溫柔一笑。「就麻煩世孫幫我照顧這個小磨人精了。」

趙澹看著一年多沒見的肉團子朝他咧嘴傻笑，終於小臉上也泛起一絲笑意，不自覺的伸手摸了摸她的小肉臉，才認真的對江氏點頭道：「二夫人放心，我定會好好照顧妹妹的。」

袁瑜有些吃醋的坐在袁妧另一邊。「娘，我也能照顧妹妹！」

江氏摸了一下他的小腦袋。「那就也麻煩瑜兒了。既如此我先下去了，殿下與各位少爺還請用膳吧。」

趙泓好容易才撿回已經崩塌的形象，起身同江氏行了禮，待江氏走後才看了看肉團子袁妧一眼，小聲詢問袁琤。「……這就是你那個小吃貨妹妹？」

第八章

袁琤怕被袁妧聽到，嚇得先看了看她，見她正纏著趙澹，才悄悄點點頭。「殿下待會兒嚐嚐，這一大桌子宴席可多虧了我妹妹才有的。不然，這廚子還埋沒在我家後廚偶爾做做點心呢。」

趙泓一聽來了興趣。「那咱們就趕緊吃吧。」說完拿起筷子伸手挾了一筷子黃澄澄切成半寸厚的雞塊。

萬沒想到這雞肉一入口，綿軟的酒氣就漫上舌尖，雞中酒香濃郁，酒中雞肉油潤，他忍不住叫了一聲好。「這酒應是陳年的花雕吧？」

袁琤笑道：「我也不知，只知這酒乃李廚子尋人專門從南邊運過來的，說是在桂花樹下埋的酒，方才有這種滋味。」

趙泓忍不住又挾了一筷子。「的確是不錯。」

其他人也被這道雞塊俘虜了，紛紛點頭附和。

待一道一道菜上來，這群少爺們骨子裡的教養就體現了出來，一個個表情嚴肅得像齋戒一般，一言不發卻飛快的下著筷子。

整個桌上只能聽到袁妧脆嫩的聲音。「世孫哥哥，我要吃大煮乾絲。」「世孫哥哥，我想喝肉羹。」可把趙澹忙活得手忙腳亂的，自己壓根兒沒吃上幾口。

袁琤見趙澹忙得汗都快出來了，還小心的餵著袁妧，心中驚訝。自家妹妹已經自己用小勺子吃飯許久了，怎麼又開始纏著人餵飯了？

終於袁妧吃飽了，她滿足的嘆口氣，最後指揮著趙澹餵了她一口獅子頭，幸福的瞇上眼睛，摸著自己圓滾滾的小肚子，看著趙澹碗裡基本沒動的飯，有些愧疚，拽著趙澹的手道：「世孫哥哥，我最最最最愛吃的小餛飩，你要吃嗎？」

趙澹現在完全是傻哥哥附體，哪裡拒絕得了袁妧？忙點點頭。「那我便嚐嚐。」

雁南極有眼力見的悄悄退了出去，囑咐李廚子煮一碗餛飩端上來。

餛飩端上來的時候，一桌子孩子也已經吃得差不多了，除了趙澹之外所有人都是破例吃多了，趙泓感慨道：「一想到你在家日日吃這些，而我在宮裡卻日日吃那些溫食……唉！」

陳惟頭點得像小雞啄米，正要開口說話，卻聞到一股奇香，看著雁南輕輕擺在趙澹面前的、一碗從未見過也未聞過的小餛飩，他不由驚詫，也懶得顧及什麼形象了，對趙澹道：「分我一些！」

趙澹無奈的看著他，也不知陳大學士若知道自家孫兒如此模樣，會不會打斷他的腿？但還是拿了旁邊的空碗舀了半碗分給他，自己才低頭吃了起來。

陳惟肚子早就圓滾滾了，在這鮮湯的誘惑下還是強撐著吃了半碗餛飩，真的是攤在椅子上動都動不了了。

他長長舒了一口氣，對著袁琤道：「這餛飩真是一個字，鮮！竟然想不出別的詞來形容。可惜可惜，又不能時常來你家蹭飯，下一頓還不知道是什麼時候呢……」

袁琤看著他說著說著臉都耷拉下來了，忍不住笑道：「你若是真想來，就是日日來我家也是歡迎的，何必想那麼多？再說這小餛飩我是日日吃，就是再鮮，也覺得沒有頭一回那般驚豔了。」

陳惟見他那無所謂的樣子，憤恨的一拍頭。「你真是！唉，何不食肉糜啊！讓我也日日吃這個小餛飩吧，我保證次次驚豔……別的都好說，主要是一個廚子有一個廚子調餡兒的味兒，這個真是模仿不來。」

卻聽見正雙手捧著小臉看趙澮吃餛飩的袁妧隨口應了一聲。「好啊，那陳哥哥便日日吃唄，走的時候帶些。」

陳惟驚訝的看著袁妧。「這湯湯水水的，帶回去不就泡爛了？」

袁妧把視線從趙澮身上移到他臉上。「只是提罐湯回去，蔥花蛋絲是家家都有的呀！」

陳惟撓撓頭。「那這餛飩呢？若不然我回去求我祖父也尋個南方廚子？」

袁妧一臉疑惑的看著他。「餛飩我們家有呀！」

得了，又繞回來了，陳惟與她真真是雞同鴨講，看著她純真無辜的小臉也說不出話來，只能重重嘆了口氣。

袁瑾看著二妹妹如此模樣，笑得肚子都疼了，開口替她解釋道：「之前二妹妹鬧著讓廚下包了許多餛飩，後來吃不完索性都收到冰窖裡凍了起來，吃起來雖然沒有現包的那般鮮美，但是也還不錯，反正我是吃不出太大區別，後來為了方便，家中總是在冰窖中備些。」

袁琤也想起來還有這茬。「大堂哥說得是，確實有這麼回事，我其實也吃不大出來，因為每回包的最多只凍三、五日，只有我妹妹這小刁嘴的，每回都要現包的才吃。」

陳惟一聽還有這好事，眼睛都亮了，自小的教養卻也讓他做不出直接開口要的事來，只能目光炯炯的盯著袁家三兄弟，從袁瑾到袁琤、袁瑜，看得三人雞皮疙瘩起了一片。

這小餛飩說到底是二房的東西，袁瑾可不好開口，頂著陳惟熱切的目光看向了袁琤。

袁琤被兩道炙熱的目光看著，忍不住抖了一下，咳嗽一聲應下。「成成成，想拿多少都成。」

陳惟眼睛更亮了。「真的？那你家冰窖裡所有的我都拿走行嗎？」

袁琤還沒開口，趙泓在一旁嘖了一聲。「你小子把我放在哪兒了？」

趙澹抬起頭詫異的看了趙泓一眼，卻見他罕見的露出了幾分這個年紀孩童的模樣，略帶扭捏說道：「咳，我還沒嚐過，只聽著你們說得熱鬧……澹兒你要嗎？」

趙澹咧開嘴沒有情緒的笑了一下。「帶回去也不一定吃得上，不若放在泓哥那兒，我進宮同你一起吃。」

袁琤知道晟王爺與傅王妃把趙澹看得怕是比太子看趙泓還重，無奈嘆口氣。「行，殿下您與陳惟一人一半，只是路上可得讓靠得住的人拿著，畢竟是要帶進宮的。」

趙泓擺擺手。「無事，如今最是安全的時候，待……呃……日後，才有得麻煩，趁這幾年我也多多往外出來，過幾年怕是輕易出不得宮了。」

幾個孩子到底還小，也沒有大人們思慮得那麼周全，袁琤派人去取小餛飩只說要給陳惟帶回去，江氏招呼著人又是鋪防水的油紙又是放冰塊的，把餛飩整齊的擺進銀盒中、埋在冰塊裡，整整裝了十個食盒，才送到孩子們面前。

陳惟推了六個給趙泓。「殿下，這冰塊怕是融化得很快，咱們不如就回去吧？」

趙泓看了看天色也不早了，點點頭。「來時老夫人說不打擾咱們，這下要走了，總得過去說一聲。」接著轉頭對袁瑾道：「煩請瑾哥帶咱們去一趟老夫人的院子道個別。」

袁瑾哪裡會拒絕，先安排人把食盒提到他們的馬車上，然後伸手抱起袁炕，帶著幾個人就往正院去。

許老夫人沒想到趙泓竟然還會親自過來道別，頗有些欣慰，如此知情懂理的未來儲君，總是讓國公府心裡又安穩了一分。

顧氏一直在打探消息，聽到兒子帶著太子長子去了正院，急忙衝到浮音苑，卻吃了個閉門羹，怎麼拍門也不見裡頭有人應。她氣得親自上前用力一拍門，恨恨的也轉去了正院。

這時候幾人已經與許老夫人話了幾句家常，正準備告辭，卻見顧氏衝了進來，眼睛黏在趙泓身上扒不下來，嘴裡說著請安的話，看著有禮，語氣動作卻顯得有些卑微。

許老夫人面上依然笑咪咪的，暗地裡手都握緊了拳，恨不能直接將她打出去。

趙泓倒是見得多了，面不改色的微笑應酬著，最後與許老夫人拱手道：「今日多虧老夫人款待，如此咱們便回去了。」

許老夫人現在巴不得他們趕緊走，微笑著點點頭。「殿下出來已久，老身也不強留，若下回有機會再來。」

幾個孩子行了禮就準備出門，顧氏一見肥羊們要跑了心裡著急，忍不住跟了兩步，剛要開口卻被羅嬤嬤打斷。「世子夫人，老夫人說要同妳說說中饋之事，煩請您留一下。」

顧氏一驚，看了看許老夫人掛著的笑臉上那雙陰森的眼睛，腿一軟差點坐在地上。

趙澹對袁妧顯得有些捨不得，想著她一年多前安慰他的模樣，還有今日依賴他的樣子，在二門上捏了捏她的小手。「下回我再來看妳可好？」

袁妧也很喜歡這個長得好又有耐心的小哥哥，站在地上朝他伸伸手，示意他低下頭來。

趙澹笑了笑低下頭，把耳朵貼近她，只感覺一團奶氣湊上來。「世孫哥哥，你想吃小餛飩就直接過來，我讓人給你包新鮮的，咱們不吃凍的！」

趙澹聽了，覺得這小人兒怎麼如此可愛，忍不住蹲下抱了抱她肥肥的小身子。「若是妳想我了就讓琤哥給我傳話，我就過來看妳。」

袁妧在他懷裡拚命點頭。「嗯嗯，若是我想你了就讓哥哥告訴你。」

袁琤見兩人依依不捨的樣子真是看不過眼，把袁妧從趙澹懷裡扯出來，一把攙起趙澹。

「行了行了，冰要化了，快些回去吧。」

趙澹這才摸了摸袁妧頭頂，跟著趙泓和陳惟出了二門。

回到晟王府的時候，趙澹竟然看到黎氏笑咪咪的在二門等他。

趙澹有些受寵若驚，這……他娘已經好幾個月沒尋他一回了吧，他壓下心中的激動上前行禮道：「娘。」

黎氏看著面前已經頗有了幾分少年神態的兒子，心中說不上什麼滋味，面上卻堆起笑容。「澹兒，今日是去了袁國公府？」

趙澹有些摸不著頭腦，點點頭。「確是與泓哥一同去了。」

黎氏眼前一亮，拉著趙澹的手柔聲道：「那你去袁國公府拜訪，可見到長房的人了嗎？」

趙澹遲疑的回道：「世子長子袁瑾與我們一同用膳。」

黎氏鬆口氣，笑了起來。「那便好，你可要與袁國公府長房好好相處，二房日後總是要分出去的，到時候他家的孩子們不過是普通官宦人家的少爺，也不用費什麼勁維護與他們的關係。如今你也認識了世子長子，他才是與你一等身分的人，日後多多與他親近親近。」

趙澹小臉憋得通紅，他與袁瑾不過是吃了一頓飯，甚至話都沒說幾句，自己的娘卻讓他遠離二房親近長房?!

他略帶失望的看著黎氏沾沾自喜的臉，嚴肅道：「娘，兒子與二房的袁琤才是同窗，若是真要與袁國公府相處，那也是透過他，怎能繞開他去與長房交往呢？」

黎氏臉色一變，剛要開口說什麼，卻見聽到消息的季嬤嬤快步走來，她一噎，知道話也說不下去了，恨鐵不成鋼的用力點了點趙澮的頭，輕哼一聲，帶著丫鬟婆子轉身回了自己院子。

季嬤嬤是聽了傅王妃的指派過來的，傅王妃一聽說黎氏攔下了趙澮就心覺不好，難不成那蠢貨還想攛掇澮兒娶袁國公那個小孫女？急急忙忙就派了季嬤嬤過來攔住她說些蠢話。

季嬤嬤遠遠看見趙澮彷彿在爭辯著什麼，也顧不得禮數了，小跑兩步到趙澮身邊，看著他通紅的小臉，嘆口氣。「世孫，王妃在院中等著您呢，今日您沒在家吃飯，王妃只吃了小半碗。」

趙澮憋回眼淚，懂事的拉著季嬤嬤的手往回走。「如此咱們早早回去吧！也好勸祖母用些點心。」

季嬤嬤牽著趙澮的小手慢慢往延寧院走去，並沒有問他方才黎氏與他說了什麼，趙澮也低著頭什麼都不說，主僕二人就這麼沈默的走到了傅王妃面前。

傅王妃一見趙澮的表情，就忍不住瞥了一眼他身邊的季嬤嬤，季嬤嬤輕輕搖了搖頭，傅王妃心中嘆氣，把趙澮拉到身邊攬進懷裡。「澮兒，你已近齠年，對這世間的事物也有自己的看法，只是你年紀尚小，總有些思慮不周的地方，不若告訴祖母，方才你娘同你說了什麼，咱們祖孫一起參詳參詳可好？」

趙澹依然低著頭，沈默半晌，抬頭看向傅王妃。「祖母，人與人之間的交往是只憑功利不看人心嗎？」

傅王妃萬沒想到他能蹦出這麼一句話來，心思早就轉開了，到底黎氏說了什麼？聽著不像是她想的意思，面上卻笑道：「自然不是，祖父母與你姐姐對你的心，再往遠了說殿下當日救你的心，你能說這些都是出於功利嗎？」

趙澹咬咬牙。「那母親為何只在我去了袁國公府以後才特意尋我說話？父親為何只有在祭祀的時候才願意把我帶在身邊？還有二嬸，看我的眼神讓我心中發慌，家人中尚且如此，那對外人……我該如何相處？」

傅王妃一陣心疼，緊緊把趙澹抱在懷裡。「澹兒，人生在世，緣分總有深淺，祖母當年看著你剛出生，紅通通一個小小人兒哭得震天響，著實放不下你，才將你抱回來親自撫養，你從小未在你父母身邊長大，得了你祖父與我的緣法，失了父母的緣法，不過一飲一啄，莫非前定罷了。」

趙澹見傅王妃眼淚都快出來了，忙伸手抱住她。「祖母，我未說有什麼不好，也無任何抱怨，只是覺得有些難過，方才娘攔住我與我說，日後袁國公府總是大房的，讓我遠離二房親近大房，我心中想不通罷了。」

傅王妃恨得直咬牙，這個媳婦倒是把之前她的話聽進去了，但是這……真的，她恨不能立刻切開黎氏的腦袋，看看裡頭究竟裝了什麼東西?!

她把懷中的趙澹拉出來，看著他的眼睛認真教導。「你娘只看得到眼前的利益卻看不到長遠，你只需遵從本心與你的幾個同窗相處，無須思考利益。」

趙澹有些迷糊的應了下來，好歹傅王妃只讓他遵從本心，那自然是最好的了。

第九章

袁國公回來之後，聽了今日的事情，看著三個面色忐忑的孫兒，搖了搖頭。到底年紀小，怎麼能直接讓太子長子帶著吃食回宮呢？萬一……那可是傾家滅族的大禍。

他急忙派人去尋了陳大學士，陳大學士此時看著面前一碗鮮香的小餛飩與笑得諂媚的孫子，話都說不出來了，忍不住又確認一遍。「你是說，你與殿下都帶了這餛飩回家，殿下把餛飩帶進宮了？」

陳惟被連問了兩次也覺得有些心虛，輕輕點頭道：「殿下說無妨，何況這本就鮮美……」

陳大學士看著自己的傻孫子，長嘆一口氣，輕輕問陳惟。「你可知道往宮中帶吃食是大忌？」

陳惟嚥了嚥口水。「可、可現在宮中只有殿下一個孩子，應不至於吧？」

陳大學士忍住了想揍他的衝動，看著自己的兒子陳盧面色同他一樣沈重，只能吩咐道：「你去袁國公府問問，國公準備如何應對這件事。」

陳盧看著自己這倒霉兒子臊眉耷眼的樣子，恨恨的踢了他屁股一腳，剛要出門卻聽到門外小廝稟報。「老爺，袁國公身邊的貼身長隨袁木求見。」

陳大學士忙讓人進來，只聽袁木道：「國公爺也十分心焦，但聽聞殿下與幾位少爺散的時辰不算早，現如今應還沒吃這餛飩，想問大學士是否一同進宮攔一下？」

陳大學士一想，這也是個法子，捅到陛下面前，倘若有什麼事情也有個說話，贊同道：「你回去與國公爺說，我現在就準備出發，咱們二人宮門口見。」

天色已經晚了，昭和帝正準備用晚膳，卻聽順安悄悄過來稟報。「陛下，袁國公與陳大學士不知為何求見陛下。」

昭和帝還以為出什麼大事了，眉頭緊皺喚他們二人進來，卻見二人竟然罕見的帶了些扭捏吞吐，還是袁國公一拱手。「陛下，今日小殿下幾人隨著老臣的孫兒去了國公府……」

昭和帝疑惑道：「是啊，出門之前泓兒已經與朕說過了，出何事了？泓兒幾人不是平安回來了嗎？」

陳大學士輕咳一聲。「因著國公爺家中的縐紗餛飩做得還不錯，那個……老臣那個不孝孫兒非要帶些回家，聽聞……殿下也帶了一些回宮……」

昭和帝這才明白過來，原來這兩個老貨是怕出了什麼事，笑了一下對身邊的順安道：「你去尋泓兒，讓他帶著帶回來的餛飩過來朕這兒。」

袁國公與陳大學士鬆了口氣，昭和帝看著他倆明顯鬆快下來的樣子，想到自己被打斷的晚膳，心頭就不爽快，突然露齒一笑。「早早就聽說國公家的餛飩做得好，朕還沒嚐過，正巧今日朕也嚐嚐鮮。」

袁國公剛鬆下來的心又猛地提上去，瞪大眼睛不可思議的看著昭和帝。「陛下！」

昭和帝嘿嘿一笑，露出幾分不符合年紀的頑皮，也不多說話，就靜靜地坐在那裡欣賞自己最信任的兩個臣子忐忑的交換眼神，被打斷用膳的心情終於好了幾分。

其實，袁國公與陳大學士經過最初被嚇了一下，很快就緩過來了，不過是看見昭和帝罕見的頑皮心思，才配合的忐忑起來。

袁國公看著陳大學士心裡啐了一口，讀書人就是心眼兒多，看看這眼神，演得還真是到位。

陳大學士看著袁國公心中感嘆，不愧是盛寵多年不衰的袁國公，若不是一瞬間的眼神，光看他這表情與表現，他還以為袁國公真被嚇著了。於是，兩隻老狐狸就這麼大眼瞪小眼的等著趙泓的到來。

趙泓一進門行過禮後疑惑道：「皇祖父，為何喚孫兒把小餛飩帶來？」昭和帝用下巴點了點站著的兩隻老狐狸。「喏，他們說心中惶恐，你帶了吃食進宮，正巧朕也未用晚膳，不若與朕一同嚐嚐這小餛飩？」

趙泓看著下面的兩張老臉，有些無奈，卻也能明白他們的擔憂，只與袁國公道：「國公無須擔憂，這小餛飩自到了我手裡，幾乎就沒離開我的視線，正猶豫今晚要不要吃呢，所以尚未放到冰窖裡，無礙的。」

袁國公剛要開口，卻聽昭和帝招呼順安。「正巧，朕看著這真不少，今日就都煮了，朕與泓兒和兩位愛卿一同嚐嚐。」

六個食盒的餛飩可真不少，宮中熬的高湯比袁國公府熬的自然精妙更甚，湯底也更為鮮美，眾人圍著坐下，順安親自端了一碗放在昭和帝面前。「方才奴才沒忍住偷偷吃了一小碗，國公府的餛飩可真是名不虛傳，若不是怕被陛下發現，奴才真想吃個肚飽。」

昭和帝含笑看了他一眼，虛點了一下。「你這條老狗。」看著碗裡雲霧一般的小餛飩，心中也是歡喜，舀起一個咬了一口，那湯汁竟然噴了出來，差點出了糗。

昭和帝自嘲的笑了笑，把這個餛飩吃完，又喝了一口湯，讚許的點了點頭。四人沈默的用完了晚膳，回了御書房，昭和帝才對袁國公道：「怪不得你日日掛在嘴邊，這小餛飩味道真是不錯。」

袁國公見昭和帝吃得高興，忙拱手道：「臣今日本就是帶著這食譜進宮的，想著日後殿下若是想吃，可直接喚御膳房做了來，總比吃冰過的強許多。」

昭和帝來了興趣。「哦？那朕就不客氣了，替泓兒收下你這份禮了，聽你說過這小餛飩是你孫女兒吵著要吃才吃上的，是那個有趣的小奶娃嗎？」

說起袁妧來，袁國公臉上的笑容都柔了幾分。「正是老臣那個惹人疼的小孫女。」

昭和帝看著袁國公老臉漾出溫柔的笑，差點兒起了雞皮疙瘩，揮揮手乾脆扭頭對順安道：「朕沒記錯的話如今她也三歲上下了吧？明日賜幾道清淡些的菜式與那小娃兒，朕可不能白吃了小娃的東西。」

順安低頭應下，昭和帝又接著對袁國公道：「那做餛飩的廚子就賞銀百兩，算是賞他進的食譜可好？」

袁國公與陳大學士出了宮門才虛擦了擦腦門的汗，二人對視一眼，知道這兒不是說話的地方，互相道了別就各自回了家。

二人在晚膳時候突然進了宮，引起了百官的注意，這事看著不像是小事，可二人出了宮之後，宮門就關了，什麼消息都傳不出來，一時間人心浮動，畢竟這兩位可都是天子近臣。

第二日宮門一開，幾個採買的小太監就匆匆出了宮門去訂貨，昨日的消息也傳開了，他們二人竟然什麼都沒說，只是陪著陛下吃了一碗袁國公家的小餛飩?!

緊接著午膳時分，從宮中出來幾個小太監駕了一輛馬車直奔袁國公府，大家正摸不著頭腦呢，傳出了風聲，陛下賞賜了袁國公家的心頭肉嬌嬌兒幾道菜！

尚在當值的眾人大吃一驚，吏部的人更是跑到袁正儒面前打轉，想看看有沒有什麼一手消息。

袁國公府內，除了喪著臉的顧氏，其他所有人都激動得很，許老夫人還親自抱著袁妧接了賞。而袁妧同樣激動，只是她激動的是——能吃到御膳了，聽聞這可是人間最最最美味的菜！

她抱著許老夫人撒嬌道：「祖母，咱們吃飯吧。」

許老夫人看著她的饞樣子更是疼進心坎裡，捏了捏她的小胖臉應下。「這可都是陛下賞給妧兒的，妳說吃咱們就吃。」

袁妧拍著小手歡呼一聲，迫不及待的從許老夫人身上溜下來，自己跑到她特製的小椅子旁站著，等人把她抱上去。

羅嬤嬤親自給她備了菜，一些昭和帝賜下來的菜有意無意的都擺在她前面。

袁妧努力伸著小短手把面前的白露雞推向許老夫人。「祖母、祖母，這個最漂亮，您吃這個。」說完心底哼哼兩聲，把一盤白灼時蔬推給顧氏，臉上堆起小酒窩。「大伯母吃這個。」

看著江氏衝她偷偷擺擺手，她收到暗示吐了吐舌頭，也不讓江氏了，扭頭對著旁邊的袁婉笑咪咪道：「大姐姐，陪我一同吃嘛。」

袁婉是真的疼愛自己這個小堂妹，也不推辭，靠近袁妧溫柔的哄她。「妧兒乖乖坐好，想吃什麼與大姐姐說。」

顧氏差點把手中的筷子撅斷，這小兔崽子，指使起她的女兒了，沒大沒小沒教養！恨恨的吃了一口袁妧推過來的青菜。

袁妧絲毫沒有理會顧氏的心思，因為她已經被面前一盅金盤玉碗盛著的、汁濃如乳的湯羹吸引住了目光，她抬起頭看著袁婉疑惑的問道：「大姐姐，這是什麼菜？彷彿在家裡沒有見過。」

袁婉笑了笑，摸摸她的小臉。「宮中出來的菜自是有許多咱們沒見過的，我卻也不知這是何菜呢。」

羅嬤嬤伸手幫她盛了一小碗。「老奴記得，方才那小公公說這是一道駝蹄羹，是特特只放了少許胡椒，好讓二小姐也能吃的。」

駝蹄？難不成真的是駱駝的蹄？袁妧伸出小胖手舀了一勺，尚未入口就聞到一股子濃郁的鮮味，卻並無畜類的一丁點兒膻味，混合著微辣的薑、蔥、胡椒的味道，讓人忍不住垂涎欲滴。

袁妧一口吞了進去，奇怪的是這味道聞著略重，入口卻是說不出的清香，依依不捨的嚥下去之後依然回味不盡。

袁妧閉著眼睛回味了好一會兒，看得桌上的人一陣好笑，許老夫人打趣她。「看看咱們的妧兒，這麼小就如此愛吃，這可如何是好？將來豈不是要變成個胖丫頭。」

江氏掩嘴附和。「可不是，胖丫頭就胖丫頭吧，咱們自己慣著寵著的，真胖了那也是咱們自個兒的，還能扔了不成？」

袁妧聞言睜開眼睛，噘著嘴看著自家娘親。「原來娘心中早就惦記著把我扔了？哼！扔了我吧，祖母定會把我撿回來養著的，祖母才不會嫌棄我胖，對不對祖母？」

許老夫人被她這個小開心果逗得合不攏嘴，哪裡還會嫌棄她，聽她這麼說急忙點頭道：

「那是自然，就算咱們妧兒真的胖成小豬崽兒，祖母也日日張羅著餵妳些好吃食。」

這下子連袁婉都忍不住用帕子遮嘴笑了起來，只剩下袁妧可憐巴巴的看看這個看看那個，見他們笑個不停索性也不理她們了，面前的駝蹄羹散發的香氣像是小手一般勾著她呢。

五歲的袁妧在這兩年憨吃憨玩的受寵日子之下，果然變成了一個胖丫頭，甚至玳瑁都跟著長了不少，引得袁家人驚呼，沒見過三、四年的辰光烏龜就能大一圈的，自家的小妧兒果然有福氣，身邊的小寵物都心寬體胖的。

「唉……」

對此，袁妧發出了發自靈魂的嘆息，坐在她旁邊正在賞花吃點心的秦清澤忙湊上來詢問。「表妹，妳嘆什麼氣呀？誰欺負妳了與表哥說，表哥定饒不了他們。」

已經啟蒙多年的秦清澤早不見了小時候混世魔王的樣子，一身寶藍色束腰衫，頗有幾分小小的書生氣，可一開口卻破壞了這衣裳營造出來的錯覺。「嘖，這破衣裳袖子如此長，做什麼都麻煩，太煩人了，哪裡有箭袖方便！我乃功勛之後，為何要穿著這樣去讀書？」

袁妧才懶得理他，認識這麼多年了早就知道自己的小表哥是什麼德行了，她依然撐著小臉嘆氣。「唉，表哥，你說我如此的……圓潤，日後還瘦得下來嗎？」

秦清澤看著袁妧又白又圓的小臉，仔細端詳了一會兒搖搖頭道：「我看是有些困難，但是沒關係，表妹妳胖著一樣可愛。」

袁妧白了他一眼，這孩子會不會說話？閉上眼睛深吸一口氣，接著「啊」的大喊一聲。

卻見梁嬤嬤不知從哪兒飛快的竄了出來，焦急的問道：「小姐妳怎麼了？」

袁妧對著目瞪口呆的秦清澤翹起一邊的嘴角，壞壞一笑，扭頭撲倒梁嬤嬤懷裡嗚咽。

「表、表哥他欺負我……」

秦清澤大驚。「我……我沒有啊！」

梁嬤嬤懷中抱著嬌嬌軟軟的小姐，用譴責的目光看著秦清澤。「二表少爺，咱家小姐年歲還小，許是受了什麼驚了，老奴現在去尋老夫人幫小姐請個大夫來瞧瞧。」

聽說要去尋許老夫人，秦清澤更是驚恐，自己那個暴躁的娘親現如今正同外祖母說話呢，外祖母知道了不就代表娘親知道了，太可怕了！

他忙伸手攔住梁嬤嬤。「我沒有欺負表妹啊……」

梁嬤嬤看著面前著急的小人，腳下一停，袁妧感覺到梁嬤嬤的停頓，雙手緊緊攬住她的脖子。「嗚嗚嗚，我要尋外祖母，嗚嗚嗚……」

梁嬤嬤一聽，哪裡還管得了秦清澤，低頭與秦清澤一蹲，行過禮之後抱著袁妧就去了許老夫人那兒，留下一臉茫然的秦清澤在原地，尚不知到底發生了什麼，猶豫了一會兒還是快步追上了梁嬤嬤。

袁妧趴在梁嬤嬤肩頭又繼續放空，自己的胳膊、自己的腿、自己鼓出來的小肚子……是不是不能再這麼胖下去了？

直到到了許老夫人面前她才緩過來，許老夫人見她無精打采的樣子心疼得不得了，拉著袁妧的小胖手詢問道：「妧兒，不是同妳表哥在花園看花兒嗎，為何突然不高興了？」

梁嬤嬤欲言又止，看了看坐在一旁的袁舒寧還是低下了頭，卻聽見門外傳來咚咚咚的腳步聲，一聽就跑得很急，秦清澤看見許老夫人拉著袁妧，期期艾艾的在門口不敢進去。

袁舒寧看這樣子就知道自己兒子指定闖禍了，她俏眉一豎，瞪著秦清澤道：「過來，是不是你惹了你妹妹不高興?!」

秦清澤磨磨蹭蹭的蹭到許老夫人面前，許老夫人一手拉著他一手拉著袁妧，柔聲問道：「清兒，你與外祖母說，方才妹妹怎麼了。」

秦清澤小小的哼了一聲。「沒有啊，只是妹妹問我她能不能瘦下來，我說不能，但是妹妹胖的一樣可愛，然後妹妹突然就叫起來了，我也不知道她怎麼了。妹妹本來就是胖的嘛，胖的也可愛啊。」

袁舒寧看著自己的兒子，真是不知道說什麼好了，又看了一眼被兒子一口一個「胖」刺激得瞪起眼睛的袁妧，終是忍不住笑出了聲。

許老夫人也有些無語，輕輕點了點袁妧的額頭。「妳這小人精，才多大就計較這個？若真嫌棄自己胖，乾脆就少吃些可好？」

袁妧今日真的是受刺激了，一咬牙恨恨道：「我明日就開始少吃！」今日先吃個過癮再說。

第十章

本以為袁妧只是隨口說說，卻沒想到她竟然真的開始控制自己的飲食，一下子少吃了一半，急得全家人團團轉。

袁琤在上書房裡也唉聲嘆氣的，與趙泓幾人談話間時不時也嘆口氣，這幾年四人早就處得如同親兄弟一般了，趙泓好奇的問他。「你有何煩心事說出來，咱們一同解決。」

袁琤撇撇嘴。「這事你們可解決不了。」說完猶豫了一下，看著面前的三張臉，這兩年來三個人多多少少也經常給袁妧帶些稀奇東西，雖說自那回起再也沒見過，卻也有幾分情誼，不算是陌生外男，嘆了口氣道：「我家妹子如今覺得自己太胖，每日吃得只有以前一半多，家裡人都擔心壞了，生怕她餓出毛病來。」

趙泓三人萬沒想到竟然是這種事情，一時間都沈默下來，小姑娘家的事情……還真出不了什麼主意，趙澹這兩年面對外人的時候臉色越來越冷，只有在親近的人面前才會露個笑臉。

想到幾年未見的肉團子，他笑了一下。「自小她不就那麼胖嗎？我還記得她週歲的時候，胖得如同一個球。」

袁琤怒目而視，瞪了他好幾眼才收回來。「就是小孩子奶胖罷了，這回是我那小表弟說她胖，可把她給傷著了，從小表弟一走就開始不吃東西，可把我祖父都急壞了，差點想進宮與陛下求妧兒念念不忘許久的駝蹄羹。」

趙澹不屑的開口。「你口中的那表弟，可是與我打架的那個？」

袁琤翻了個白眼。「都多少年前的事了你還記得。」

趙澹心裡嘆了口氣，他自然不是還在意打架的事情，只是當日秦西馳對秦清澤的愛護與趙蕭對他的冷漠，讓他這麼多年了總是不經意間想起……

趙泓聽二人唇槍舌劍一來一回的，也知道個大概了，一拍手道：「既如此咱們就去看看胖妧兒吧，我去叫個駝蹄羹，咱們帶著去，看看她會不會真的不吃。」

袁琤一拍頭。「殿下，您是不是太想出宮了。」

趙泓認真的點點頭。「這兩年的確少出宮了，但一說去國公家裡，皇祖父定能答應的，咱們就去吧！」

說完就吩咐身邊的小太監寶喜下去交代御膳房做了駝蹄羹，自己帶著三個好友一同去了昭和帝面前。

不過一個時辰，四個人就到了袁國公府前，袁琤還沒放棄最後的掙扎。「一定要進去嗎？我可沒通知家裡人呢。」

趙泓理也不理他，派寶喜上前叫門，寶喜對袁國公府來說也是老熟人了，誰人不知他身後是趙泓，門房剛要迎他進去，卻聽寶喜開了口。「殿下與晟王世孫，陳家二少爺都在外頭等著呢。」

門房心裡一驚，探頭出去，正巧與自家二少爺對了個眼，急忙喚人去通知許老夫人，自己帶著人開了大門，迎這幾位小祖宗進府。

幾個人自然先去了許老夫人那兒請安，袁妧帶著玳瑁一大早就過來陪許老夫人，正巧與一行人碰個正著。袁妧已經開始學習基本的禮儀了，見幾人進來，便跳下來與趙泓幾人一一行禮，看著還似模似樣的。

趙泓看著面前的發麵包子，笑著抬手免了她的禮，面上沒露出其他表情，只是瞥了袁琤一眼。

袁琤心領神會，招呼袁妧到他身邊哄她。「今日殿下特地帶了駝蹄羹來看妳，妳不是念叨了許久了嗎？」

袁妧眼前一亮，隨後想到什麼，垮下小臉。「可是我如今……不能吃許多呢。」

趙澹仔細看了看她圓圓的小臉，白嫩的小手上五個小坑坑都能裝住水了，和衣裳中間明顯凸起的小肚子，輕咳一聲。「無妨，妳盡可放開吃，反正已經如此了，再胖些也胖不到哪裡去。」

袁妧嗖的一下擰過頭，對著趙澹怒目而視。這臭小子！當年看他可憐，自己還哄過他許久，真是恩將仇報！上回明明還對她挺好的，如今……真是一把傷心淚。

趙澹被袁妧犀利的眼神驚了一下，但看著她圓鼓鼓的臉頰和瞪得如同葡萄一般的晶亮眼睛，頓時手心發癢，恨不能上去掐她兩把，看看如此白嫩的臉是不是能掐出水來。

袁妧氣鼓鼓的坐回許老夫人身邊，什麼駝蹄羹那是徹底不想吃了，趙澹有些莫名，自己說錯什麼了嗎？袁琤真是想捂住趙澹的嘴，平日都沒見他這麼多話！

幾人行過禮之後就依次出了許老夫人的暖閣，趙澹剛剛邁出一隻腳，袁妧掐準時機心中默唸一句。「水來！」

在趙澹腳前突然出現了一個小水窪，大概也就一個小盆的大小，卻正巧出現在趙澹下一步必踩的地方，趙澹絲毫沒有防備，「啪嗒」一聲踏入水坑裡，坑裡的水濺起來，弄濕了他的錦袍。

不只趙澹一愣，身邊所有人都愣了，在他前面已經出去的趙泓，下意識的低頭看了看自己的腳，上面一滴水都沒有，再看趙澹濕了好大一塊的衣襬，驚訝道：「方才進出我可沒見這裡有灘水。」

袁琤也疑惑起來，自己祖母暖閣門口怎麼可能會出現一灘水呢？門口打簾子的兩個丫鬟瑟瑟發抖，撲通一聲跪在地上，卻無話可說，根本不知道能辯解什麼。

袁妧見兩個丫頭顫抖的跪在地上，也有些後悔，自己只是想小小的報復一下，沒想那麼多，忘記了人間森嚴的規矩。

許老夫人還沒來得及說話，就見袁妧皺著眉跑了過去，抬頭望著比她高了將近兩頭的趙澹，也不知道如何開口。難不成讓她說，這都是她為了作弄他弄出來的？

卻沒想到趙澹誤會了，以為她是擔心他，方才被她使臉色而莫名其妙的心情一下子開朗起來，看著她肥嘟嘟的小臉，終於控制不住自己，上前捏了兩把。「哥哥無事，莫要擔心。」「嗯……果然如印象中的一般滑嫩。

袁妧恍然一下，他的手就縮了回去，現在換成袁琤一直瞪著他了，趙澹右手握拳抵住嘴巴輕咳一聲，對袁琤道：「琤哥不若帶我去換身衣裳？」

許老夫人本想讓幾個孩子自己解決，卻見孫子在趙澹說完之後沒有反應，終是開了口。「琤兒，快些帶世孫下去換一下。」

袁琤這才收回想打人的目光，回身對許老夫人道：「是，祖母。」

趙泓站在門外一拱手。「如此，咱們就先去袁琤的院子裡了，老夫人無須在意，澹兒換一身衣裳即可。」

陳惟也跟著求情。「老夫人就饒了兩個丫頭吧，畢竟咱們自己也沒注意，不怪她們。」

許老夫人慈祥的笑道：「知曉了、知曉了，你們幾個孩子先陪世孫去換衣裳吧，我總得讓人先把這水坑收拾一下。」

幾個人這才告了辭，一同去了袁琤的院子。

幾人一走，許老夫人示意羅嬤嬤把袁妧帶到後頭去吃駝蹄羹，自己的臉沈了下來，看著跪在門口不敢出聲的幾個丫頭，冷冷道：「這麼大一窪水妳們竟然沒看見？罷了，既然殿下與陳少爺替妳們求了情，那便免了把妳們發賣出去，去後頭做雜活吧。」

這就是把三等丫頭貶成了最低等的粗使丫頭了，且犯了如此大錯，一輩子也爬不上來了。兩個丫鬟咬著唇才沒哭出聲來，含淚謝過許老夫人。

袁妧已經悄悄囑咐了玳瑁幫她看著兩個丫頭會不會遭受什麼懲罰，萬沒想到竟然聽到了這個消息。

面前鮮美的駝蹄羹彷彿也失去了誘人的味道，她放下勺子一言不發。

玳瑁許久沒聽到她的回應，疑問道：「公主？妳還在嗎？」

袁妧哭喪著聲音問牠。「她們二人不過是遭我連累，我一時興起，怕是害了她們一輩子。」

玳瑁也沈默了，良久牠才安慰她。「這些年公主年紀小，尚未接觸到凡人之間這些規矩之事，妳本就是這國公府的主子，日後多照料一下她們二人也好。」

袁妧被牠一番話說得轉過心思來，扔下勺子，也不顧背後羅嬤嬤的驚呼聲，便跑了出去，跑到許老夫人面前，氣喘吁吁的趴在她膝頭仰頭問：「祖母，方才門口的兩個姐姐是不是被您罰了？」

許老夫人一愣，看著她水汪汪的眼睛，點點頭。「她們犯了錯，自然是要接受懲罰。」

袁妧咬了咬唇。「祖母把她們罰去哪兒了？不若讓她們去我的院子裡掃地可好，最近不是在給我準備單獨的院子了嗎？」

許老夫人摸摸她的頭。「妧兒這是不捨得那二人受罰？」

袁妧噘起嘴。「只是有些……覺得……嗯……我也說不出來！」

許老夫人笑了笑，規矩日後再學不遲，做人一定要心懷善意，自己的小孫女既然開了口，那就滿足她又何妨。

她捏了一把袁妧的小肉臉。「既然咱們國公府的二小姐開了口，那二人就先去給妳選的新院子掃院子去吧！這兩個日後就是妳的人了。」

說完看了一眼羅嬤嬤。「把那二人的賣身契送去給二夫人，讓她給妧兒收好，說好了那是給妧兒的人。」

羅嬤嬤本也有些心疼兩個懂事的孩子，聞言語氣也鬆快起來。「老奴記住啦，這就去送給二夫人。」

兩個小丫頭本以為自己這輩子，就得在劈柴搬花這種體力活當中度過了，正抹著眼淚互相鼓勵的時候，突然傳來消息，二小姐把她們要走了！這可真是因禍得福了，誰人不知這國公府最受寵的莫過於二小姐？多少人擠破頭想擠進去二小姐的院子裡。

暈乎乎的兩個人深一腳淺一腳的去了新院子，坐在分給她們的屋裡才反應過來，激動得拉著手說不出話來。

換了衣裳的趙澮，在袁琤虎視眈眈的目光中也不好再提出來去看看袁妧，只能用了飯之後就各自回了家。

站在晟王府大門前，趙澹突然心中升起一個詭異的想法，不知道娘知道他又去了袁國公府之後會不會還在二門等他，與他說些不知所謂的話。

他被自己的想法逗笑了，搖了搖頭進了門，準備去延寧院與傅王妃請安。

踏進二門，他下意識的看了一眼四周，黎氏果然不在，正要抬起步子，卻聽到一道略顯尖刻的女聲響起。「世孫殿下這是從哪兒回來呢？」

趙澹眉頭一皺，回身朝來人方向行了個禮。「二嬸。」

自打那年出了趙澹失蹤那檔子事，二房母子三人在趙荀的壓制下已經老實了許多。

晟王爺與傅王妃的態度也變得有些模稜兩可，之前雖說最疼趙澹，但是對趙淳與趙瀾一樣的疼愛，可出了那回事之後，也只有在早晚請安的時候才見兩個孩子一面，更別提之前的噓寒問暖了。

趙淳已經年近十四，年滿十五之後就該尋個差事娶媳婦了。可是這幾年晟王爺的表現讓周遭親近的人家心中都打鼓，二房難不成真的如此不得王爺與王妃的心？

現在的趙淳不上不下的，好人家的女兒看不上他，差些的周氏又看不上。

周氏看著面前的小少年趙澹，恨不能上去把他掐死，到時候這王府的一切都是她兒子的了。她真真後悔當年沒有在黎氏懷著趙澹的時候，狠下心來斬草除根，現在才把自己逼到這地步。

周氏扯出一抹笑來。「世孫這是去哪兒玩耍了，不若帶上你大哥、二哥一同去？他們二人怕是也沒世孫的本事能攀上太子長子殿下，還是得靠世孫多多提攜，畢竟你大哥、二哥可是你的親兄弟。」

趙澹被她的無恥震驚了，難不成她真的以為當年他才六歲不記事？他徹底醒來之後與祖父母商議了一下，對外說忘了發生了什麼，可那不過是礙於祖父母的面子，現在竟然被人問到頭上來。

他肅著臉一拱手。「不知二嬸從哪兒聽來的是侄子攀上了殿下，殿下可不喜歡被攀附。殿下待侄子如親弟，當年殿下把侄子從廢院子救出來的時候，侄子就已經把殿下當成了親兄長了。」

周氏沒預料趙澹竟然猛地提起當年的事，一時語塞，支吾兩聲疑惑地看著趙澹。難不成他沒失憶？可是轉念一想，一個六歲的孩子又怎麼能演得如此逼真，當日她可是親眼看著他迷糊的樣子。

想到這兒，她悄悄鬆了口氣，卻心底發虛，也不想再與他糾纏，留下一句。「只是讓你把你兩個哥哥介紹給殿下罷了，沒想到世孫推拖了起來。」就扭身走了。

趙澹也算是了解自己這個二嬸了，臨走之前一定要噁心他一下子，他撣了撣衣袖，壓根兒沒把她的話放在心上，接著往延寧院走去。

傅王妃聽到消息可沒趙澹這麼淡定，看來這幾年她給周氏的教訓還不夠，還沒能讓她認清這晟王府將來的主人是誰。

當日夜裡老倆口商議一番，第二日就把季嬤嬤給了趙澹，讓她貼身伺候他。又尋了個理由斥責了周氏一番，看在兒孫的面上沒有明說禁足，只讓她在房中休養三日。

自從趙澹出事之後，傅王妃把他看得比稀世珍寶都嚴實，特地尋了四個十歲上下自小練武的小子貼身跟著他，只是這嬤嬤人選可不好選。

而趙澹漸漸長大，模模糊糊也知道了他父母之間的一些事情，拚著與傅王妃翻臉，身邊也不要丫鬟，只留下之前的兩個小書僮伺候著。現如今堂堂晟王府世孫身邊也只有六個人，還不如一般官宦人家的孩子。

由此這嬤嬤的人選就是重中之重了，要真心體貼疼愛趙澹，還能壓得住王府裡的牛蛇鬼神，選來選去總是不合適，偶有那麼一、兩個傅王妃滿意的，趙澹卻又嫌煩，這才一直拖到現在。

第十一章

季嬤嬤算是看著趙澹長大的，對趙澹的心自然沒得說，跟在傅王妃身邊這麼多年，與傅王妃的感情似僕似友，比一些不受寵的主子臉面還大些。

這下被周氏一刺激，傅王妃一咬牙把季嬤嬤給了趙澹，周氏聽到消息氣得摔碎了好幾套官窯茶具。

黎氏笑得嘴都合不上了，與身邊的孫嬤嬤咒罵周氏。「……惹我的兒子，活該她偷雞不成蝕把米，這等貨色也不知道二爺是如何看上的，這麼多年了還不離不棄的，上回竟還扯謊保她，呸！」

孫嬤嬤知道黎氏是見不得一切的夫妻和睦，心裡嘆口氣，嘴上附和道：「只盼著世孫越來越好，夫人您的日子才會越來越舒坦。」

黎氏臉色一變。「嬤嬤無須總是提點我，他是我兒子，我自然盼著他好。」卻是再也不想談關於趙澹的話題。

趙澹這次沒有反抗，順從的接受了季嬤嬤到他身邊，季嬤嬤到了趙澹住的陶然院之後，冷冰冰的院子馬上溫馨了起來，季嬤嬤把趙澹照顧得無微不至，卻不知為何趙澹日漸沈默下來。

這日，纏綿的細雨如煙如霧，淅淅瀝瀝的下了一整個白天，沒想到天色轉黑之後一陣陣轟隆隆的雷聲響過，狂風陡然呼嘯起來，刺目的閃電把如墨的天空劈開一個大口，傾盆的大雨瘋狂的從天空中傾倒下來，遮住了世間萬物。

季嬤嬤看著這如同打翻了硯臺一般漆黑的天色，早早伺候著趙澹沐浴之後把他安置在床上，哄著他。「世孫莫怕，這夏日的雨來得快去得也快，睡一覺，明日一早起來又是一個豔陽天。」

趙澹心道才不怕，仍乖巧的點點頭，躺在床上不一會兒就睡了過去。

季嬤嬤見他呼吸沈穩，揉了揉累了一整日的膝蓋，因著下雨天她膝蓋隱隱有些痠痛，艱難的站了起來去了隔壁陪夜的小屋子，喚了個小廝幫她打了滾燙的熱水，自己撒了些藥粉泡腳。

轟隆一聲巨響，趙澹被這炸雷驚醒，他在床上扭動了幾下，輕輕喚了季嬤嬤一聲，卻被啪啪的雨聲完全掩蓋住了。

感覺到喉嚨有些乾疼，趙澹掀開床幔，赤腳下了地，想自己倒些水喝，路過窗戶的時候卻見映在窗上狂風吹動的樹影，彷彿張牙舞爪的怪物一般要將他吞噬，他嚥了嚥口水，在心中告誡自己莫怕莫怕。

好不容易心中安定了一些，眼前又是一道劃破天際的閃電，隨後的震響像是能把小小的他劈成兩段。

他抑制不住心中的惶恐，只有一個念頭——找娘，找娘，娘會保護他，娘定然會像季嬤嬤一般保護他！

趙澹不敢回床邊穿鞋，頂著狂風推開門，只穿著裡衣跑出屋子。豆大的雨點已經連成了一片雨霧，趙澹什麼也看不見，只能憑著記憶跑到院門口，許是今日雨太大，看院子的人竟然沒在門房，趙澹用盡全身力氣拉開了厚重的門閂，推開一道縫鑽了出去，奔著黎氏的院子跑去。

趙澹也不知自己怎麼了，就是想馬上見到黎氏。

這些日子季嬤嬤對他越好，他越是想得多，若是黎氏在他身邊，會不會如同季嬤嬤待他一般好？會不會細心的教導他不可偏食？會不會耐心的幫他縫製裡衣？會不會事事把他放在心上……

趙澹抹了一把臉上的雨水，一腳踩進了路邊的花叢中，登時「嘶」的一聲倒吸一口涼氣，腳心怕是扎了刺了。他摔倒在路上，咬著牙站了起來，東一頭西一撞的跑到了黎氏的院子。

他伸出手用力敲了敲院門，沒想到院門卻被輕輕的推開了，趙澹顧不得疑惑院門為何沒鎖，直接跑了進去。跑到正屋門外，看著透過門縫投射過來的溫暖光線，激動的想推門進去衝進黎氏的懷抱。

他伸出手去，剛要用力，卻聽到「啊」的一聲慘叫，趙滄被針扎了一般縮回手，猶豫片刻，湊到門前聽了起來。

只聽見一個女聲痛苦的呻吟著。「夫人，求您饒了我吧！夫人，都是奴婢的錯！夫人！」

趙滄心裡一驚，忍不住推開一條小縫，緊緊的扒在門上往裡望去。狂風暴雨中，整個院子的人彷彿都躲在自己的床上，只有趙滄孤零零的站在門前，看著自己娘親猙獰的臉。

在黎氏面前，一個披頭散髮、看不清頭臉的女人趴在地上，嘴中依然苦苦哀求著。黎氏聽了越發心煩，上前用力一腳踩在她後背上，左右碾壓著，女人強忍住哀嚎聲，只不停的求饒。

黎氏身邊的孫嬤嬤臉色有些難看，卻也沒有阻攔她，不知過了多久，地上的女人已經漸漸地喊不出聲來了，氣喘吁吁的黎氏才停了手，最後狠狠踹了她一腳道：「這幾日就別出來丟人現眼了！」

地上的女人艱難的爬了起來，跪在地上用最後的力氣應了一聲。

孫嬤嬤向門外走來，趙滄下意識的跑到側牆，露出半個小腦袋偷看，這大風大雨的，孫嬤嬤哪裡會如往常一般的警覺？親自冒雨招呼了兩個看著挺壯實的丫頭，撐起傘架起那女人出了院門。

孫嬤嬤掩上院門跑回正房，在門口抖了抖身上沾到的水氣，搓了搓手把傘放在門外進了屋。

渾身抑制不住發抖的趙澹不知自己是冷是怕，方才那個女人他一直沒看清楚臉，可是既然送出了院子，怕也不是黎氏的人，只是不知道她是誰？

他看見院子中又恢復了安靜，悄悄摸到窗前，捅破了窗戶紙向內張望。他雨真的太大了，大到趙澹只能看到黎氏的嘴開開合合，卻不知道她到底在說些什麼。他忍不住把耳朵貼緊了窗戶紙，依稀聽到黎氏罵了一句。「……他怎麼還不死?!」

趙澹大驚，自家娘親是在詛咒誰，是誰讓她恨到恨不得要他去死？

卻只聽孫嬤嬤也提高了嗓音。「世子妃！您可不能有這種想法啊……世孫是您唯一的盼頭了！」

趙澹懷疑自己聽錯了，為何會說到他？他本就是娘與姐姐未來的支撐，如今他習文練武，都是為了擔負起自己日後的責任。

他正想著，卻又聽到黎氏激動的聲音。「什麼盼頭？那個討債鬼！若不是他，世子又怎麼會再也沒進過我的院子?!他若是死了，兩個老不死的逼著也得逼世子再來我這兒，直到我生下下一個嫡子！我真恨不能他早早死了！」

孫嬤嬤哭著跪下哀求她。「世子妃，世子與您成親起就沒有進過您的院子，是王妃逼著他才來了幾回，與您誕下小郡主與世孫之後就再也不曾來過，您還看不清楚嗎？世子心中只有那個賤人，您能依靠的只有小世孫了，世子妃，您可別鑽了牛角尖啊！」

黎氏被她說得火冒三丈，一揮手把桌子上所有的東西都掃到地上，朝孫嬤嬤吼道：「我知道、我知道、我知道！妳日日與我說讓我與那個討債鬼搞好關係，讓我對他好，可我做不到！我一見到他，就想起都是因為他，都是他！他出生了世子就再也沒來過！再也沒有！他該死！他怎麼還不去死！」

說完一腳踢到孫嬤嬤肩頭，把她踢得翻了個跟斗，孫嬤嬤忍痛爬起來，上前抱住她的腿，主僕二人放聲大哭。

趙澹的心此時比潑在他身上的冰冷雨滴還涼，沒想到他日夜掛念的親娘竟然如此看他，原來在她心目中，自己是阻止爹娘親近的罪魁禍首，是討債鬼。

他愣了許久，理智卻在提醒他趕緊出去趕緊出去，趙澹的腳在水中已經泡得脹了起來，腳底的傷口鑽心的疼，他卻絲毫不在意。

都說宮中難，宮中苦，可他卻見到了太子殿下與太子妃對趙泓不經意間流露出來發自內心的疼愛。沒想到自己……呵呵。

趙澹冷笑一下，如遊魂一般轉身走進雨中，出了黎氏的院子，深一腳淺一腳的在晟王府中胡亂走，也不知自己走到哪兒去了，眼前一黑，昏了過去。

許是熱水太舒服了，季嬤嬤睡得有些沈，直到一個響徹空中的雷驚醒了她。

季嬤嬤撫了撫被嚇得怦怦跳的心口，爬了起來，還是得去看看世孫有沒有害怕。

季嬤嬤輕手輕腳的進了內室，小心翼翼的掀開床幃，差點尖叫出來。世孫不見了?!她忙把蠟燭點亮，在屋內找了一番，卻一點不見趙澹的身影，甚至他的鞋子還整齊的擺在床邊。

季嬤嬤顧不得外頭的雨了，跑出屋敲響了幾個小廝侍衛的屋門，不過片刻工夫，整個陶然院都陷入了驚慌之中。

派了人去尋晟王爺與傅王妃之後，季嬤嬤帶著人把陶然院翻了個底，卻依然沒有看到趙澹。她的眼淚都要出來了，這大雨的天他到底跑到哪兒去了?!

得了消息的晟王爺與傅王妃也不顧大雨，連夜趕來了陶然院，見到臉色蠟白的季嬤嬤，知道還沒找到趙澹，都慌了。

晟王爺穩住心神，喚來容智，讓他趕緊找人，傅王妃坐立難安，與季嬤嬤緊握著雙手，互相支撐著才沒倒下去。

容智飛快的吩咐下去，帶著人親自去尋趙澹，晟王爺在趙澹的屋裡來來回回轉了幾十圈，實在是等不得了，一拍桌子正要親自去尋孫子，卻見滿身是水的容智抱著一件披風包著的東西進來。

容智來不及解釋，只與老倆口說了一句。「尋到世孫了！」就抱著懷中的人直接拐進內室，輕輕把他放在床上，解開披風。

晟王爺見孫子被抱了進來，臉色一陣陣發白，傅王妃咬著牙撐著季嬤嬤站起來，拉了他一把。「愣著做什麼，快去看看！」

晟王爺拐進內室，看著床上臉色蒼白、渾身濕透、不知生死的孫子，竟然有些不敢靠近。

傅王妃見狀腿都軟了，差點癱倒在地上，身邊的丫鬟們急忙扶了她一把，才堪堪站住。

季嬤嬤已經一屁股墩在地上了，淚眼死死盯著毫無氣息的趙澹，連滾帶爬的爬到他床邊，輕輕摸了摸他的臉，又顫抖的摸了摸他的脖子，感受到手下微弱的跳動她才鬆了一口氣，扭頭含淚對傅王妃喊道：「世孫無事！」

晟王爺與傅王妃聽了這話才感覺自己喘過氣來了，容智補充道：「世孫不知在雨中昏迷多久，奴才已經派人尋了府醫，應馬上就到了。明日宮門一開奴才就去尋太醫。」

晟王爺僵硬的點點頭，快步走向躺在床上的孫子，看著他的樣子，虎目含淚，又不知如何表達，只愣愣的站在原地看著他。

季嬤嬤知道趙澹還活著，心中也來了力氣，掙扎著站起來尋了趙澹的衣裳，與傅王妃親手細細的給他身上擦乾水。

擦到腳的時候季嬤嬤忍不住驚呼出聲，這雙腳看著幾乎已經快爛了，被割傷的傷口早就被水泡得沒了血跡，一個個像嬰兒的小嘴兒一般張著。見狀，傅王妃再也忍不住，趴在晟王爺身上壓抑的哭了起來。

床已經被他身上的水染濕了，晟王爺拍了拍傅王妃，小心翼翼的抱起換好了衣裳的孫子，把他放到旁邊的軟榻上，季嬤嬤拿出帕子給他擦著頭髮。
府醫此時正巧揹著藥箱氣喘吁吁的趕來，來不及抹把臉，只擦乾了手就開始把脈。
良久才皺眉道：「世孫怕是已經淋了好一會兒雨了，寒氣入體，必定是要傷風了，現如今只能早早開藥，可千萬別轉成了喘症乃至癆病！」
說完掀開毯子仔細的看了看趙澹的腳，猶豫片刻，從身後的藥箱中取出一個小瓷瓶，打開之後挖出一小坨清香的乳白色膏體輕輕抹在他的傷口處。又轉身從藥箱中拿了幾瓶，放在了榻旁。「前三日每一個時辰換一回，然後每三個時辰換一回就行，大概半個月就差不多能收口子了。」
季嬤嬤忙點點頭，把幾瓶藥膏小心的收起來，又忙著回來照顧趙澹。
快天亮的時候趙澹果然發起熱來，臉紅得像是要燒起來一般，傅王妃打起精神與季嬤嬤給他灌藥、擦汗，不假手他人，生怕有什麼閃失。
誰知兩服藥下去這燒並沒有退，府醫也急得滿頭大汗，天矇矇亮的時候晟王爺騎著馬親自進了宮，去求太醫。
昭和帝一聽趙澹病得如此嚴重，心中也有些擔憂，這幾年趙澹也算是長在他眼前了，對他自然有了真感情，便派了太醫院裡最善治風寒等症的幾人都去了晟王府。
幾位太醫看到越來越虛弱的趙澹嘆了口氣，這晟王世孫還真是多災多難，才救回來兩年多就又遭了這等禍事。

感嘆過後幾個人都細細把了脈，得出的結論與府醫相同，幾人商議著出了張方子，熬了藥給他灌了下去，等了半晌卻一點也沒有退燒的跡象。

一群太醫眉頭緊皺，湊在一起改了方子加重藥量試一下，萬沒想到剛剛灌進去的藥，又讓趙澹悉數吐了出來，這……是連藥都喝不進去了！

這可不是個好兆頭，又重新熬了一碗灌進去，一屋子的人緊緊盯著趙澹，生怕他再吐出來，不多時就見他牙關緊咬，藥一絲絲的從唇角流了下來。

府醫忙上前把他抱起來翻過身，生怕他吐藥的時候嗆到自己。

這下子誰都沒了法子，傅王妃一聲不吭，眼淚卻一直沒停過。而季嬤嬤自責懊惱得恨不能去撞牆，跪在地上默默祈禱，求菩薩保佑趙澹，她寧可用命替了他去。趙涵則不停的給弟弟擦著額頭的汗，眼裡的淚綴在眼眶中，不敢眨眼，生怕一眨眼就落下淚來。

晟王爺派容智去尋京城裡的名醫，不管治什麼的，只要出名一律請來，自己則握著孫子的手坐在床邊，表情陰沈，不知在想些什麼。

整個晟王府都籠罩在陰雲之中，黎氏過來探望趙澹，見他依然昏迷不醒，屋子裡沒人有心思理她，陪著站了一會兒，便找了個理由回了院子。

孫嬤嬤只能心中嘆氣，他們世子妃，也苦啊……

另一頭周氏在屋裡笑得嘴都歪了，喜孜孜的給貼身的嬤嬤丫鬟還發了賞錢，一時間周氏屋內像過年一般。

第十二章

趙泓幾人在宮中也頗為擔憂，甚至太傅都看出他們的心不在焉來，拍著教棍逮了最皮的陳惟一問，卻得知是趙澹病了。他自然知道四個人關係極好，見他們也沒了學習課業的興致，索性匆匆講完這課直接放了假。

趙泓帶著袁琤與陳惟飯都沒吃，直接出宮去了晟王府。

看到孤零零躺在床上顯得越發瘦弱的趙澹，三人眼淚差點溢出來，趙泓輕輕把手蓋在趙澹額頭試了試溫度，問身邊的太醫院院正。「澹兒現在如何了？」

院正露出為難的神色，支支吾吾道：「世孫如今尚還未喝藥進去，若是到了明日燒還不退，那就燒了一日一夜了……這可不是好事情，怕是……會燒糊塗。」

燒糊塗？趙泓自然知道這話是什麼意思，他臉色一白，看著面前的院正，他臉上躲閃的神色自然被趙泓看在眼裡，趙泓回頭又摸了摸趙澹的頭，絲毫沒有要降溫的意思。

整個屋子又陷入沈默之中，許久，趙泓才抬起頭沙啞的對陳惟和袁琤說：「你們先回去吧，咱們都守在這兒也無濟於事，若是澹兒好轉了我再派人通知你們。」

二人看了看愁眉苦臉的晟王爺與傅王妃，知道自己現如今在這兒也不合適，帶著對趙澹深深的擔憂，拱手告辭。

回到家後的袁琤一反常態的沈著臉，江氏與袁妧都十分關心他，拉著他詢問到底是出了何事。

袁琤嘆口氣，把心中的話對著娘與妹妹傾訴出來。「世孫如今發著高燒，太醫說明日若還不退，怕就要不好了，可現如今藥都灌不進去，殿下在那兒守著，讓我們倆先回來，若是世孫真有什麼好歹，這……」

十一、二歲的孩子哪裡能禁受得住如親兄弟一般的人突然離去，想到趙澹若是真的不成了，袁琤憋了大半日的眼淚再也憋不住了，撲到江氏懷裡放聲痛哭起來。

袁妧眼淚也跟著流下來，趙澹與她也算是相識多年了，待她又好，她怎麼能眼睜睜看著這個小哥哥就這麼夭折了呢？

玳瑁看到她哭了，急得在魚淺裡團團轉。「公主莫哭，不過是小病罷了，您忘了我是誰了？」

袁妧一愣，對啊！這幾年除了讓玳瑁拿出些保身的藥丸給家裡人吃，都忘了牠的作用了。只是現如今就算有藥，也沒辦法接近趙澹啊。

正當袁妧愣神的時候，袁琤也漸漸發洩完了心中的恐慌，他不好意思的從江氏懷中爬起，江氏抽出帕子給他擦乾淨臉上的淚，心疼道：「世孫吉人自有天相，你在這兒擔憂也無用，咱們家的林大夫是當初國公爺特地為你們幾個孩子尋的兒科聖手，不若讓他過去看看？萬一有什麼能幫得上的呢？」

袁琤聞言拚命點頭，袁妧也跟著激動的點著頭，江氏看著兩個孩子的樣子，揉了揉他們的臉，帶著他們去尋許老夫人說這件事。

許老夫人哪裡有不應的，她仔細叮囑江氏。「這件事咱們家不好出面，否則就是打了太醫院的臉，就說是琤兒回來著急，非要林大夫過去，妳拗不過他只好帶著他一同去。」

這可是千載難逢的好機會，袁妧急得直跳高。「祖母，我也去，我也去！」

江氏按住她嗔道：「妳去做什麼？這不是去玩耍的事情。」

許老夫人卻低下頭問袁妧。「妧兒，妳去了能保證不鬧嗎？若是妳哭鬧了，那日後三年妳就別出門了。」

袁妧認真的點點頭。「祖母，我保證不鬧，我只是關心世孫哥哥，想去看看他。」

許老夫人抬頭對江氏道：「帶著妧兒一同去吧。這樣才像是孩子之間的胡鬧，妧兒自幼乖巧，既然答應了就不會有什麼問題。」

江氏嘆了口氣，明明是發自內心的關心，卻一定要附加如此多的條件。她飛快的給袁妧換了出門的衣裳，喚了林大夫，抱著提著玳瑁的袁妧同袁琤一起上了馬車，直奔晟王府。

到了晟王府之後卻發現晟王府大門敞開，江氏有些疑惑，這個時候不是應該閉門謝客的嗎？便派了車夫上前說明來意。

那門房見到馬車中的袁琤心中也是感激，跑到馬車前一行禮。「袁二夫人、袁少爺，方才陳少爺也帶著家中的大夫過來了，說是要來看看。」

江氏鬆了口氣，既然陳家也來了，那他們家就不算是特別突兀。

馬車直接到了二門口，袁琤跳下馬車接過袁妧，扶著江氏下了車，一行人匆匆往延寧院走去，也沒心思打量奢華的晟王府。

所有的太醫與府醫都已經去了旁邊的屋子商討應該如何換藥方，傅王妃在趙澹臥房的外室正撐著與陳惟的母親張氏寒暄，陳惟在一旁顯得有些坐立難安，不停的向內室張望。

見到袁家人進來了，陳惟明顯鬆了口氣，朝袁琤使著眼色，袁琤接到好友的暗示回了他一個眼色，二人眉來眼去半天，一眾大人看了心情也輕鬆許多。

打過招呼之後，江氏見氣氛沒那麼尷尬了，才開口道：「琤兒自到了家就憂心世孫，非要帶著林大夫來看看，妾身這小女兒一聽說世孫病了也大哭一場，纏著一定要一起來，妾身無法，只能煩擾王爺與王妃了。」

傅王妃撐起一抹笑，對江氏點點頭。「你們總是一片好心，多謝琤兒了，王爺如今在內室，惟兒帶來的大夫正在診脈，讓林大夫也進去吧。」

兩個大夫在裡面足足診了兩刻鐘的脈才一前一後出來了，傅王妃激動地站起來看著二人，卻見二人面色沈重，對著傅王妃行禮道：「咱們二人這就過去與太醫們商議一下。」

傅王妃頹然的坐下，半晌才點點頭，陳惟再也忍不得了，嗖的一下站起來。「王妃，小子可否進去探望世孫？」

張氏拉了他一把被他甩開，氣得恨不能拍他兩下。袁妧見狀掙脫了江氏的懷抱跑到傅王妃面前，舉起手中的玳瑁奶聲奶氣道：「王妃，這是妧兒週歲時候抓的龜兒，人人都說龜兒乃大吉之靈，能辟邪化煞，定能保世孫哥哥平安，妧兒能把龜兒放到世孫哥哥枕邊嗎？」

一番話說得傅王妃眼淚終於落了下來，看著眼前圓乎乎白嫩可愛的袁妧，聽著她童言稚語中質樸的希望，伸手抱了抱袁妧的小身子道：「去吧，希望這龜兒真的能讓妳世孫哥哥醒過來。」

三個孩子手拉著手進了內室，晟王爺已經不在床前了，與趙泓一起坐在床對面的桌子旁，對著床上的趙澹發呆，趙涵也被趕回去休息，床邊只有季嬤嬤一個人時不時給趙澹擦擦額頭。

還是趙泓先發現了三人進來，看到中間矮矮的袁妧有些疑惑，怎麼這個小豆丁也來了？袁琤上前一拱手，見趙泓看了看妹妹，解釋道：「妧兒週歲時抓了隻龜兒，這龜兒頗有幾分靈性，妧兒與牠更是日夜形影不離，如今知道世孫……妧兒帶著龜兒過來，說要龜兒保佑世孫逢凶化吉。」

這話讓趙泓眼淚差點兒沒出來，看著忽閃著大眼睛期待地看著他的袁妧，啞著嗓子回頭對晟王爺喊了一句。「叔祖父……」

晟王爺嘆了口氣，起身走過來，摸了摸袁妧的小胖臉後，彎腰抱起袁妧，扭頭往床邊走去。袁妧看到他避開眾人落下的淚，下意識的伸手幫他抹了一把，讓晟王爺心裡更是酸楚。

他把袁妧放在趙澹床頭，看著面色潮紅、嘴唇慘白的孫子，深深吸了一口氣，低聲對袁妧道：「只盼著澹兒知道咱們擔憂他的心，早早醒過來吧！」

袁妧認真的點點頭，雙手虔誠的舉起玳瑁，把牠輕輕放在趙澹的枕邊，雙手合十對玳瑁喃喃自語。「玳瑁、玳瑁，你快些讓世孫哥哥醒來，如果你能讓世孫哥哥醒過來，回家了我給你十個肉湯圓吃，讓你一次吃個夠。」

聽著這稚氣的話，晟王爺搖了搖頭，臉色緩了緩，也泛起了一絲笑意。趙泓幾個也圍了上來，憐惜的看著虔誠的袁妧和一動不動的玳瑁。

當袁妧唸到第三遍的時候，突然間玳瑁動了起來，牠不像一般烏龜那般懶洋洋的緩慢爬行，三兩下飛快的爬上了趙澹的枕頭，伸出頭去碰觸了趙澹乾裂蒼白的唇。

床邊的人除了袁妧都被這變故吃了一驚，晟王爺下意識的伸出手去要把玳瑁抓下來，卻被一直看著他的袁妧用盡全身的力氣壓住他的胳膊，就這麼一閃神，玳瑁已經縮回頭來，慢慢爬下了枕頭，回到枕頭邊上把四肢縮起來，彷彿剛才那一幕是眾人作夢一般。

晟王爺看著掛在他手上的小娃和枕邊的烏龜，遲疑的開了口。「這……」話還沒說完，只聽床上的趙澹輕輕咳了一聲，他急忙抬頭去看趙澹。

趙澹一直緊閉的眼皮開始閃動，床邊眾人的心都提到嗓子眼了，只見他緩緩睜開雙眼，與最矮的袁妧對了個正著，想咧嘴卻咧不開，只含糊的咕噥了一聲。

趙泓一直忍著的淚再也忍不住了，拚命拉著晟王爺的袖子。「叔祖父，澹兒醒了！醒了！」

袁琤與陳惟也歡喜得不得了，陳惟抹著眼淚往外跑。「我去告訴王妃去！」

外室的傅王妃聽到裡面的騷動，剛站起來就見陳惟跑了過來。「王妃，世孫醒了！」

傅王妃一聽，哪裡還顧得上江氏與張氏，扶著身邊的丫鬟匆匆往內室去了，張氏剛要喚住兒子問問發生什麼事，卻見兒子一扭頭也跑了進去，她伸著的手僵在半空中，好半晌才收回來，搖了搖頭對江氏道：「我們一家都是端方人，也不知道這孩子怎麼養的這個性子。」

江氏也很喜歡陳惟，聞言笑道：「陳少爺這性子才好呢！灑脫不羈，將來也是一代名家風範。」

張氏苦笑。「那就借您吉言了。」

從進了內室到趙澹床前這短短的時間，傅王妃就已經聽陳惟講了方才的事情，得知真的是袁妧那小烏龜接觸到趙澹之後趙澹才醒的，心中也是抑制不住的激動與歡喜。老天有眼，老天有眼啊！

趙澹已經被喜極而泣的季嬷嬷伺候著喝了一盅水了，晟王爺摸著他額頭，感覺溫度也開始降了下來，心頭頓時一鬆。

傅王妃一到，床邊的一群大男人全都被擠開，晟王爺摸了摸鼻子，低頭抱起身邊的袁妧，哄著她。「今日可多虧了妳與妳的小龜兒，才讓澹兒醒了過來。」

袁妧有些羞澀，小臉紅撲撲的。「世孫哥哥醒過來就好啦！只是回去要煮十個肉湯圓給玳瑁呢，不知道玳瑁會不會吃撐。」說完噘起嘴。「早知道就不許十個了，三個就好了。」

尚在枕邊的玳瑁彷彿聽到了小主人的話，探出頭來用晶亮的綠豆眼盯著她，袁妧在晟王爺懷中一低頭與牠對個正著，撇撇嘴對玳瑁道：「知道啦知道啦，十個就十個，不會少了你的。」

玳瑁這才晃動了一下腦袋，把頭縮了回去。

這神奇的一幕讓晟王爺也心中一驚，他本以為趙澹醒來不過是湊巧，現在看來，難道真的是因為這小龜兒？

當年袁妧週歲抓到烏龜的事也被人津津樂道了許久，如今看來，這烏龜果然不同尋常。

一眾太醫、府醫聽到趙澹醒了也都頗為神奇，方才還把過脈，病情沈重，明明不應該這麼早醒過來的。

太醫院正匆匆趕來，在一屋子人期待的目光中把完了脈，沈吟片刻開口。「真是神奇，世孫的燒略低了，體內的虛火也開始慢慢的退了，連腳底的傷口都有癒合的跡象，這麼短時間如此好轉，倒像是吃了什麼靈丹妙藥。」

說完疑惑的看了一眼晟王爺，懷疑他給趙澹吃了什麼，傅王妃一聽心中更是感激袁妧和玳瑁，站起來從晟王爺懷中接過袁妧，親著她的小臉謝道：「多虧了妧兒，多虧了妳，晟王府謝謝妳。」卻一句也沒有提玳瑁的事情。

袁妧被老倆口的熱情弄得有些窘迫，拉著傅王妃環在她腰間的手道：「王妃莫要謝啦，還是快些看看世孫哥哥吧。」

傅王妃已經喜得暈頭轉向的，聞言一拍腦袋才覺得對，把袁妧放在地上，對袁琤道：「琤兒，快些帶著妧兒去外面尋你娘吧，她不知裡面出了何事，怕是也急壞了。」

袁琤應了一聲，上前幾步抱起袁妧正要出門，卻沒想到趙澹枕邊的玳瑁著急起來，見袁妧要走，伸出四肢來飛快的爬了兩下，撲通一聲掉下床，探著頭努力翻過身，朝著袁妧的地方爬去。

晟王爺見狀心裡更是驚奇，低頭撿起玳瑁走到袁妧面前，把玳瑁放在她伸出的小手中，玳瑁到了袁妧手裡又老老實實的縮了回去，絲毫不見方才的樣子。

虛弱的趙澹一直看著袁妧，袁妧被袁琤抱在懷裡，扭頭對趙澹甜甜的笑了一下。「世孫哥哥，你可要養好身子，過幾日我再來看你。」

趙澹扯出一抹笑，點了點頭，啞著嗓子應了一聲。「好。」

袁琤抱著袁妧，袁妧抱著玳瑁，二人走出來的時候江氏不知為何想到了街上西域的套娃，顯然張氏與她也想到一起了，笑著對江氏道：「這一雙兒女真是喜人。」

江氏上前摟住兩個孩子，輕聲問道：「世孫可大好了？」

袁琤點點頭。「院正大人說世孫已經開始退燒了，已經斟酌著開了藥，應該過不了多久就好了。」

江氏與張氏一同鬆了口氣，二人面對面相視一笑，只要開始退燒了就好了。

江氏把袁妧接過來，抱到椅子上摸了摸她對著張氏道：「世孫醒過來就好，咱們也能鬆口氣，今日我看這幾個孩子都怕得厲害。」

張氏笑著點點頭。「可不是，我家那兒子回到家就大哭一場，非鬧著要我帶府裡的大夫過來，這不，拗不過他，只能厚著臉皮過來了。」

江氏噗哧一聲笑出聲來，意味深長的看了一眼滿臉通紅的袁琤，搖了搖頭沒說話。

張氏見這場面還有什麼不懂的？朝江氏眨眨眼，兩個人頭一回見面，卻都有了相交的心思。

第十三章

傅王妃直到現在沒出來，幾個人沒法同主人家告辭，只能乾坐在這兒等著，幸而有袁妧插科打諢，沒一會兒就爬上了張氏的膝蓋，坐在那兒乖巧的等著張氏給她餵點心。

張氏自己沒有女兒，好不容易抱到如此親人的女孩子，臉上的笑容溫柔得令人羨慕。

黎氏一踏進來第一步就看到這刺眼的笑容，心底一股無名火起，臉一下就耷拉了下來。

孫嬤嬤心驚膽戰的不停悄悄拽她衣裳，她才換了個僵硬的笑容打招呼。「陳夫人、袁二夫人。」

二人急忙站起來行禮，張氏把袁妧放到地上，黎氏看到白嫩圓胖的袁妧，強扯開嘴角誇了一句。「陳夫人的女兒十分可愛。」

陳夫人被噎在當場，一時間整個屋內其樂融融的氣氛一掃而空，她溫婉的對黎氏笑著。「世子妃說得對極了，這小娃兒是袁國公府的二小姐，的確是十分可愛，妾身抱著也捨不得撒手呢。」

黎氏臉色一下子又難看起來，也懶得同她們說話，撇下一句。「如此我先去看澹兒了。」一直接進了內室。

孫嬤嬤心裡叫苦，特特落後幾步與二人行禮。「二位夫人請不要放在心上，世子妃是擔心世孫，這一日一夜都未睡。」

張氏維持著溫婉的笑容。「無妨，我與世子妃都是當了娘的人，自然知道世子妃心中的焦急，妳也快些進去吧！怕是世子妃要尋妳呢。」

孫嬤嬤看著張氏溫柔完美的笑容嘆了口氣，只能行了禮也跟進了內室。

許是因著黎氏進去了，傅王妃不多時就匆匆帶著陳惟出來了，江氏二人忙行禮告辭。傅王妃也不留二人，如今雖說趙澹醒了卻還是要細細調養，也沒空招呼她們，只說待趙澹康復之後一一上門拜謝。

臨走前傅王妃又把袁妧抱起來，看了她半晌，語帶感激的說了一句。「好孩子，過幾日讓妳世孫哥哥去看妳。」

袁妧似懂非懂的點點頭，奶聲奶氣道：「王妃無須擔憂，世孫哥哥定過幾日就能跑能跳啦。」

傅王妃忍不住親了親她的小臉，才把她交還給江氏。

內室裡的氣氛此刻絕對算不上好，黎氏看見因著退燒臉色開始慢慢露出蒼白的趙澹，輕輕嘖了一下嘴，說不出是鬆了口氣還是失望。但她再蠢也知道要與趙澹搞好關係，笑著上前俯身摸著趙澹的頭柔聲道：「澹兒，可感覺大好了？」

趙澹看到她笑不及眼底的笑臉，想到暴風雨中她的那些椎心之語，小小的心中一片絞痛，閉上眼睛平復了許久情緒，才重新睜開眼睛看著黎氏喚了一聲。「母親。」

黎氏本因為他沒回話有些生氣，冷不丁聽到一聲母親也愣住了，以前趙澹可是只喚她娘的……看著趙澹平靜的雙眼，她來之前想好的安慰他、哄他的話噎在心頭，一句也說不出。母子二人就這麼僵住了，晟王爺一貫看不上這媳婦，也是為了避嫌，拉著趙泓坐回桌邊，更不可能接話打圓場。

還是孫嬤嬤看不下去，湊上前幫著黎氏哄趙澹。「小世孫可算是醒了，世子妃擔憂得吃不下睡不著，在房裡跪地求菩薩保佑小世孫平安。」

趙澹聽了，絲毫沒露出她想像中感動的神情，反而淡淡的看了黎氏一眼。「多謝母親了。」

黎氏的眉頭皺了起來，這討債鬼今日是怎麼了？往日給他個笑臉他不就湊上來了？看著趙澹與趙蕭六、七分相似的臉龐，對著她如出一轍的冷漠表情，她的心像被螞蟻啃了一般痛癢難忍，真恨不能一個巴掌抽在趙澹臉上。

世孫這是怎麼了？孫嬤嬤見她臉色變得難看非常，而趙澹彷彿沒看見一般依然淡淡的，心中不禁嘀咕起來。她知道不能讓這對母子再相處下去了，這幾年世子妃的脾氣是越來越大，若是在王爺與王妃面前翻了臉，那可就徹底完了。

她忙拉住黎氏，顧不上表現什麼母子情深了，使眼色讓她快些回去，黎氏也懶得在這兒受氣。自己拉下臉來討好這討債鬼，如今他還拿起翹來了！

氣鼓鼓的也不看床上的趙澹，回頭對著晟王爺行了禮，就出了內室。

不多時傅王妃進來，揮揮手讓身邊的丫鬟婆子都下去，只留了季嬤嬤一個，待屋內只剩下親近的人後，傅王妃坐在趙澮床頭，輕輕撫摸著他的頭，猶豫的開口問道：「澮兒，昨夜你去了哪兒？」

趙澮看著自幼疼愛他的祖父母，自己視如兄長的趙泓，還有對他盡心盡力的季嬤嬤，嘆了口氣，搖了搖頭。「我也不知道為何，半夜被雷聲驚醒，睡不著就想去風翼亭看看夜雨，卻沒想到一腳踩中了花刺，一時吃痛把傘也丟了……後來我自己也不知發生了什麼。」

如此漏洞百出的話，這群人精能信才有鬼了。

季嬤嬤哭著跪在床邊。「都是老奴失職，老奴不該放世孫自己在屋子裡，老奴恨不能……求王爺、王妃、世孫嚴懲老奴。」

趙澮伸手扶起季嬤嬤，自己卻也沒有力氣，一激動又咳嗽起來。

傅王妃心疼得不知說什麼才好，替他順著氣，哄道：「莫急莫急，祖母知道你不想罰季嬤嬤，只是為了你身邊的人著想，日後你做事可得多想一想。」

趙澮點點頭，剛喝的藥勁兒也反了上來，眼神開始迷離起來，傅王妃忙扶著他躺下，示意眾人安靜，待他睡過去之後安排了丫鬟看著，與眾人一同去了延寧院。

剛到延寧院不久，容智就進來稟報了昨日查到的事情。「雨太大了……」

說完看了一眼趙泓，趙泓正要站起來找藉口出去，卻被晟王爺攔住。「你與澮兒宛若親兄弟，沒什麼好瞞你的，坐下吧。」

示意容智繼續說，容智咬了下唇，不過是覺得這話在孩子面前說不好罷了，卻也無奈。

「只有鴦姨娘院子裡的一個婆子看見了，那婆子是……因著熱水不夠了打算去廚下要水的。」

晟王爺與傅王妃一下子就聽懂了他的意思，心中有些氣苦，面上撐著不變顏色，讓他繼續。

說透了這個就好說了，容智把查到的所有事情都說了一遍。「那婆子說，她冒著雨往廚下走，經過修竹院外的時候，突然看到一個飄飄晃晃的白色身影在雨裡，她還以為是鬧什麼不乾淨的東西了，嚇得她直接跑了回去，連水都沒叫，被鴦姨娘責罰了，如今還躺在床上。」

傅王妃向來不把兒子的寵妾放在眼裡，那不過是個玩意兒，有了她，趙蕭才不像普通紈褲那樣日日出去作禍，留著她也有她的用處……

容智繼續說道：「問到了那婆子頭上，她才反應過來那或許是只穿了裡衣的世孫，當時她看著世孫……是從世子妃院子方向出來的。」

傅王妃指甲掐進手心握緊了拳。「你……能確定她說的都是真的？」

容智點點頭。「回王妃，那婆子不過是院子裡最低等的婆子，不久前才分派到鴦姨娘院子裡，否則也不會那個天讓她出去叫水，她全家都是王府下人，奴才使了些手段，能確保她說的是真的。」

晟王爺一拍桌子。「好，好，好，給我繼續查！查查那天晚上世子妃院子裡出了何事！」

容智其實已經查到了些，猶豫半天才開了口。「世子的絲姨娘，那天晚上被世子妃喚去了院子，後來是被人攙回去的……」

攙回去？晟王爺下意識的看了一眼傅王妃，內宅的事情他知道的絕對沒有傅王妃多。

傅王妃咬了下唇，看了一眼趙泓，還是開口問容智。「那個姨娘，身上是不是有傷？」

容智點了點頭。「是，那姨娘沒有請大夫……也已經發起燒了，奴才方才來的時候給她請了府醫過去，只不過絲姨娘一直說自己是雨天路滑摔的，又說男女有別，只同意了讓府醫開退熱的風寒方子。」

傅王妃嘆了口氣，事情的來龍去脈也知道了大概，她揮揮手讓容智下去，只囑咐了一句。「到此為止吧，讓那姨娘好生養著。」

容智見晟王爺沒有反對的意思，拱手應下就下去善後了。

晟王爺見屋裡只有從頭到尾知情的四個人，輕咳一聲開口道：「澹兒這次醒來，是有些神奇，但也可能是之前的藥起了作用，子不語怪力亂神，那龜兒的事咱們就不要在外人面前提起了。」

傅王妃自然同意。「這件事只是湊個巧罷了。若是真的傳出去，對妧兒同國公府都不好……匹夫無罪，懷璧其罪。」

趙泓咬著唇沈思片刻。「別人我尚且能瞞，但是皇祖父與父、母親……」

晟王爺也明白，既然趙泓知道了這件事，怕是瞞不過皇家，嘆了口氣。「我也不過是一說罷了，若是真與陛下說了，這件事不管真假，那烏龜只有進宮的命了。且……我看只有國公府那個小娃才能指使得動那龜兒，怕是她一輩子就要留在宮中，要麼終身不嫁，要麼……宮中就要多一個五歲的娘娘了。」

趙泓想到袁妧白嫩的小胖臉、笑起來彎成月牙兒的眼睛，他還沒有成長為一個冷血的人，他真的下不了這個狠心毀了這可愛的姑娘一輩子。更何況還有袁國公府對她的寵愛，晟王府對她的感激與歉疚，這些都是不可忽視的。

這些東西夾雜在一起衝擊著他小小的心臟，他嘆了口氣，對晟王爺道：「我回宮後可以不說這件事，只是日後若是我至親之人遇上藥石無力的時候，不管是真是假，我還是必定要說出來一試的。」

晟王爺與傅王妃鬆了口氣，只要此時趙泓不說出來，日後真有那麼一日，也總能想到法子保下袁妧。

趙泓沈默片刻又開了口。「那陳惟他……」

傅王妃懂他的未言之意。「我已經與惟兒認真的商議過了，他也是同意的，惟兒既然答應了，就不會說出去。待澹兒好了之後，我再帶他上門與陳家道謝。」

趙泓也知道陳惟為人最是仗義，若他知道說出去對幾個兄弟都不好，他定是不會說的，到時候讓趙澹再與他說說，這輩子他都能爛在心裡。

既然已經說定，趙泓就起身告辭了，約好明日再來看趙澹。

江氏發現袁琤異常的激動，時不時的看著袁妧和玳瑁，馬車上不是說話的地方，她壓住心中的疑問，只詢問了幾句趙澹的情況就止住不言。

袁琤腦袋暈乎乎的，玳瑁那一幕在他眼前不停的重複，袁妧被他看得背後的寒毛都豎起來了，抱緊玳瑁，心裡思索自己是不是太莽撞了，一聽說趙澹快沒命了，壓根兒沒細想，如今有些騎虎難下，若是有人洩漏出去，要搶了玳瑁，這可如何是好？

玳瑁安慰她。「公主無須擔憂，如果真有那麼一日，就讓他們搶了我這肉身去，妳再尋個小龜兒，我入了身不就成了。」

袁妧半鬆了口氣，可到底自己還是大意了，於是也沈著臉不說話，馬車陷入了詭異的安靜中。

江氏皺著眉，看孩子們的樣子怕是有大事了，她不敢輕慢，下了馬車帶著兩個孩子直接去了正院尋許老夫人。

許老夫人心中早就等急了，看到三人的身影才鬆了口氣，她看到江氏臉上表情沈重，心裡一咯噔，揮了揮手讓丫鬟們都下去，只留了羅嬤嬤在身邊，才開口問江氏。「可是出了什麼事了？」

江氏自己也迷糊著，看了看兩個孩子。「世孫已經醒了，但是發生了什麼媳婦也不知道，當時晟王爺在內室，所以媳婦與陳家大夫人在外室坐著，只是兩個孩子出來之後都有些……反常。」

許老夫人一聽，定睛看了兩個孩子一眼，袁琤臉上是不自然的潮紅，一看就是心中壓著大事，且是讓他極興奮的大事。

袁妧則咬著下唇，臉色有些發白，似是十分擔憂。許老夫人心中有了幾分計較，對羅嬤嬤道：「妳去門外守著，誰也不許進來。」

羅嬤嬤低聲應下出了門，許老夫人先把袁琤拽到身邊，拉著他的手問：「琤兒，方才在晟王府發生什麼了？」

袁琤早就快憋不住了，見沒有外人，激動的喊了一聲。「祖母！」然後把方才內室發生的事情一五一十的從頭講來。

許老夫人越聽越心驚，這事不知是真是假，但若是傳出去，實在說不準是福是禍，看著臉色越來越白的袁妧，伸手把她抱起來。「妧兒，玳瑁牠……」

袁妧做出疑惑的樣子問她。「祖母說什麼？玳瑁如何了？」

許老夫人看著孫女純真的眼睛輕咳一下，接著問道：「真的是玳瑁治好了世孫？不，這一定是巧合吧！」

袁妧一咬牙，眨著大眼睛嘟囔著。「就是玳瑁就是玳瑁，玳瑁說了牠能治！」

許老夫人與江氏臉色都變了，誰也沒有說話，過了許久，許老夫人才顫抖著開了口。

「妳是說，玳瑁說？玳瑁牠能說話？」

袁妧嘟起嘴。「玳瑁當然能說話啦！就是不怎麼愛說，祖母妳不是還同玳瑁聊過天嗎？」

許老夫人窘然，那不就是逗孩子的時候順著她同那龜兒說了幾句，怎麼變成了聊過天？今日這事實在是太神奇了……

她不敢確信，拉著袁琤又仔細問了內室的事情，又拉著袁妧從頭問了一遍，確定兩個孩子都已經說得一清二楚了，長嘆一口氣。若真的是這樣，這玳瑁怕是真的有幾分靈氣。

第十四章

江氏想著平日裡女兒與玳瑁形影不離，玳瑁還最愛吃蟹黃餡的肉湯圓，從未見過有烏龜愛吃這口的，以往只覺得稀奇，如今看來……她忍不住看了看袁妧順手放在身邊的玳瑁，正巧玳瑁也正在看她，一人一龜對視了一眼，玳瑁像是看懂了她的眼神一般，嗖的一下把頭縮回去，讓江氏更是驚奇。

沈默許久，許老夫人才開了口。「這件事不能傳出去，我讓羅嬤嬤去一趟晟王府。」話音剛落，就聽到羅嬤嬤的聲音在外面響起。「老夫人，晟王妃派了季嬤嬤來了。」

誰人不知季嬤嬤是王妃的貼身嬤嬤？此時來了袁家……

許老夫人急忙把她喚了進來，季嬤嬤給屋內人都行過禮之後，看了看袁妧與玳瑁，才低聲對許老夫人道：「……王妃也覺得如此大事若是傳出去，怕是對二小姐有些……不好，已經叮囑好了殿下與陳少爺，他們二人答應不說出去，晟王府這邊只有幾個主子與老奴知曉，定不會洩漏半句！」

許老夫人還沒說話，袁妧簡直要哭出聲了。早知道那邊不會洩漏出去她急著說個什麼勁兒，關上院門與自家爹娘說一下就行了……這真真是不打自招！

許老夫人自然是高興的，這可是說到她心坎裡了，她笑著謝過季嬤嬤，又託季嬤嬤與晟王爺和傅王妃道謝，季嬤嬤自然又謝過袁妧救了趙澹這件事，兩人妳謝我我謝妳，逗得心情沈重的袁妧都笑了起來。

送走了季嬤嬤之後，許老夫人的臉沈了下來，抱起袁妧看了半晌，嘆了口氣對江氏道：「這事還是得與國公爺說一下子，妳就在這兒別走了，等老二下了衙來請安之後，再一同回去吧。」

江氏哪裡有不應的，只是心中有些小嘀咕。「娘，這事大嫂就別說了吧。」

許老夫人想起自家世子夫人就頭疼，那真是個糊塗精！她忍不住揉了揉眉心。「這是二房的事情，不只妳大嫂，妳大哥那也甭說了，只咱們四個大人知道，最好連瑜兒都別告訴。」江氏這才放下心來。

袁國公少年從軍，軍營那種地方這種怪事最是多的，他聽完了許老夫人的轉述，皺著眉捏起玳瑁來仔細看著，袁妧瞪大眼睛盯著他，生怕他把玳瑁摔死以絕後患。

袁國公被小孫女熱辣辣的眼神看得好笑，招手喚她過來，把玳瑁放在她手中，輕聲問道：「妧兒說玳瑁能說話？」

袁妧心中叫苦，現在是承認還是不承認？看了看許老夫人和江氏，只能脆聲回答。「是的呀，玳瑁自小就會說話。」說完抱緊玳瑁。「祖父是不是不喜歡玳瑁會說話？」

袁國公被她問得愣了一下，好半晌才笑了笑。「哪有不喜歡？只是玳瑁會說話這件事，有些……匪夷所思，妳喜歡牠就把牠好好養著做個玩意兒，日後不可與別人提起牠會說話。」

袁妧輕皺眉頭，順著他的話點了點頭。「妧兒知曉了。」

袁國公又看向袁琤，袁琤也早就明白了家裡的顧慮，拚命點頭。「孫兒定不會把這件事說出去的！」

一眾大人都鬆了口氣，袁國公來了興趣逗袁妧。「玳瑁除了會說話還會做什麼？」

袁妧心裡無奈，今天去晟王府做了什麼自家祖父還能不知道嗎？嘴上卻回道：「玳瑁還會治病，還會保身，之前哥哥忙得黑眼圈這——麼大的時候，是玳瑁給哥哥調理的，他才沒病倒。」

袁琤一陣驚奇。「果然是這樣？那陣子我就覺得自己身子沈重，馬上要生病了，可是某一天突然就覺得鬆快了許多，陳惟這幾年都病倒了三回，我卻一點沒有事兒。」

袁國公本只想逗逗袁妧，這時候卻也真的信了玳瑁不同尋常，摸了摸袁妧懷中的玳瑁。「妧兒，玳瑁與妳定有外人不知道的交流方式吧？你們平時如何溝通？」

袁妧癟癟嘴，把玳瑁放在袁國公手中，對著牠喊了一句。「玳瑁，給祖父把把脈。」

玳瑁聞言伸出頭來，小嘴輕輕叨住袁國公脈搏的位置，過了片刻搖了搖頭，把頭縮回去。

這神奇的一幕驚呆了袁家人，眾人還沒回過神來，只聽見袁妧憋著笑開口道：「祖母，玳瑁說祖父今日在外頭偷吃酒啦！喝了約莫有兩、三個時辰了。」

許老夫人聞言嘶了一聲，瞪向袁國公，袁國公心裡頭的震驚無法與人說，若非親眼所見……

感受到老妻犀利的眼神，袁國公強撐著才沒回頭求饒，把玳瑁塞回袁妧懷中。「好了好了，祖父信了，記住這件事誰也不能說，今日就不留你們用飯了，快些回去吧。」

袁正儒好容易才回過神來，看見自己娘那不善的眼神，一手撈起袁妧、一手牽著袁琤，衝尚在震驚中的江氏眨眨眼。「既如此，兒子一家就先回去了，爹娘早些用了飯歇息吧。」

袁國公胡亂點點頭，袁正儒抱著袁妧帶著妻兒剛出了門口，就聽到裡頭許老夫人一聲怒吼。「你膽子大了！竟然背著我吃酒?!」

袁國公看著兒子一家的背影欲哭無淚，自己早早相信不就得了，為什麼非要測試一下呢？這玳瑁真的如此神？

不管心中怎麼想，臉上卻堆起諂媚的笑容，伸出砂缽大的拳頭輕輕捶在許氏肩頭。「意外、意外，都是意外！都怪林老頭，非要拽著我喝一口，才喝了兩盅，兩盅。」

許老夫人哼了一聲，也沒心思跟他計較這個，眉頭緊皺。「玳瑁若是真的如此神奇，咱們可得保護好妧兒了。」

袁國公也沈下臉來。「誰若是打妧兒的主意，就別怪我手下無情！當年出生入死的兄弟徒兒們，如今在軍中可都有一席之地。」

許老夫人嘆口氣。「別的不怕，只是陛下……」

袁國公沈默半晌。「若是真有那一日，我也只能拚了這條命了，不過陛下不是糊塗人，他把名聲看得比誰都重，他一輩子只想做載入史冊的明君，莫慌。」

許老夫人只能強迫自己放下心來，事到如今，也只能一步一看了。

顧氏見二房一家子留在正院許久，心裡不停的嘀咕，來來回回的繞得袁正修眼都暈了，他一拍桌子斥道：「妳能不能坐下！」

顧氏嚇了一跳，反應過來瞪著他。「你就一點不操心你爹跟你弟弟說了什麼？你才是這府裡的世子，未來的當家人，到底有什麼事要專門避開你尋二房說的？」

袁正修看著顧氏那刻薄計較的樣子，心中失望透頂，明明當初也是好人家讀過書的女兒，如今為何變成了這樣？真的是因為他太窩囊了嗎？

在他變幻莫測的目光中顧氏也有些害怕心虛，不自在的扯出一抹笑。「世子爺就當我想多了，明日我去問問娘。」

袁正修冷笑一下。「隨妳便。」說完一甩袖子幾步出了屋子，彷彿多看她一眼都覺得髒了自己的眼睛。

顧氏愣在當場，眼淚在眼眶中打轉，心中不敢恨上袁正修，咬牙切齒的更恨上二房。她氣呼呼的坐在椅子上，周圍的丫鬟婆子大氣都不敢出，好半晌她才一個字一個字開口道：

「把大少爺給我叫來！」

幾個丫鬟面面相覷，如今天色已晚……卻又不敢不聽顧氏的吩咐，只能出門招呼小丫鬟去前院。

袁瑾還以為顧氏出了什麼事，匆匆從前院趕來，顧氏看著一腦門子汗的兒子，心裡舒服許多，好歹他還把她這個當娘的放在心上。

顧氏慈愛的對著正在擦汗的袁瑾笑著。「瑾兒，最近學業如何，打算什麼時候下場試試？」

袁瑾聽他娘說這個就頭大，只能含糊應下。「還成，湊合，盡快。」

顧氏卻沒有輕易退縮，拉著袁瑾的手。「瑾兒，你這年紀也該成親了，娘看你祖父母對你又不上心，娘也該替你相看起來了，回頭就在家裡擺個宴，請適齡的姑娘家都來看看。」

袁瑾大驚，該來的總會來，他娘之前提過兩次，但是都被他搪塞過去，今日不知受什麼刺激了，看著頗為強硬。

袁瑾心中打了個突，看著顧氏瞪眼的樣子，嬉皮笑臉的對她道：「娘如何氣成這樣？就按您說的辦，只是選個什麼樣的姑娘得由我來決定。」

顧氏看著他的臉也氣不出來，緩和了臉色點了點他。「不成，誰知道你又能看上什麼樣的？萬一娶個作貨精，那不是害了你娘？你既然答應了那就這麼定了，你不用再管了，到那日出來露個臉就行，你們父子三人一個賽一個的不省心，各個同我兩條心，我就要找個合心意的媳婦，省得哪日再被你們氣死！」

說著說著她火氣又上來了，狠狠地拍了袁瑾一下。

袁瑾做出齜牙咧嘴的樣子，不停的呼痛，顧氏又怕他真的被打壞了，這才止住了話頭去看他。袁瑾乘機扶著腰行禮告辭，一出門溜得比那院子裡嘰嘰喳喳的鳥兒還快，氣得顧氏在背後直瞪眼。

袁瑾出了顧氏的院子停下腳步，心緒翻滾，琢磨半日一扭頭去了正院。

袁國公老倆口沒想到這麼晚了長孫竟然尋來了，生怕有什麼大事，忙讓他進來。

袁瑾看到已經準備要歇息的祖父母也有些臉紅，猶豫半天還是開了口。「祖父、祖母，我……我想去北邊！」

許老夫人聞言倒吸一口氣，袁國公看了他一會兒才開口問他。「你想去哪兒？」

見袁國公第一句話竟然不是反對，袁瑾也鬆了口氣，紅著臉把自己的想法說出來。「想去北邊上戰場……我自幼習武，又被娘按著頭讀書，但是那些之乎者也我著實看著眼暈，只有兵書才讓我心中歡喜。我有時候覺得我認字就是為了看這些兵書，從小起我就想去打仗，想做一個能護得住我大昭百姓的人。」

他看著袁國公，神色忐忑。「祖父，娘今日說要給我尋媳婦了，可我不喜歡那些嬌滴滴的讀書人家女兒，男兒立於世當做頂天立地之人，我不求做英雄流芳百世，只求能一償心中所願，也……也不耽誤別人家的好女兒。」

說完自己低下了頭，袁國公與許老夫人看不清他臉上的神色，但是他緊握的拳彷彿已經訴說了主人的堅決。

許老夫人捂住嘴巴，看著眼前站得筆直的孫子，眼淚忍不住滴了下來。

袁國公也怔怔的看著袁瑾，像是看到了三十年前的自己，也是這麼的年少氣盛，也是這麼的無所畏懼。他嘆了口氣，澀澀的開口道：「你想去北邊，主要還是為了你娘？」

袁瑾一聽猛的抬起頭。「娘不過是催著我下定了決心罷了，這個念頭我已經想了許多年了，求祖父成全我吧！」

話音未落，撲通一聲跪在地上，抬起頭懇切的看著他，大有袁國公不答應就不起來的架勢。

袁國公看到孫子眼中堅定的眼神，知道自己再阻攔也無用，揮了揮手對他道：「你先回去吧，我考慮考慮再給你答覆。」

袁瑾心中歡喜，祖父既然說了這句話，那八成就是應了，他蹭的一下站起來，興奮的看著袁國公，好半晌才憋出一句。「哎！那孫兒就先回去了。」暈乎乎的行過禮就扭頭往外走，差點撞到門框上。

許老夫人看他這樣子也沒了哭的心思，一時間又有些想笑，心裡說不出什麼滋味。

袁國公嘆了口氣，拍了拍她的手。「陛下已是知天命之年，咱們……是得做點準備了。」

許老夫人心裡一驚。「你的意思是……」

袁國公深深的看了她一眼。「軍中……瑾兒去幾年也成，章家老三在北邊，也能照應一下瑾兒，只盼著他能站穩腳跟吧！」

許老夫人壓下到嘴邊的擔憂，嘆了口氣。「罷了罷了，你決定吧，我只管後院這一畝三分地。」

袁國公揉了揉眉心。「妳壓住那個不懂事的就成了，咱們不能只韜光養晦了，玳瑁的事情是個隨時能戳破的，總得有些應對的法子。」

兩人憂心忡忡，躺在床上又低聲商議了大半夜，這才心裡有了幾分底。

第二日下了朝袁國公就求見了昭和帝，昭和帝挑了挑眉，看著坐在那兒喪著臉喝茶的老朋友，開口問道：「怎麼，家裡就鬧成那樣了？」

袁國公眼淚都快出來了，眨了眨眼睛強忍下去。「陛下是不知道，老臣那個媳婦……真真的逼著臣那孫兒要娶親，可是孫兒又梗著脖子，一副寧死不從的樣子，嚷嚷著要去北邊，如今家裡怕是已經亂成一鍋粥了。」

昭和帝自然知道袁家那個不靠譜的世子夫人，畢竟……咳，那個世子夫人可是皇家「精挑細選」出來的。

他有點內疚，畢竟擾得人家幾十年不得安寧，看著頭髮已經花白、強忍著眼淚的袁國公，嘆了口氣。「你的意思是讓你那孫兒去北邊？」

袁國公忍了許久的眼淚終於滴了下來，他忙用袖子擦了擦。「老臣也是沒法子了，那兔崽子說道若是逼他娶親他就剃了頭髮出家，昨日半夜跑來尋老臣，驚得老臣一宿沒睡，思來想去，如今天下太平無戰事，好歹……好歹無性命之憂，過個兩、三年磨了他的少年意氣，再把他召回來，起碼不像如今一般日日鬧騰。」

昭和帝皺眉思索片刻，緩緩點了點頭。「那就讓他去吧。」

袁國公一副深感大恩的樣子跪下來。「老臣謝主隆恩，如今這家終於不用日日鬧騰了……」

第十五章

待袁國公走後，昭和帝對順安點了點頭，順安彎著腰小聲回報。「……昨日袁國公世子夫人把袁家大少爺喚過去說了娶親的事，兩個人彷彿有些彆扭，聽到了幾聲世子夫人喝斥的聲音，袁家大少爺出來之後，就去了國公爺的院子裡待了許久，如今袁國公府還鬧騰著呢。」

昭和帝這才放下心來，想了想嗤笑一聲。「娶了那麼個當家主婦，也算是害了袁家一輩人了……罷了，去就去吧，袁家三十年沒踏入過北地，一個小子過去又有什麼要緊的？是朕太緊張了。」

順安低著頭一句話沒說，只輕輕端上茶。「陛下呀，可莫要事事操心了，奴才可不知道什麼國家大事，奴才只管看顧陛下身子好不好。」

昭和帝被他逗得笑了出來，揭開這件事不提。

袁國公府果然鬧騰非常，一大早顧氏聽到許老夫人與她說要把袁瑾送去北邊差點沒厥過去，好容易緩過神來。

看著婆婆嚴肅的臉，想著自己唯一的指望也要被他們支走，心中大慟，只覺得這日子沒法過了，回到院子裡哭了一場又一場，派人去尋袁瑾又尋不到，那是哭得昏天暗地。

世子夫人哭著從正院回自己院子這件事，家裡下人們都看在眼裡，正議論著呢，卻突然又見世子夫人紅腫著眼睛氣沖沖的往正院去了，一時整個國公府上下都支起耳朵。

許老夫人正被伺候著喝茶，卻突然見顧氏衝進來，她面無表情的看著顧氏也不行禮，氣沖沖的站在她面前，正思量著難不成顧氏要反了天了？

顧氏卻突然跪下，抱著她的腿哭嚎起來。「娘啊，求求您了，別把瑾兒送走，那可是媳婦唯一的命根子了啊娘。」

許老夫人真想一腳把她踹開，這個樣子的顧氏與街頭的潑婦有什麼區別?!

顧氏抱著許老夫人的腿哭了半日，卻見她一點反應也沒有，漸漸收了哭聲，悄悄的抬起眼皮看她。

只見許老夫人臉色青白的坐在那兒死死盯著她，那眼神像是要把她生吞活剝了！她心裡一驚，忍不住鬆開手退了退。

許老夫人竟然扯起嘴角笑了一下。「哭完了？」

顧氏呆愣愣的看著她說不出話來。

許老夫人對她輕聲道：「哭完了就好，累了吧？回去歇著吧。」

說完臉色一變，招呼幾個人進來，不顧顧氏的掙扎，把她拖到正院的小佛堂裡反鎖起來。

待顧氏的叫聲再也聽不到了，她才鬆了口氣，對身邊的羅嬤嬤道：「傳出話去，就說世子夫人捨不得大少爺去北邊，病了，這幾日養病，家裡的中饋先交給二夫人。」

羅嬤嬤忍不住看了她一眼，見她神情疲憊，才悄悄退了下去。

顧氏鬧了幾回都被許老夫人壓住了，甚至袁婉求情，許老夫人也當作視而不見，眼見府裡中饋大半落入了江氏手中，顧氏知道自己是拗不過兩個老的，只能低頭認了命。

江氏見顧氏被解了禁足，趕緊把手頭的燙手山芋扔了回去，回韶華院抱著袁妧直拍胸脯鬆口氣。

袁瑾就在一個薄霧的清晨中騎上了馬，奔向他的夢中之地，顧氏送走了兒子後是真真的病倒了，許老夫人這回倒是沒奪了她中饋，只是囑咐她歇幾日，府裡一切照舊。

袁國公安慰著憂心忡忡的許老夫人。「妧兒給的那些藥丸子不都給瑾兒帶上了嗎，大夫都看過了，那可都是真真能救命的好東西，咱們還得多謝玳瑁。」

許老夫人被他一番話說得笑了出來。「多謝玳瑁？上回牠吃了十個肉湯圓差點兒沒撐死，幸而做的都是小個兒的，如今再給牠送些肉湯圓？」

袁國公想到玳瑁吃肉湯圓那兩口一個的凶猛樣子也忍不住笑了出來。「罷了罷了，也不知道這麼個龜兒如何這麼愛吃那玩意兒……妳就放下心吧，這兩個月玳瑁的神奇之處妳也見了不少，只要有口氣，那些藥丸子就能救回命來，莫要擔憂了。」

許老夫人真是恨不能打他的嘴巴。「什麼叫只要有口氣？這是什麼話?!」

袁國公一拍腦袋，得了，自己又說錯話了。

不管家裡人是多麼不捨，這日子總是要繼續過，一轉眼袁瑾就去了四年了。

袁婉已經與時國公家的世孫定了親，等了兩年，時國公家守完了孝，馬上要成親了，可回鶻卻趁著大雪突然來犯，袁瑾已經爬上了正八品的宣節校尉，自然是要身先士卒，回不來送袁婉出嫁了。

袁婉雖然失望，但也知道哥哥做的是保家衛國的大事，也撐起笑來安慰顧氏。「娘，哥哥如今已經做了官了，若是這回得了軍功，定能再升一階。」

顧氏自袁瑾走了以後彷彿就失去了鬥志，整日懶洋洋的，國公府倒是罕見的消停了幾年，她聞言瞥了女兒一眼。「反正妳有袁琤揹妳上轎，又不是非妳大哥不可。」

袁婉被她一句話堵得滿臉通紅，這話說得太誅心了！她俏臉慘白、杏目含淚，顫抖著唇說不出話來，失望的看了顧氏半晌，一扭頭跑了出去……

顧氏看見女兒跑出去，手動了動，終於還是捏成了拳捶了下桌子。「白眼狼，怕是早就忘了她那可憐的哥哥了！」

身邊的人大氣不敢出，只能任憑顧氏自己恨恨的咬牙切齒咒罵著……

袁婉成親這日，袁妧打扮得像小仙子一般，已經九歲的袁妧稍稍褪去了小時候的奶胖，雖說不若時下崇尚的女子一般弱柳扶風，但是也絕對算不得胖。

自那會兒被袁妧告了回黑狀，秦清澤也懂多了，他見袁妧進來眼前一亮，如同小時候一般蹭過去，輕輕喚了一聲。「表妹。」
袁妧看著秦清澤故作穩重的樣子掩嘴偷笑。「表哥，幾月不見，你看著像是長大許多。」
秦清澤一聽馬上破了功，笑得見鼻子不見眼的。「妳也覺得我長高了？再過幾年我就去尋大表哥，我也要上北邊去！」
袁妧萬沒想到會聽到這麼一句話，她驚訝的看著得意的秦清澤，剛要說話就被袁舒寧打斷。「你這臭小子還沒死心，待我告訴你爹讓他打斷你腿！看你還不天天嚷嚷著去北邊?!」
秦清澤皺起眉，覺得他娘真的很掃興又落他面子，尤其是在表妹面前不給他留臉，讓他一顆初初長成的少男心碎個稀巴爛，鬱鬱的回身坐在椅子上低著頭。
袁妧還是頭一回見自己一向元氣滿滿的表哥如此失落的樣子，上前哄道：「表哥為何想去北邊？大堂哥也是十四、五才準備去的，表哥年歲未到，姑父、姑母自然不會同意的嘛。」
秦清澤聽到袁妧甜甜的聲音，抬頭看了看她清澈的眼睛，心裡更是抑塞，用力扭過頭去，也不看袁妧，粗聲粗氣的對著空氣說道：「知道了知道了，過幾年再說。」
袁妧一愣，自己這個小表哥是怎麼了？
袁舒寧見狀更是生氣，站起身三兩步走過來，一手熟練的揪住兒子的耳朵。「如何對你表妹這麼說話，人家嬌滴滴的姑娘家哪裡能讓你這臭小子用這個態度。」

秦清澤臉一下子脹紅，忍不住側過頭看了看一臉驚呆站在原地的袁妧，眼睛都快出來了，今日自己在表妹面前，這臉是別想要了！

他用力掙脫袁舒寧，捂著耳朵站起來，又看了一眼袁妧，忍著心中五味雜陳卻說不出的心思，低聲說了一句。「表妹，我不是有意的。」

說完也不管屋裡眾人，扭頭就跑了出去。

袁舒寧也被兒子這些動作弄暈了頭，看了看自己尚懸在半空的手，訕訕的縮回來，拉著袁妧坐下，對許老夫人道：「這孩子今日不知道是怎麼了。」

許老夫人可不是那等老眼昏花的老太太，自己都是過來人，又養大了幾個兒女，如今大孫女都要嫁人，冷眼看了這麼久，又哪裡看不透這些。

她含著笑意味深長的對袁舒寧道：「妳這做娘的，清兒如今都已經十二、三的年紀了，自然有自己的想法，也到了好面子的年紀了，妳又何必讓他在他表妹面前落了面子呢。」

袁舒寧聞言皺眉想了片刻，恍然大悟道：「難不成他……」想到身邊的袁妧，嚥下了後半句，側過頭拍拍她的手。「好孩子，妳去尋妳大姐姐吧！快到吉時了，她怕是等妳等急了。」

袁妧本就是想請了安就過去的，哪裡想到耽擱這麼久？也不客氣，帶著丫鬟們匆匆離去。

袁舒寧見沒了別人，悄悄問許老夫人。「清兒難不成對妧兒有了心思？」說著自己咧開嘴笑了。「那可真真太好了！自妧兒還是個肉團子的時候，我就愛死這個小人兒，我那公婆與她姑父都喜歡她，假若日後真能把妧兒娶回家，我定把她捧在手心裡。」

許老夫人嗔了她一眼，見她喜不自勝的樣子咳了咳。「我也是剛看著，覺出有那麼幾分意思，妳可別衝動，咱家妧兒可是全家人的心頭寶，再說了，清兒如今自己怕是都迷糊著呢！索性兩個孩子還小，日後再說吧。」

袁舒寧正沈浸在把袁妧娶回家的美好幻想裡，心頭都已經琢磨著是不是明日就告訴公婆好來袁國公府提親，早早把袁妧定下來，突然聽到許老夫人這麼說，像是被戳破了氣，如孩子一般噘起嘴。「娘真真會潑冷水，捨不得妧兒就直說，一竿子給我支到不知道幾年後了。」

不管母女倆心裡百轉千迴的什麼心思，此刻的袁妧正快步往浮音苑趕去。

今年剛開年，江氏就把精挑細選的四個小丫鬟放在袁妧身邊，最大的盈月不過十歲，最小的雲趣才七歲，這四個丫鬟自袁妧五歲起就挑出來了，一直跟著學規矩，學了三年才放在袁妧身邊，各個都是忠心的精細人。

雪煙捧著袁妧親手繡的一掛四時景色屏風緊跟在她身後，盈月則是不時掏出帕子幫袁妧擦擦額頭的汗，緊趕慢趕終是在吉時前趕到了浮音苑。

一進屋子就看到已經梳妝打扮得美豔不可方物的袁婉，袁妧心中一酸，強忍下淚意，拉著她的手嬌聲喚了一句。「大姐姐……」

袁婉正想著自己這個寶貝堂妹如何還沒來，見她終於到了，心中先是鬆了口氣，又看她要哭不哭的樣子，也是不捨心酸，摸了摸她柔軟的髮。「二妹妹可算是來了，姐姐等妳許久了。」

袁妧聞言，差點想要撲到袁婉身上抱住她，眼淚終是沒忍住落了下來。「姐姐出嫁之後能不能時常回來看妧兒？妧兒現在就想妳了……」

一旁的秦文宜也已經定了人家，這怕也是她出嫁前最後一趟出門了，見眼前這對姐妹恨不能抱頭痛哭的樣子，忙忍下淚意起來打圓場。「大喜的日子，妳們倆可就別哭了，又不是嫁到天南海北去，都在一個京城裡還怕日後見不著嗎？」

袁妧吸吸鼻子點點頭。「表姐說得對，我想大姐姐了就去瞧妳，咱們還能約著一同去吃弛安樓的三鮮羹。」

袁婉被她逗得破涕為笑，點了點她的小腦袋。「妳就想著吃。」

袁妧噘噘嘴。「誰說我只會想著吃？大姐姐看，這是我親手繡的屏風，足足繡了大半年，手指都捅破了好多回，妳可不能嫌棄。」

雪煙機靈的端著屏風上前，袁婉伸手翻起來，細細的看了一回。

屏風的針線算不上好，甚至可以說十分的稚嫩，好幾處能看出是拆了又重新繡的，但就是這稚嫩的針線才體現了妹妹的一片心意，自家這個小寶貝疙瘩平日可是連個荷包都不願意繡，竟然偷偷繡了如此大一個屏風。

袁婉實在忍不住了，伸手抱住袁妧哭了起來，袁妧回手抱住她，姐妹二人終是大哭一場。

身邊的嬤嬤丫鬟們急得直跺腳，吉時快要到了，顧氏方才被人喚走了，約莫也快回來了，若是看到這幅場景，怕是心中更恨，不知道能說出什麼話來。

陳嬤嬤上前好說歹說才哄了二人止了哭，梁嬤嬤抱著袁妧低聲哄著，陳嬤嬤則與喜娘抓緊給袁婉重新上妝。

袁妧看著整個屋子都忙了起來，吐了吐舌頭，抽著鼻子帶著清亮的哭音給眾人賠了個不是。「……都怨我招了大姐姐哭，今日我再也不說話了，再也不哭了。」

一句話逗得大家都笑了起來，一掃方才的氣氛，秦文宜捏了捏她的小臉。「妳這個小機靈鬼。」

袁妧嘴上說著再也不哭了，可又怎麼真的能忍住。看著伏在袁琤背上離她越來越遠的袁婉，她哭得上氣不接下氣，慌得江氏急忙擦乾了眼淚來哄她。

許老夫人心中也是十二分的不捨，情緒十分低落，見小孫女這樣子，便把她摟在懷裡對江氏道：「今日妳的事也多，妧兒就放在我這裡吧，別讓她出去了，我看她也哭得十分累了，待會兒讓她直接睡一覺。」

江氏確實事情多，就不多推辭，與顧氏和袁舒寧一同去了前頭應酬，如今已經開宴了，可耽擱不起。

許老夫人哄了袁妧好一陣，祖孫倆偷偷一起哭了一回，這才平復下來，袁妧清了清嗓子。「祖母，我想去前頭再看看大姐姐。」

許老夫人搖搖頭。「妳大姐姐如今已經出了門，花轎都在半路上了，妳去哪兒看？」

袁妧癟癟嘴差點又要流眼淚。「我現在就想大姐姐了，我想去尋哥哥，讓他同我講講大姐姐出門子這條路上的事。」

許老夫人憐惜的看著袁妧，嘆了口氣。「妳哥哥如今尚在前頭應酬著呢，怕是一時半會兒沒工夫，要麼妳去他院子裡等他？妳尚且能用不捨傷心這由頭不去前頭，祖母待會兒卻也必得出去露個臉，怕是照顧不到妳。」

袁琤的院子袁妧是常去的，聞言乖巧的點點頭。「那我就過去等哥哥吧。」

為著躲避今日往來的賓客，袁妧挑著小路七拐八拐的穿到茂林院前，也沒有敲門，直接推開半掩的院門踏了進去。

正在樹下閉目養神沈思的趙澹聽到聲音，猛的睜開雙眼犀利的往門口望去。沒想到竟然看到一個眼兒紅紅鼻頭紅紅、小臉雪白瑩潤彷彿小兔子般的女孩兒。

第十六章

袁妧有些費力的邁過高高的門檻，對著迎上來的小廝吩咐道：「我要去書房等哥哥。」

正要往書房去，卻被小廝攔住。「小姐……哎哎……」

袁妧正是心情不好的時候，見被人攔住了，圓眼一瞪，鼓起臉頰皺著眉。「出了何事？你為何攔我！」

小廝汗都快出來了，急忙張嘴解釋。「小姐，不是奴才想攔您，是……」

「是我在這裡。」一道陌生又熟悉的清冷嗓音突然響起，袁妧嚇了一跳，下意識的扭頭看向聲音傳來的地方。

陽光透過層層疊疊的樹葉照到他的身上，隨著微風搖動著樹葉，婆娑的光影忽明忽暗閃爍著，他的臉龐時而隱匿在陰暗中，時而閃現在光影中，讓人一時之間竟然看不清楚。

袁妧萬沒想到自家哥哥的院子裡居然有外男，她的臉一下子有些發熱，咬了下唇，猶豫著應該如何稱呼。

趙澹看她糾結的可愛模樣，彎起嘴角，從樹下緩步走出，踱到她面前，看著只有自己胸口高的女孩兒，一拱手道：「妧兒妹妹。」

袁妧到底不是真的九歲孩子，她皺著眉看了他一眼，回想著這個聲音，試探的喚了一句。「世……世孫哥哥？」

趙澹訝異的挑了挑眉，沒想到袁妧竟然還認得出他。他唇角的笑意深了幾分，上次見她尚且是他剛剛醒來的時候，那時的他與平日的樣子幾乎判若兩人。

後來再來袁國公府致謝，卻聽聞她去了秦家玩耍，竟是沒有碰到，細細算來他們已經是四年多未見了。

趙澹見她眼底彷彿還盛著淺淺的淚，料想她今日定是捨不得她大姐姐出嫁，不知怎麼冒出一句。「妧兒妹妹若是心情不好，可同我聊聊。」

話剛出口自己差點想把舌頭咬斷，這話說得真是太……太像登徒子了！

袁妧倒是沒想那麼多，這些年來晟王府與趙澹時不時送些禮過來，在她心目中趙澹還真是老熟人了。

她指揮著小廝道：「去幫我與世孫哥哥沏壺茶來。」

然後抬頭看了看趙澹。「世孫哥哥，咱們去那邊坐吧。」

趙澹默默的點點頭，跟在袁妧身後一同坐在了石凳上。

梁嬤嬤已經有眼力見的去端點心了，不一會兒石桌上就擺了兩、三樣點心與一壺顧渚紫筍。

趙澹抿了一口茶搖搖頭打破沈默。「果然琤哥的好東西都留給妳了，當日殿下給了我們幾人一人一小包這茶，他非要貼身藏起來，說留給妳喝。」

袁妧聽了，心裡一下子變得美滋滋的，唇角的梨渦若隱若現。

趙澹見她笑了，心下也鬆了一口氣，閉口不再說話。

袁妧也不是真的想同趙澹說些什麼，再說這種小女兒的心思又如何能與他說，二人沈默的喝著茶吃著點心，只是偶爾說起這茶點的美味之處，氣氛卻絲毫不見尷尬，彷彿他們已經相處許多年，就該如此一般。

梁嬷嬷看著兩人之間湧動的氣氛覺得怪怪的，卻又說不出哪裡不對，見桌上的點心已經差不多了，才低聲提醒袁妧。「小姐，不知道大少爺多久才能回來。」

袁妧也知道自己不該與趙澹私自相處這麼久，悄悄摸了摸已經吃飽了的肚子，看著桌上所剩無幾的點心有些尷尬，這……八、九成都是她吃的，她怎麼能吃這麼多！

她的耳朵微微泛紅，撐著站起來與趙澹一行禮。「世孫哥哥，今日事多，我要去尋娘了，就此告辭了，你在這邊多歇歇吧。」

趙澹失笑，方才進來的時候她還氣呼呼的說要等袁琤回來，如今卻馬上改了口，真是……撒謊都不會撒！

袁妧見他笑了也反應過來，自己的確有點傻，她的耳朵更紅了，面上卻更嚴肅。「世孫哥哥，那我就走啦。」

趙澹笑著站起來，看著眼前她毛茸茸的頭髮，突然手癢，他沒有控制自己，伸手撫上她的頭。「無事，妳在這裡等琤哥，我也該去前頭了，方才不過是污了衣裳，過來換身新的，順便偷個懶罷了。」

梁嬤嬤見趙澹竟然摸了袁妧的頭，急得直瞪眼，這世孫怎麼如此輕浮！她家小姐已經不小了！

在袁妧眉頭皺起之前，趙澹飛快的縮回了手，又抿唇笑了一下，對呆愣愣的袁妧道：「今日外頭人多且雜，妧兒妹妹還是在這裡莫要出去了，我就先去前頭了。」

也不管袁妧要反駁的樣子，帶著貼身的小廝扭頭就走，袁妧回過神來也只能隨在他身後送他出了院門。

盈月看著袁妧被揉亂的頭髮，也對這個世孫有些不滿，不只說話像登徒子，行為更像，也不知道大少爺怎麼會同他做好友的。

心情頗為美妙的趙澹尋到了袁琤，想到了茂林院中的袁妧，悄悄與他說道：「妧兒妹妹在茂林院等你。」

袁琤一下子眯起眼睛，陰惻惻的問他。「你又是如何知道的，難不成你們見著了？」

趙澹不知道為什麼有幾分心虛，面上卻絲毫不顯。「正巧要出來的時候遇著了，不過打個招呼說了幾句話罷了。」

袁琤看他面上卻看不出什麼來，將信將疑的信了他。「我這兒怕是一時半刻忙不開，讓瑜兒先去尋妹妹吧。」

趙滄不置可否，點了點頭就轉身坐在陳惟身邊，也不管袁琤心中什麼想法。不過是機緣巧合遇到一回，二人誰也沒放在心上，卻沒想到被顧氏抓了個正眼。

說來也是趕巧，今日袁婉出嫁，顧氏雖說這幾年對女兒有些腹誹，但是好歹自小也是放在心尖尖上的，一時想到日後女兒已經是別人家的人了，見她一面是千難萬難，哭得差點厥過去。

來客都是過來人，十分理解她，見她如此模樣心中也是極為不忍，不管真心假意的，都勸著她回去歇歇，待她們用了宴後，聽戲的時候再出來就成。

顧氏實在是心中難過，道過謝後就扶著丫鬟們慢慢往自己院子走去，卻沒想到正巧看著袁妧一副怕人的樣子專挑小路走，那架勢彷彿是去外院。

顧氏瞪著紅腫的眼睛，心中嘀咕起來，今日這麼忙的時候，這小崽子是要做什麼？她下意識的指著身邊的貼身丫鬟桑梓道：「妳悄悄跟上那小……二小姐，看看她做什麼去了。」

桑梓能混成顧氏的貼身丫鬟，自然對她的心意瞭如指掌，心領神會的點點頭，低著頭跟上了袁妧一行人。

袁妧進了茂林院之後，桑梓頂著大太陽蹲在花叢中，身上被不知什麼蟲兒咬了許多口，痛癢難耐，正受不了要回去尋顧氏，卻見茂林院的大門「吱嘎」一聲打開。

她顧不上撓臉，忙定睛看去，只見一個年紀與袁瑜相仿的少爺走出來，這少爺看著有幾分眼熟。

桑梓正琢磨著這是誰的時候，卻見門內出現了袁妧那張俏臉，她眉眼含笑頭髮微亂，與門口的這少爺不知說了些什麼，待那少爺轉身離去，袁妧也命人掩上院門進了院子。

待四處一片安靜的時候，桑梓才從花叢中爬出來，顧不得拍打身上沾染的花瓣與泥土，神情興奮的一路小跑去尋顧氏。

顧氏正半躺在躺椅上喝著定神茶，幾個丫鬟給她撫胸口的撫胸口、捶腿的捶腿，她心中卻平靜不下來，一則是捨不得女兒，二則就是她直覺自己要抓到二房那個小崽子的把柄了！

桑梓微喘著粗氣快步走了過來，聽到聲音的顧氏睜開眼睛，桑梓臉上是抑制不住的激動，看了看周圍都是顧氏的親信，才湊到她面前小聲說：「世子夫人，二小姐去前頭琤少爺的院子裡……私會外男！」

顧氏猛的坐起身子，也不管小小驚呼的丫鬟們，掐住桑梓的手一字一句問道：「私會外男？」

桑梓忍著手痛，強壓住痛呼點點頭。「奴婢親眼看見他們二人有說有笑的，二小姐還送那少爺出了院子，二小姐……頭髮都是亂的！」

顧氏眉頭緊皺。「那小崽子才九歲，如何能……頭髮都亂了？話說那外男是誰？」

桑梓咬著下唇猶豫片刻，幾乎要附在顧氏耳邊，極小聲道：「奴婢看著像是晟王府的世孫，但……奴婢上次看到世孫已經好些年了，只是看著像罷了。」

顧氏心裡一咯噔，晟王世孫？她的女兒身為國公府嫡長女不過嫁給了一個國公世孫，這個小崽子，一個從四品官的女兒，竟然勾搭上皇家？特別今日是袁婉大喜的日子，若是真的，她定要把袁妧扒下一層皮來！

顧氏雖說心中恨極，卻也沒有輕舉妄動，輕聲吩咐身邊的人去查查到底如何，不過小半個時辰身邊的人就回來了，確實是晟王世孫，且晟王世孫比袁妧提前了一刻多鐘去的茂林院，二人相處一會兒他才出去。

顧氏心底最深處也知道這件事情破綻百出，但是她忍不了了，這麼多年，自從袁瑾走了之後，她等這個爆發的機會已經等得太久了。她在心底一遍遍的打著草稿，把個人方方面面的表現都算得清清楚楚，才沈下心來出去送了客。

待她送走最後一位客人，顧氏在昏暗的燈籠下一笑。「走吧，今日咱們就去鬧一場。」

此時袁家所有人都在正院，一家人臉色都不大好，袁正修嘆著氣。「自小捧在掌心長大的孩子，就這麼嫁進別人家裡了……」

袁國公沒有說話，輕哼一聲，徐老夫人扯起一抹笑。「罷了罷了，婉兒已經嫁過去，只盼著咱們給她精挑細選的夫君是好的，日後好好過日子吧。」

袁妧抱著玳瑁，看看這個又看看那個，靠進許老夫人的懷裡撒嬌。「祖母，大姐姐後日就回門啦，咱們不是很快又能見到大姐姐了。」

她不說話還好，一說話，袁家人想起今年她也九歲了，在家裡過不了幾年怕是也要出嫁了，心中更添一層愁悶。

一家人正低低的說著話，突然聽到外面傳來一陣急促的腳步聲。

眾人下意識的看向門外，卻見顧氏氣沖沖的進了院子，正向花廳走來。

袁正修看到她的樣子，不自覺皺起眉，今日女兒出嫁，她這是又鬧什麼么蛾子？

袁瑜已經鼓起臉，半大少年對這個大伯母自然沒有好感，回回看他們一家的眼神都像是他們占了她大便宜一般，讓人心頭不快。

顧氏才不管他們是怎麼想，徑自帶著人進了花廳，堆起嘴角假笑著與袁國公和許老夫人行了禮，一扭頭氣沖沖的看著站在許老夫人身邊的袁妧。「喲，咱們家二小姐今日真是快活。」

袁妧愣在原地。今日？快活？

年少氣盛的袁瑜最先忍不住，站起來對顧氏一行禮。「不知大伯母尋妹妹有何事？」

顧氏是打定主意不理旁人，最好是上來就厲聲喝斥，直接把袁妧嚇得說出不該說的話才好，又問了袁妧一句。「二小姐今日過得可快活？」

袁妧有些莫名其妙，許老夫人見不得孫女被顧氏懟到臉上，用力一拍身下玫瑰椅的扶手。「妳是不把咱們這一大家子放在眼裡？沒個頭尾就跑過來一通胡言亂語！」

顧氏早料到定會有人出來阻攔，她笑了笑對許老夫人道：「娘這就斷定是我的錯了？我身為大伯母，今日是我女兒的大喜日子，一個侄女兒做出不堪的事，怎麼我還說不得了？這個家有沒有人把我當回事？」

不堪的事？江氏忍不住怒聲斥了顧氏一句。「大嫂說這話可不能胡編亂造，我家妧兒好好一個女孩兒，被自家大伯母說不堪，還要不要做人了！」

顧氏冷笑一下。「二弟妹這話可別說得太早，我且來問問咱們的二小姐，到底有沒有做那見不得人的事，若是確定了沒有，妳再說也不遲。」

左一句不堪右一句見不得人，袁妧還沒怎麼樣，玳瑁倒是心中冒起了火，牠微微一用力掙脫了袁妧的手，從她手上啪嗒一聲掉到地上，藉著下墜的力道翻了幾個滾，停在顧氏腳前，飛快的伸出小腿撐起圓滾滾的身子，探出頭張開大嘴，一下子緊緊叼住顧氏的小腿。

天氣炎熱，顧氏裙子下面不過只穿了一條綢褲，玳瑁可是發了狠的，咬定了就不鬆口，顧氏一陣吃痛，眼淚差點飆出來，跳起來甩了幾下，玳瑁隨著她的腿在空中轉了幾圈，卻絲毫沒有要鬆開的跡象，反而越咬越緊，顧氏的小腿隱隱已經滲出了血。

袁家一眾人都被這變故驚住了，看著顧氏如同耍猴一般在中間跳來跳去跺腳，誰也沒說話。

袁瑜差點憋不住笑，把臉埋在身邊哥哥的後背上抖動了起來。袁琤感受到弟弟在偷笑也有些忍不住，但他已經算是大人了，萬不能如弟弟一般，只能死死咬住下唇，臉憋得通紅。

這一切發生在電光石火之間，袁正修方才覺得女子說話他不好插嘴，只沈默的坐在那兒，如今看到自家世子夫人這滑稽的樣子，忍不住一拍茶几。「成何體統！」

顧氏聞言又是痛又是失望，眼淚終是忍不住。「世子爺竟然怪我？」

玳瑁聽她還有力氣說話，又用了一分力，讓顧氏疼得倒吸一口氣。

眼前的一幕要多荒唐有多荒唐，許老夫人瞥了一眼袁妧，袁妧接受到她的眼神，不鹹不淡的說一句。「玳瑁，快些下來。」

玳瑁是誰，一聽就知道自家公主不是真心的，反而更用了幾分狠勁兒，顧氏已經沒力氣說話了，只聽到花廳中的哀嚎聲。

袁國公也知道小孫女生氣了，但這實在是不像個樣子，輕咳一聲對袁妧道：「妧兒，快些讓玳瑁下來。」

袁妧這才癟癟嘴，幾百年了還沒被人指著鼻子這麼罵，顧氏真當她是沒脾氣的？但是袁國公都發了話……

第十七章

袁妧哼了一聲，蹲下身子，對著玳瑁喊了一句。「過來！」

玳瑁也是乖覺，馬上鬆開嘴，小爪子蹭蹭蹭的爬回袁妧手上，縮成一個龜殼，再也不管外頭的這些官司。

顧氏鬆快下來，看著已經縮在袁妧懷中的玳瑁，又怕又恨，恨不能把牠剝了殼曝曬十日才能解了她心頭之恨。

許老夫人揮了揮手對她道：「若是無事今日咱們就散了吧，一家子都累了一整日了，就都別鬧騰了，妳也快些回去看看傷，早些敷上藥。」

事已至此，自己都吃了這麼大苦頭了，難不成還能無功而返？顧氏強忍著痛，聲音都發顫。「娘怎麼不問問妳的好孫女兒今日做什麼了？只想一門心思趕我走！」

許老夫人真真對她無語了，都這樣了還非得說，索性她也知道袁妧不是那種胡鬧的人，按著眉心看也不看她。「妳有什麼就說，快著些。」

顧氏不滿意許老夫人的太多，但好歹也讓她說了，她抽出帕子擦了擦眼淚，也不多廢話了，指著袁妧恨恨道：「今日是我女兒大喜的日子，卻被這小崽……小丫頭藉著機會私會外男！她可有把咱們國公府放在心上？這若是傳了出去，咱們一大家子都沒臉！」

袁正儒端著茶杯的手一頓，陰森森的看了顧氏一眼。「大嫂這話可別亂說，若是我家妧兒有什麼不好的流言，莫怪我對那些說閒話的人不客氣！」

袁正修卻緊皺眉頭，他最是講規矩，若是小侄女真的私會外男，那……這事可不能壞了袁國公府的名聲，他肅了肅衣裳，看了一眼袁正儒，又回頭對顧氏點點頭。「妳說，為何說出這種話來，妳可親眼看到了？」

顧氏見自家世子是站在自己這邊的，也來了底氣，哼哼兩聲環顧一圈所有人難看的臉色，才語帶不屑的開了口。「我身邊的丫鬟親眼看到的，聽聞臨別時候二人那個依依不捨，頭髮都亂了，嘖嘖。」

袁國公虎目微縮，一揮手把几上的茶杯摜到地上，瓷器破碎的刺耳聲嚇得顧氏一哆嗦，也不敢再諷刺，低下頭快速說完了整件事情。「……在茂林院進去許久，頭髮亂了……笑著送出來，晟王府世孫……」

江氏恨得眼珠子通紅，幾次想打斷顧氏的話卻都被袁正儒攔下，袁琤與袁瑜怒視著顧氏，終於等她說完了，袁琤沒忍住。「世孫去我的院子不過是因著衣裳髒了，來回不過半個時辰的事情，又如何……如何能?!大伯母莫要說些不知所謂的事情污我妹妹名聲！」

顧氏卻根本沒搭理他，只是嗤笑一聲，扭過頭去滿懷期待的看著袁正修。

袁正修眉頭一直沒鬆開，察覺到顧氏的眼神卻沒有看她，反而看向袁妧。「妧兒，妳大伯母說的可是真的？」

袁妧一看他就知道他心中在想什麼，不怒反笑，彎起嘴角甜甜的問他。「是真的，不過是碰巧遇見了，自小又相識，說了幾句話吃了一杯茶罷了，大伯父覺得我是做錯了？」

袁正修聽到她認了，眼神一下子變得犀利起來。「成何體統！妳身為國公府的女兒家竟然如此不……」

袁國公與許老夫人聽到他罵了袁妧，心中不滿，袁國公直接打斷他。「如今不是前朝，哪裡如此迂腐，更何況咱們家軍功起家，沒有那些文人家的窮講究，不過兩個孩子碰巧見了一面，說大不大說小不小，你身為大伯父，就是如此對侄女的？」

袁正修見袁國公生氣了，站起來行禮，嘴上卻絲毫不服軟。「正是因為咱們家軍功起家，兒子才認為更應該比別家懂禮，妧兒今日的做法，真真是壞了咱們袁國公府的名聲了！」

袁正儒緊握住想要反駁的江氏的手，看了一眼淡定的女兒，面上同女兒一般含了嘲諷的笑。「那不知大哥一口一個壞了名聲，給我女兒扣了這麼大一頂帽子，是想如何？既然大嫂特地拿出來說，必定是有所求吧，所求為何？好歹說出來，讓我這個做爹的也聽聽。」

一番話堵得袁正修說不出話來，他只不過是看不慣這些不成體統的事，哪裡有什麼所求？一時愣住了，扭頭看向顧氏。

顧氏也被袁正儒問倒了，她也只是想發發邪火……看著袁正儒諷刺的笑容她的火更大，咬咬牙憋出一句話來。「按著那些規矩人家的做法，咱們家這二小姐就得送到城外庵堂裡去……怎麼也得禁足個一、兩年吧？」

許氏真是膩味這個長媳，挑起眉。「世子夫人這話的意思是咱們家沒規矩？你們那等有規矩的人家端的是好教養，都敢當著公婆的面直接罵婆家了。」

袁正儒一愣，對顧氏怒目而視，顧氏心裡一哆嗦，吶吶的小聲辯解。「不不……媳婦不是那個意思，只是這孩子……」越說越糊塗，最後索性滿臉通紅的閉了嘴。

江氏見袁正儒兩句話就堵得世子夫妻倆無話可說，心裡一陣痛快，面上也有了笑。「大嫂這話說得讓人想笑，如今已經過去多少年了，還講究把好好的閨女兒送到庵裡？」

顧氏氣得像一隻青蛙，眼睛鼓鼓的，著實忍不住嘟囔了一句。「有其母必有其女，誰知道妳的女兒會不會同妳一樣……」

話未說完，許老夫人狠狠把手中的佛珠往她身上一摔。「不會說話就閉嘴！妳哪裡有一點日後當家夫人的樣子？我看我豁出去這條命，也得去求皇上換了妳這世子夫人，否則我袁家日後怕是要被妳拖累幾輩子！」

這話說得可真的是太誅心了，顧氏心神俱裂，嚇得癱跪在地上，背不自覺的弓起，瑟瑟發抖說不出話來。

見許老夫人如此生氣，袁正修也跪在顧氏身邊。「娘，您別氣壞了身子。顧氏她……口中無正事，莫要與她計較。」

許老夫人看著一向古板的大兒子，冷笑一下。「你打小自進了京，就覺得自己是個泥腿子，所以拚命逼著自己遵禮守禮，我不怪你，是你爹娘之前沒有給你一個好出身。但既然你養成了這懂禮的性子，我只問你一句，你這媳婦、袁國公府的世子夫人，今日跑到一大家子面前往侄女身上潑髒水，不順父母、妒忌、搬弄口舌，她是不是犯了七出之條？且她未曾為袁家守孝，有娘家可大歸，嫁過來就是世子夫人，也不曾陪著你受過苦頭，三不去一條未占，我若是讓你休了她，你可同意？」

顧氏駭得眼淚鼻涕齊流，嗚嗚的跪在地上拚命磕頭，袁正修面上遲疑，看著顧氏這悽悽慘慘的樣子，又看了看許老夫人暴怒的臉，猶豫了片刻，對著袁國公與許老夫人深深磕了個頭。「父母之命，乃敢不從？兒這就回去，寫休書一封，送顧氏回了娘家吧……」

許老夫人得了他的準話卻沒有高興，對這個大兒子更是失望，身為一個世子，未來的當家人，竟然如此猶豫又綿軟，還絲毫不考慮自己的一雙兒女，如此的鼠目寸光又如何能帶領袁家向前？

袁國公沈著臉一句話也不說，更別提這些小輩了，袁正修說完這番話之後，整個花廳驀地靜了下來，只能聽到顧氏的嗚咽聲。

過了許久，袁國公嘆了口氣，帶著深深的失望看著跪在地上的兩人。「你們且回去吧，今日之事就當未曾發生過，後日婉兒尚且要回門。」

顧氏彷彿死刑被大赦，整個繃緊的身子軟了下來，袁正修卻有些不解，小心翼翼的開口道：「那……兒子這休書……還寫嗎？」

許老夫人這暴脾氣真的是忍不住，摸了摸身邊，得虧沒什麼硬東西了，只能指著袁正修大聲喝斥。「你……你們給我回去！」

袁正修再蠢也知道自己那話問錯了，七手八腳的爬起來，猶豫了一下扶起了顧氏，朝袁國公與許老夫人行了禮，一瘸一拐的往外走去。

袁妧見無人說話，放下懷中的玳瑁輕輕走到花廳中間，行了一個深深的蹲禮。「祖父、祖母、爹、娘，今日是妧兒莽撞了。」

袁正儒與江氏知道現在沒有他們說話的分，索性一言不發，也不叫袁妧起來。

袁妧維持著這個姿勢足足一刻多鐘，許老夫人才緩過來，看著她微微有些顫抖的腿，嘆了口氣。「起來吧。」

袁妧又蹲了一下才起來，微微低著頭等著許老夫人的訓斥。

許老夫人見小孫女兒像被暴雨打透的花兒一般有氣無力的，小小的腦袋透著一股子愧疚，心中也沒那麼氣了，喝了一口袁國公遞過來的茶潤了潤喉才問袁妧。「妳可知道自己哪裡錯了？」

袁妧低著頭嘁嘁嚅嚅，有些不情不願的回答。「妧兒不該與世孫哥哥單獨相處那麼久，看到世孫哥哥在就應該打個招呼直接退出來。」

許老夫人嘆了口氣。「這是錯在其一，妳也大了，不能像小時候一般與世孫親密無間。其二，妳與世孫之間，頗有幾分緣法，碰巧碰見了，有一眾丫鬟在身邊，一起吃杯茶卻也沒什麼，只是……害人之心不可有，防人之心不可無，妳以為真的那麼湊巧被妳大伯母的丫鬟看著了？一個丫鬟，為何又能去外院巧遇了妳？」

袁妧聞言抬起頭來，皺起小小的眉頭，知道自己原來是被盯上了，若有所思的點點頭。「妧兒知道了。」

許老夫人也不願意讓孫女兒接觸這些後宅之事，只是想到她也不小了，若是什麼城府都沒有，日後出了門子可得吃大虧了。

見袁妧似懂非懂的樣子，好歹是真的往心裡去了，她也鬆了口氣，轉頭對江氏道：「妳大嫂那個糊塗人，嘴上沒有把門的，她說過的話妳莫要放在心上。」

江氏知道許老夫人的意思，抿了抿嘴對許老夫人道：「娘說的我都知曉，我與大嫂也做了十幾年妯娌了，自然不會怨恨大嫂。」

幾人說開，花廳的氣氛好了起來，袁瑜見氣氛沒那麼沈重了，也敢開口說話，他頭一句話就是衝著袁妧問道：「妹妹，方才……說妳頭髮亂了，那是怎麼回事？」

說起這個袁妧也有些咬牙。「我也不知為何，世孫臨走前揉了一把我的頭髮，把我頭髮都揉亂了。」

一屋子人齊齊倒抽一口涼氣，臉色全都沈了下來，袁琤用力一拍扶手，咬牙切齒的說了幾個字。「這個登徒子！」

趙澹發現最近袁琤不給他好臉了，看到他就冷笑，要麼就冷哼，甚至偶爾還對他翻白眼。

他莫名其妙的看著袁琤。「琤哥，你……這是？」

誰知袁琤眼睛一瞇，對著他磨了兩下牙，一副要啃掉他兩口肉的樣子，卻也不說為何，重重的哼了一聲扭頭就離他遠遠的，坐到窗邊。

趙澹愣在原地，趙泓從背後探出頭來，瞪大鳳眼做出一副八卦的樣子。「澹兒，你如何欺負袁琤了？」

趙澹也有些不解，收起眼中的疑惑，看了笑咪咪的趙泓一眼，雙手一拱。「請太孫叫臣弟的名字，莫要叫乳名了。」

趙泓嘖了一下撇撇嘴。「小時候日日追著我叫泓哥，如今只叫我太孫，還不允許我喚你澹兒，成成成，澹弟！」

趙澹無視他賭氣的樣子，淡定的坐回桌前，品了一口上等的東海龍舌。「不知太孫殿下讓我們一同過來有何要事？」

說到正事趙泓也肅了臉，他如玉的手玩了一會兒面前的兩個小茶杯，彷彿下定了決心一般把杯子用力一扣。「你們可知道……修仙之道？」

陳惟被嚇了一跳，手一抖，手中的茶杯滾到地上摔個粉碎，袁琤也顧不得趙澹了，湊了過來，輕聲問道：「修仙？可是長生不老之術？」

趙泓面色也有些古怪，點點頭。「是。」

趙澹窒了一下，臉上卻沒有什麼大動靜。「可是……陛下？」

趙泓嘆了口氣，翻弄著手中的小茶杯，卻沒給個明話，幾個少年深知這件事的嚴重性，袁琤與陳惟面面相覷，趙澹則一直低著頭不知在想些什麼。

這詭異的氣氛中，傻乎乎的陳惟突然冒出一句。「難不成這世上真有修仙之術？我看貓公子話本子裡寫的，那等仙人可真是上山下海無所不能，真讓人羨慕。」

趙泓忍不住瞪了他一眼，自己這個伴讀是來賣蠢的嗎？連趙澹都抬起頭，不可思議的看著他，更別說袁琤了，白眼都快翻上天了。

陳惟說完也覺得自己有點冒傻氣，嘿嘿一笑。「無事無事，就當我沒說話，沒說話。」有他這麼一插科打諢，氣氛倒是好了許多，趙泓放下手中摩挲半天的茶杯，對幾人道：「我怕皇祖父越來越沈迷此道，前面不知多少朝代皆經此禍患一蹶不振。你們三人是我最親近之人，情同手足，如今咱們也長大了，陳惟、袁琤，你們是該下場一試了。」

袁琤今日吃驚到都麻木了，一時竟然沒反應過來，緩了片刻才問道：「下場？殿下的意思是讓咱們下場科舉？」

趙泓認真的點點頭。「明年……應是有恩科，你們是都能蒙蔭一個秀才功名的，可以直接參加秋闈，但若是想名正言順的，不若從童生考起，這樣日後誰也挑不出毛病來，只是這樣明年就著實有些趕了，二月縣試，四月院試，八月秋闈……」

袁琤沈思片刻笑了起來。「不瞞殿下，我倒是真想試試自己的水平，讀了十幾年的書，跟您做了伴讀之後更是得了太傅的教誨，小小一個舉人……還不在話下。」

陳惟也摩拳擦掌。「若是這樣的話，明年一年我豈不是就可以離家歸鄉待考了，一年沒人管，那真是，想想就美得慌！」

趙泓有些無語，忍不住潑冷水。「這天下之大，人才濟濟，臥虎藏龍，你們二人可莫要馬失前蹄。」

趙澹聞言抿嘴一笑。「太孫想多了，這二人還沒上馬呢，哪來的前蹄可失？」

這新仇舊恨的，袁琤越看趙澹這張清冷的俊臉越想來兩拳，冷冷的瞥了他一眼，清晰的吐出三個字。「登徒子！」

陳惟惶恐的看了看趙澹，又看了看袁琤。「登、登徒子？世孫你對袁琤做了什麼！」

第十八章

趙泓聞言沒忍住笑了出來，遮在心中幾日的陰霾稍稍散開，他就知道與這三人待在一起才是他最放鬆的時候。

趙澮是真的懵了，登徒子？他修長的手指敲了敲桌面，猛的想起那日在茂林院，他揉了那肉團子的頭，現在怕是人家哥哥知道了。想到這趙澮耳根有些發燙，避開袁琤吃人的目光，學著方才的趙泓擺弄起那幾個可憐的小茶杯來。

趙泓與陳惟一見趙澮這表現，就知道肯定有事，在二人之間來來回回的打量，見兩個人都沒有要說的意思，也不沒眼色的追問。

趙泓掛上一抹意味深長的笑容，看著兩人之間尷尬的氣氛，輕咳一聲。「行了行了，你們二人明年回鄉待考，澮兒就先好好習武，日後也堪得大用。」

趙澮今年不過十三歲，雖說身高腿長，與十五的趙泓差不多高，心性也沈穩內斂，輕易不露笑容，但到底還是個孩子，現在也無法給他指派什麼差事，身為皇族又不能參加科舉，也只能努力的學文習武了。

趙澮略有些失望，嗯了一聲也沒有再說話。

趙泓拍了拍他的胳膊，又低聲對三人道：「如今皇祖父已經開始派人尋求奇人異士，雖說不知他對修仙之道到底執念多深，但身為孫兒，若是他真有一日做出糊塗事，哪怕死諫，我也要攔下皇祖父，只怕到那時耽誤了你們，所以你們要早早在朝中站穩腳跟，莫要對明年的科舉大意了……」

袁琤、陳惟愣住了，萬沒想到趙泓竟然做了如此打算，看來事情比他們想像的更嚴重！

趙泓見他們臉上發自內心的關心與擔憂，心中也是感動，看著袁琤嘆了口氣。「玳瑁的事……日後，千萬莫要提起。」

袁琤心中猛跳一下，趙澹終於皺緊眉頭，玳瑁……那是為了救他，肉團子才拿出來的，若真因為這招了禍，他可萬死難辭其咎。

陳惟咬了咬唇。「殿下放心，我誰都沒說，連我娘我都沒告訴，此事日後定埋在我心中一輩子不會提起。」

趙泓點點頭。「我自是信你，不過過不了多久，怕是皇祖父尋這些所謂祥瑞的消息就要傳遍了，天下人雖說不知道皇祖父到底為了什麼，但也不耽誤他們媚上討好，我不過多句嘴，莫要給袁國公府招了禍。」

袁琤嘆了口氣，看趙澹更不順眼，若不是為了他，妹妹與玳瑁又怎麼會暴露在這麼多人面前？他瞪了一眼趙澹，起身拱手與趙泓和陳惟一揖到底。「多謝。」

陳惟見他這樣子，笑得開懷。「自家兄弟何必謝不謝的，小妧兒也是我們的妹妹，這些年可沒少吃她送的東西。」

趙泓深以為然，雖說他被陳大學士和袁國公聯手鬧了一場，是不敢再帶吃食回宮了，但是偶爾出來的時候回回都能吃到袁家的點心，次數多了自然情分不同。

袁琤直起身子，看著趙泓臉上鬆快了幾分，小心翼翼的問出盤桓心中的問題。「殿下，這件事……不知可否與家裡說。」

趙泓無奈的嘆口氣。「只與你們祖父同父親說即可，畢竟皇祖父若是真的動了心開始修仙，必定瞞不過叔祖父、袁國公與陳大學士。」

四人又商議了片刻，這才準備散了，趙澹有些猶豫，捏了一把手才鼓起勇氣上前對袁琤道：「那日，我不是有意的。」

這話說得沒頭沒尾的又如此曖昧，趙泓和陳惟的眼睛在兩人之間來來去去的都快不夠用了。

袁琤看他耳朵通紅，臉上也是一派嚴肅，一副真心實意道歉的樣子，心中的氣消了不少，輕哼一聲。「若是還有下回，咱倆不共戴天！」

趙澹認真的點點頭。「定沒有下回。」

袁琤臉色這才好了起來，扭頭看著旁邊看得目瞪口呆的兩人，笑了一下。「想知道怎麼回事嗎？」

兩人不自覺的傻傻點點頭，袁琤又壞笑一下。「沒門兒！」

趙澹看著一向精明的趙泓竟然與陳惟露出一個表情，實在忍不住笑了出來。

趙泓反應過來自己竟然被袁琤耍了，瞇起眼睛看著二人道：「看看我家澹兒，笑起來天地都失了顏色，說他被袁琤非禮了我信……若說袁琤被他非禮了，我可丁點兒都不信。」

陳惟馬上跟上狗腿道：「沒錯沒錯，我看他們之間的事情定是個誤會了，反了吧！」

袁琤被哽住了，呃了一聲說不出話來。

趙泓笑得像隻狐狸，扳回一城後也不多糾結，點了幾人道：「都回去吧，如今咱們已經不在上書房上課了，聚這麼一回著實不容易，待你們考上功名，那時就方便多了。」

這才是正經事，幾人收起打趣玩鬧的心思，一拱手各自散去。

回到家的袁琤見袁國公與袁正儒還沒回來，徑自去尋了袁玧，袁玧自己的小院子名喚如意苑。

這名字被袁國公府從上到下都吐槽了一遍，可她就是梗著脖子不改。「我其實想叫玳瑁苑呢，只是玳瑁說這樣太高調，牠不願意，取了這個名字就是盼著事事如我心意，若是讓我改，我就改做玳瑁苑！」

一番話說得眾人敗下陣來，如意苑雖說俗氣了些，可玳瑁苑那可真真就是笑話了，如意就如意吧！大俗即大雅，許老夫人按著她小肉手上的窩窩嗔道：「人兒不大，脾氣不小，都怪咱們這群長輩把妳慣壞了。」

袁玧才不聽她的，使出絕殺撒嬌技，沒一會兒就把許老夫人哄得合不攏嘴，這院名也就隨她去了。

袁琤進了如意苑，發現玳瑁正在兩個小丫頭的照顧下曬太陽，玳瑁四隻小爪伸開，趴在那兒一動不動的，隨時有人往牠身上淋水，旁邊還放著一小碟子冒著熱氣的肉湯圓，別提多愜意了。

袁琤看著，不自覺泛起笑容，剛想同玳瑁說句話，突然想起趙泓說的事，強行吞下到嘴邊的話，對伺候玳瑁的一個小丫鬟道：「去尋妳家小姐，就說我在涼亭處等她。」

小丫鬟激動得臉通紅，拚命點頭，匆匆行了個禮就往正屋跑去，倒是把袁琤驚了一下，這孩子跑得也太快了些吧。

袁妧來得也快，身邊跟著那個氣喘吁吁的小丫鬟，小模樣把袁琤逗笑了。「妳這小丫鬟倒是有趣，跑得真快。」

袁妧噘起嘴。「哥哥可別鬧，我這小丫鬟今年才六歲，別逗壞了小孩子。」

袁琤笑著摸出一小塊銀子遞給那小丫鬟。「在小姐這裡好好當差，這是賞妳的。」

小丫鬟激動的接過袁琤手中的銀子，差點給他跪下來。「謝少爺賞！」

袁琤揮揮手讓所有人都下去，糾結片刻才對袁妧說了方才趙泓說的事情。「此事本不該與妳說，不過事關玳瑁也不好瞞妳，日後可萬萬不要讓玳瑁露了風頭。」

袁妧咬緊下唇點點頭。「哥哥放心，我會看好玳瑁。」

袁琤見她放在心上，看了看天色，尚有一段時間，嘆了口氣，語帶不捨地對她道：「殿下讓我與陳惟明年下場科舉，幸而咱們家鄉離京城近，不過三、五日路程，怕是過了年我就得回鄉了，約莫五、六月才能回來一趟，妳在京中要好好照顧自己。」

袁妧沒想到袁琤竟然要去科舉，一時愣住，思索好半晌才抬起頭來。「殿下說得對，哥哥是該下場一試，也能給祖父與爹添上一分助力。」

袁琤欣慰的摸了摸袁妧的頭頂。「妳能想到這兒，哥哥就很高興了，如今時辰不早了，祖父也差不多回來了，我先去與祖父和爹通個氣。」

袁妧掙開袁琤的手，摸了摸自己的頭髮發現果然亂了，鼓起臉哼了一聲，卻還是小聲說道：「哥哥放心去吧，回頭我與玳瑁偷偷弄些藥丸，保證哥哥回來的時候白白胖胖的。」

袁琤失笑，搖了搖頭，不放心的叮囑一句。「萬萬不可被別人知道。」這才轉身離去。

不知道袁琤是如何同袁國公與袁正儒說的，第二日袁國公府就傳出風聲，二房琤少爺明年要下場了！

顧氏聽了這傳言氣得手都抖了，這一家子打的好主意，把她的兒子支到北邊那窮鄉僻壤去，自己的兒子卻要下場科舉，她捂著帕子哭了一場，卻也不敢大鬧，恨不能做幾個小人兒痛痛快快的扎扎發洩一下。

袁瑜也鬧著要一起去，袁國公思慮片刻大手一揮。「一同去吧，早些下場見見世面也好，省得整日在京中死讀書。」

這下子兩個人可開始忙起來了，雖說還有小半年才要開考，可既然要下場，就不能丟了袁國公府的人，袁琤與袁瑜被拘在家裡，由三個名師輪番輔導，每到沐休的日子就搬著書去了陳大學士府上同陳惟一起開小灶，忙得袁妧十天半月都同他們說不上一句話。

將將過完年，正月初十袁家就送走了兩兄弟，家裡一下子空落落的，只剩下袁妧一個孩子了，許老夫人摟著她無意識的拍著她的後背喃喃自語。「都長大嘍……」

袁妧見不得祖母如此失落，悄悄與袁正儒和江氏商議。「我看祖母這幾日飯都用得不多了，心中應是十分苦悶，爹娘可知道祖母有什麼愛吃、想吃的？」

袁正儒眉頭緊皺。「妳祖母窮苦出身，對這些吃食並未有什麼要求……」

江氏插嘴道：「前幾日聽妳祖母說了幾回想吃鮮靈靈的薺菜餃子，可是這寒冬臘月的，咱們又去哪裡尋薺菜呢？有那等專門種暖棚的人家也不會種這野菜呀！」

這還真是個難題，袁妧愁眉苦臉的回了院子，玳瑁覥著肚子給她出主意。「……咱們告訴龍王爺？讓龍王爺幫咱們尋尋？」

袁妧沒好氣的白了他一眼。「淨出餿主意，父王來凡間一回都得小心翼翼的，為了這點事讓他過來，這不是殺雞用牛刀嘛！」

玳瑁也不過是胡亂瞎出主意，晃了晃腦袋也不說話了，袁妧無法，自己也出不了門，只能派人讓哥哥留在家裡的小廝出去尋尋，能不能碰巧遇上有賣薺菜的。

卻沒想到不過三日，那小廝就提著一袋子新鮮薺菜過來，把家裡人都嚇了一跳，袁正儒派出去的人尚未尋到呢，一個十五、六歲的小子又是在哪兒尋到的？

袁妧特地派人去問，那小廝倒也不隱瞞。「少爺臨走前叮囑小的若是有什麼解決不了的事情就去尋晟王世孫，這不……今日這菜是世孫派人送來的。」

正開心的吃著薺菜餃子的袁妧聽到盈月的回話心中一暖，嗯……這世孫哥哥還是不錯的嘛。

二月間，傳來好消息，袁琤袁瑜和陳惟都過了縣試，如今都是一名童生了，三人再接再厲，留在鄉間繼續參加四月的院試。

所有人都對三人信心滿滿，張氏還同江氏通了信，約好一同去上香。

誰知正是這熱鬧的時候，宮中突然下了旨，今年乃是皇太后古稀之壽，八月前各地須得進獻祥瑞，且今年加開秋闈恩科，明年春天加開會試恩科。

一時間整個京城雞飛狗跳起來，那善於鑽營的早早就派人去全國各處尋祥瑞了，袁國公見這一天果然是來了，重重嘆了口氣。陛下……怕是要晚節不保了。

祥瑞之說愈演愈烈，什麼白色的公雞、彩色的鹿，一批接一批的送進京城。

看著一些人因著進獻祥瑞升了官得了賞，越來越多的人按耐不住，待到袁琤三人高中秀才陸續回到京城的時候，除了袁國公、陳大學士等十來家沈得住氣的，幾乎全京城的官都像瘋了一般的尋找祥瑞。

甚至有些人都已經魔怔了，看到一隻白色的螞蟻都要小心捉了來飼養，好往上獻，也不怕把宮裡的亭臺樓閣都蛀空了。

這勢頭讓明眼人心中害怕，袁國公和陳大學士當機立斷，馬上又把三個孩子送了回去，讓他們在家鄉準備恩科秋闈，也離這京中紛亂遠著些。

袁妧現在整日抱著玳瑁，她可不敢讓玳瑁離開自己視線，生怕被人捉了當成祥瑞送上去，玳瑁見她緊張兮兮的樣子不由好笑。「公主，我可以投身到任意一隻烏龜體內啊，妳又何必呢？」

袁妧點了點牠探出來的腦袋。「怎麼？你這肉身都跟了我九年了，我還能沒一點兒感情？說換就換那怎麼能行！」

玳瑁被她說得不知如何反駁，只能每天被抱著提著跟著袁妧到處走，如今出了院子袁妧甚至都不會把牠放出來，讓愛遛彎兒的玳瑁憋屈極了。

這陣祥瑞風颳到頂峰的時候卻突然戛然而止，原來京城中出現了一個癩道士，破舊的道袍一絲一縷的掛在身上，稍不注意就露出發黃的裡衣，路上隨便拉著手就要給人算命。

一開始百姓們都避之唯恐不及，覺得他像是有瘋病一般，萬沒想到被他說的幾件事都準了，漸漸地有了幾分名氣，再漸漸的竟然有人捧著重金哭著、喊著跪在地上求他一卦。

連隻螞蟻都要捧上去的機靈人兒們，又怎麼會錯過這麼個活神仙，試了幾回癩道士算的的確是準，禮部幾人一商議，齊齊奏了上去。

這可正合了昭和帝的胃口，什麼祥瑞什麼恩科？歸根結柢都是為了自己積福。積福是為了什麼？不過是想長生不老罷了，如今有個看著有幾分本事的道士，這豈不是天緣湊巧了！

癩道士一下子被禮部的人恭為上賓，哄著他沐了浴、更了衣，拾掇拾掇打包往宮裡一送，就等著升官發財啦！

癩道士不負禮部眾人所望，進宮一個來月就得了昭和帝的寵信，果然昭和帝看著禮部眾人的眼光也柔和了許多，對他們的笑也多了，再也不追著他們要祥瑞了。

第十九章

這股子如火如荼的祥瑞之風就這麼悄無聲息的過去了，袁妧抱著玳瑁鬆了口氣，足足給牠餵了五個肉湯圓壓驚，然後就開始一門心思盼著哥哥們回來。

在這時候袁妧驚喜的發現，她竟然能行雲布雨了！說來也是巧，這日袁妧心血來潮想親自給玳瑁刷殼，畢竟玳瑁這段日子可是受了不少驚嚇。

玳瑁當著自己公主的面害羞得不得了，左躲右閃的，死活不願意讓袁妧碰牠，最後一蹬腿滾進了博古架底下，怎麼也不出來。

袁妧一怒之下讓伺候的人都出去，自己陰森一笑，撩起裙子趴在地上伸出左手一把按住玳瑁，右手青蔥一般的手指戳著玳瑁的腦袋道：「你害羞個什麼勁兒？快些出來。」

玳瑁掙脫不過，索性縮在殼裡裝死，不管怎麼說、怎麼推牠都沒反應。

袁妧被牠逗得笑了出來，嘖嘖道：「若是在龍宮裡，我看你如何跑得了？隨便喚一片雲來，你跑到哪兒追到哪兒。」

話音剛落，就見她面前慢慢凝聚起一層晶瑩的水霧，袁妧屏住呼吸，手中的力氣也慢慢卸了去，縮回手來，看著眼前這一幕。水霧越來越濃，已經遮擋住袁妧的視線，博古架在水霧後面若隱若現，感覺馬上就要消失了。

玳瑁身上沒了壓力，好奇的探出頭來看自家公主是不是又想了歪點子，卻被眼前的景象嚇了一跳，牠下意識的喊道：「公主，妳在布雨?!」

袁妧自己心中也在怦怦跳，雖說如今她已經能控制住一個水塘的水了，但是用人類的肉身布雨……她可從來沒想過！

眼前的水霧已經凝結成了厚厚的雲，從邊緣開始慢慢的發黑，小小的雲層之間開始有一閃一閃的銀絲纏繞著閃動，隱隱傳來低低的雷鳴聲，若是不注意都聽不到。

袁妧皺著眉看著眼前已經烏黑的雲，正要開口詢問玳瑁，卻聽到「嘩」的一聲，大雨傾盆而下，袁妧一愣，下半身的裙角被澆得透透的，落到地上的雨水順著地面漫延開來。

玳瑁吃了一驚，叫了袁妧一聲。「公主！快些把雨收了！」

袁妧自然知道怎麼收雨，反應過來，噭了下口水心中默唸：「雨霽！」像是聽到了袁妧心中默唸的話一般，烏黑的雲層驟然飄散開來，化作陣陣水霧，消失在空中，只有地上的水提醒她方才一切不是作夢。

她的裙子幾乎已經濕透了，卻還愣愣的坐在地上，玳瑁爬到她身邊激動道：「公主！妳能行雲布雨了！公主不愧是龍族，竟然這麼快就掌握了控水術的最高重。」

袁妧低頭看了看濕答答貼在地面的裙角苦笑道：「這也太突然了，幸而今日沒有人，若是屋內有其他人可如何是好。」

玳瑁也有點呆，猶豫半天試探的問她。「那現在怎麼辦？公主可要再試試？」

袁妧回過神來嘆口氣。「罷了，一次就成了，再試，這屋裡不得被淹了？只是這滿地的水不好說，只能把你的洗澡水打翻了。」

一人一龜用盡力氣才把那小缸推倒，一聲悶響，門外的梁嬤嬤可站不住了，在門口焦急的問道：「小姐、小姐您沒事吧。什麼東西倒了？」

袁妧看著地上漫成一大片的水漬，抖了抖身上的衣裳，對門外喊道：「嬤嬤快來，缸翻啦。」

梁嬤嬤一聽，哪裡還顧得上什麼禮，直接推開門，看見自家心尖尖上的小姐站在屋子中間，身上滴答滴答滴著水，玳瑁在她身邊四個爪爪撐起垂著頭，兩個別提多狼狽了，急忙上前摟住袁妧，心疼得直咂嘴，幾個丫鬟進來又是找衣裳又是倒熱水的，把一人一龜從頭到尾洗了一遍擦乾淨，這才作罷。

袁妧給玳瑁刷殼結果自己被水淋透了的故事傳遍了二房上下，江氏見她沒著涼才有心思笑話她。「日後還作不作了？」

袁妧只能揹下這個黑鍋，點點頭。「娘，我再也不敢了，日後讓玳瑁自己洗澡去吧！」這話，逗得江氏哭笑不得。

八月二十，秋闈將將考完第三日，袁琤和袁瑜等不及放榜，帶著人就快馬加鞭的趕回京城來，他們可是好幾個月未見親人了。

袁國公見到兩個孫子回來心情大好，如今昭和帝被那癲道士哄得已經休了兩回朝了，袁國公最近正著急上火，嘴裡的火泡都起了好幾個，終於有件讓人高興的事了。

他看著幾月未見的兩個孫子，覺得他們果真出去歷練了一趟，身上就褪去了不少稚氣，撫著鬍鬚笑吟吟的看著他們。「如何？出去一趟是不是長了見識了？」

兄弟二人相視一笑，袁琤拱手回道：「孫兒們出去了才知道外面的世界如此廣大，當日太孫說天外有天、人外有人我尚且不服，這回我才知自己如同那井底之蛙，之前只能看著眼前那麼大點兒地方。」

袁國公更是滿意，笑道：「你們能悟到這一層已經十分的不容易了，科舉反而沒那麼重要。」說完頓了一下，終於問出了千百年來做家長的都會問的那句話。「這回考得如何？」

袁瑜聽到他問這個有些喪氣，癟癟嘴。「祖父，孫兒覺得自己這個舉人是沒戲了，這段時間在家鄉也認識了幾位同科，各個才高八斗，但願哥哥尚能一戰了……」

袁琤搖搖頭苦笑。「其實我對自己也沒什麼信心，總覺得策論做得有些死板，第二日大家在酒樓中高談之時我就知道自己這一科……在中與不中之間，哪怕中了約莫也不是什麼靠前的名次，只盼著放榜後太傅別把我喚過去教訓了。」

袁國公看著兩個孫兒吃癟的樣子哈哈大笑。「你們年紀尚小，無妨，這回就當下場歷練，這榜是從京城往下放的，咱們還能早知道幾日。」

袁琤、袁瑜聞言臉色都有些複雜，心中不知道是該高興早知道名次好，還是該躲著點晚幾日再知道好，齊齊嘆了口氣。

袁國公許久沒這麼高興過了，慈愛的看著兩個孫兒。「人都回來了，何必想那麼多？你們快些回去吧，妧兒這幾日時時纏著我問你們何時回來，現在怕是同你們爹娘都等急了。」

兄弟倆自然也是十分想念爹娘和妹妹，行過禮之後就快步出了袁國公的書房，片刻工夫就到了韶華院。

迎接二人的自然是江氏淚汪汪的眼睛和袁正儒欣慰的笑容，袁妧看著兩個哥哥有些心疼。「哥哥們真是瘦了，回頭讓『林大夫』看看，開些補身的食譜吃吃補補才好。」

袁琤看著袁妧懷中的玳瑁心領神會，笑著點點頭。「多虧了『林大夫』的那些藥丸子，不然我同妳二哥這大半年非得病上好幾回。」

袁妧見真的幫上了忙，心中十分高興，咧開嘴傻傻笑著。江氏嗔了她一眼。「一看見妳哥哥們就如此傻裡傻氣的，平日的精明模樣都不知道哪兒去了！罷了罷了，快些用飯，都餓了吧。」

袁瑜的肚子正合時宜的「咕嚕嚕」響了一串，逗得一家人都笑了起來。

袁妧眨眨眼睛。「哥哥們不在家這段時間可不知道，家裡新來了個蜀地的廚子，那一手麻辣鮮香的蜀菜做得極為地道，祖父一吃就愛上了，如今已經離不開他了。」

袁正儒這時候才半炫耀半埋怨的插話。「得了，這蜀地廚子又是妧兒出去瞎逛碰上的，直接就將人帶回府了，累得你祖父派人把他從頭到腳查了一遍才讓他進了廚下。」

袁妧哪裡能明說玳瑁早就告訴她這人是個老實人了，摸了摸小臉對兄弟倆道：「今日就讓哥哥們嚐嚐蜀地的特色。」

話音剛落，雁南就在外頭稟報。「夫人，鍋子已經備好了。」

江氏忙招呼幾人。「快些去用飯，邊吃邊聊也成。」拉著袁妧就先踏出屋去。

袁正儒笑著搖搖頭，站起來帶著兩個兒子跟在妻女後面，剛走幾步，袁琤就聞到空氣中傳來一股奇香，忍不住加快了腳步。

踏進飯廳定睛一看，疑惑道：「原來是銅鍋子，可這味兒為何如此不同？」

袁妧回頭笑道：「哥哥來看看便知。」

一家子團團圍坐，桌中翻滾的銅鍋翻滾著，騰騰的熱氣模糊了幾人的臉，平添了幾分熱鬧的氣息。

八月末的天氣，秋老虎尚有餘威，飯廳四周擺著冰盆，冒著冷氣，幾個丫鬟站在冰盆後面扇風，把涼氣扇向屋中。

這一冷一熱的夾擊讓人忍不住心中暢快起來，袁瑜舒服的不自覺扭了兩下，看著奇怪的鍋問道：「這鍋半紅半清，做成八卦形狀，清湯是高湯，紅湯是辣湯？」

袁正儒笑道：「正是，你祖父被這辣湯鍋勾得日日要吃，只是家裡怕他吃多了上火，這才控制了，快些嚐嚐這蜀地的鍋子吧！」

說完自己挾起一片薄如蟬翼的野兔肉放進清湯鍋中，不過幾息工夫就挾了出來，沾了特地調製的醬料，放進嘴裡，滿足的輕嘆一聲。「這撥霞供名不虛傳，不愧是浪湧晴江雪，風翻照晚霞，涮著美，吃著鮮。鮮！鮮美至極。」

袁琤和袁瑜正餓著呢，哪裡受得了這等誘惑？紛紛伸出筷子，不多工夫就吃得滿頭大汗。

袁琤喝了一口微涼的酸梅湯，緩了緩口中的辣味，挾起一塊酥脆金黃的炸酥肉扔進辣鍋中。「這蜀地的鍋子與京城的銅鍋果然不同，辣卻也不是乾辣，而是十分醇厚，辣中帶香，香中帶麻，讓人欲罷不能。」

袁妧也吃得小臉紅撲撲的。「哥哥可別積了食，最後在鍋子裡就著這湯滾一碗雪白麵條，拌上這蘸醬，那吃著才真的飽足呢。」

袁瑜想了一下口水都要出來了，叫著現在就要吃麵條，江氏無奈，吩咐初春端來一盤勁道的麵條下進清湯鍋中，一家人都吃了個肚圓。

兩個孩子回府第二日，得到消息的袁舒寧也過來探望兩兄弟，誇讚了二人一番後，就私下尋了許老夫人。「娘，去年妳說妧兒年紀尚小，今年妧兒已經滿十歲了，也該悄悄相看起來了，妳看咱家清兒如何？」

許老夫人心裡一驚，抬頭瞥了她一眼。「妳怎麼突然回來說這個？」

袁舒寧嘆了口氣。「清兒如今也到了相看的年紀了，我家婆婆在家中把京裡數得上的姑娘都一一列了出來，左扒拉右挑揀的，怎麼都覺得沒妧兒好。這不……」

頓了一下，抬頭看了眉頭緊皺的許老夫人一眼，繼續道：「這不，想讓我來探探口風，若是爹娘同二哥、二嫂願意，咱們就先定下親來，表哥、表妹自小青梅竹馬一同長大，也是一段佳話。」

許老夫人左手摸著右手大拇指上的嵌紅寶指環，半晌沒說話。

袁舒寧等得有些著急，卻也不敢打斷她，只能一口一口不停的喝著茶杯中的茶。

待她喝光了三杯茶，許老夫人才回過神來。「清兒……的確是不錯，自小就同妧兒要好，兩個人在一起可沒少作禍，又不是當家的長子，日後生活也鬆快些，只是這件事妳我同意無用，得問問妳二嫂怎麼想。」

袁舒寧長舒一口氣。「娘不反對就成了大半了，不若我現在就去尋二嫂問問？若是早早能定下來那可真是燒了高香了。」

許老夫人略帶嫌棄的看了她一眼。「妳都多大了還聽風就是雨的！還是藉口把妳二嫂喚來，在這兒跟她說吧，我也能描補描補。」

袁舒寧聞言更是欣喜，拚命點頭。「娘說如何就如何！」

許老夫人嘆了口氣，吩咐羅嬤嬤去把江氏喚來。

不大會兒江氏就匆匆趕來，袁舒寧見她進了門，心裡一跳，復又笑話自己，又不是沒給兒女相過親，怎麼如此緊張？

她定定心神，笑著開口招呼。「二嫂。」

江氏本以為出了什麼事，如今看著屋內氣氛平和，袁舒寧也滿臉帶笑，這才鬆了口氣，半真半假道：「小姑想我了？」

袁舒寧笑容更是熱情。「自然是想二嫂了，不知二嫂同三個孩子最近忙什麼呢，也不派人尋我說話。」

江氏與這小姑子自來交好，也不隱瞞。「如今琤兒也已經十七，可不能再耽擱了，這不我最近在看有沒有合適的姑娘，若是有了先定下來，待瑾兒回來成親之後，就馬上把他的事辦了，小姑若是有認識的合適女兒家可一定要同我說。」

許老夫人點點頭。「前頭妳同我說了一嘴我也記在心裡，只是方方面面都好的著實少，適齡的更少，幸而咱倆的男孩兒都是有正經事做的，耽擱兩年別人也說不出什麼來。」

袁舒寧真是剛打瞌睡江氏就遞來了枕頭，給自己鼓鼓氣開口道：「合適的女兒家可真的得慢慢尋，只是二嫂，眼前有個合適的男孩兒，妳看看要不要給妧兒先相看起來？」

江氏眉頭一皺。「妧兒才十歲……」

袁舒寧忙道：「咱們這等人家都是十歲出頭就開始相看了，妧兒這也不過早了一、兩年，早早相看起來也好，總得慢慢考察考察這男孩兒的人品。」

江氏深覺有理，略鬆開眉看向袁舒寧。「不知小姑說的是誰家孩子？」

袁舒寧突然有些尷尬，咳了兩聲，低聲對江氏道：「正是……我家那小兒子，清兒。」

江氏萬沒想到袁舒寧能說出秦清澤來，愣在當場。既然已經說開了，袁舒寧也不再藏著掖著，誠懇的對江氏解釋。「自小我就喜歡妧兒，妧兒去秦家玩了幾回，秦家上上下下都看重她，如今兩個孩子都到了歲數，我家老太太心心念念想把妧兒娶回來做孫媳婦……」

江氏依然沒說話，只是探究的看著袁舒寧，袁舒寧知道自己這個二嫂是個精明人，乾脆與她交了底。「妧兒是我的外甥女兒，我自然想她嫁進來。且……今日我與二嫂直說了，清兒對妧兒怕是有那麼幾分心思。」

江氏心裡一驚。這麼小的孩子竟然就動了心思?!難不成之前他們太放縱兩個孩子了？

第二十章

袁舒寧自然感覺到江氏的想法，忙解釋道：「二嫂不必擔憂，這不過是我自個兒冷眼瞧出來的，清兒怕是自己也不大清楚，更別提妧兒了。」

江氏這才鬆了一口氣，低頭琢磨起這件事來，秦清澤年紀相當，門當戶對，自小對袁妧也是十分的寵溺，袁妧指左，他不敢向右，況且親姑姑做婆婆，日後也沒有那些子惱人的婆媳問題……這麼一想，這樁婚事還真是有幾分可行性。

她的臉上泛起笑來，對袁舒寧道：「這件事我可作不了主，我得先回去同妳二哥商議一下，而且咱們家的孩子都是主意大的，若是背著妧兒就這麼定下來了，怕是她又要鬧騰。」

袁舒寧見江氏面上已經有了幾分同意，心裡徹徹底底鬆下這口氣來，露出了真心的笑容，滿懷期待的點點頭。「二嫂說的是，此事自然要同二哥商議，那我就等你們的好消息了。」

江氏只是笑一笑，卻沒有給她什麼準話。

許老夫人見二人談得已經差不多了，該她出面打圓場了，點了點江氏道：「如今莫要著急給琤兒定親，待他放了榜考上舉人之後也不遲。」

江氏自然應下，三人又說了會兒家長裡短的事情，袁舒寧就提出告辭。

許老夫人見江氏心思重重，知道她在為袁舒寧的話傷神，嘆口氣道：「我知妳覺得如今替妧兒定親尚早，但清兒著實是個好對象，妳且回去同老二商量商量吧。」

回到韶華院的江氏望眼欲穿的等到袁正儒回來，就拽著他往裡屋走去。

袁正儒好久沒見江氏如此緊張，打趣道：「如今天色尚早，夫人莫要著急，好歹容為夫沐浴一番。」

江氏見他不正經的樣子，翻了個白眼。「瞎說什麼呢，我是有正事要尋你商量。」

袁正儒有幾分嬉皮笑臉，伸手攬過江氏的腰。「蕓兒且說有何事尋我。」

江氏嘆了一口氣，把方才在正院的事從頭到尾給袁正儒說了一遍。「你這個做舅舅的覺得清兒如何？」

袁正儒可沒想到竟然是這回事，忍不住的面色嚴肅起來。「這臭小子，自小就愛黏著妧兒，難不成咱們引狼入室了？」

江氏哭笑不得，推了他一把。「且說正事吧，今日小姑把這事提出來，若是咱們同意了，怕是秦家就要上門提親了。若是咱們不同意，也得早早同秦家說，莫要壞了親戚情分。」

袁正儒冷哼一聲。「讓他們且等著去吧，這麼早就開始打我女兒的主意。」

江氏也嘆了一口氣。「說心底話，我是有幾分願意的，具體為何你也都知道。只是妧兒今年才十歲……咱們且好好考慮考慮吧，明日我就同娘說，過幾日再給小姑答覆。」

這幾日袁妧覺得爹娘看她的眼神頗為古怪，每回她感覺爹娘在盯著她看的時候，猛然一回頭，袁正儒和江氏都飛快的閃開眼睛。

袁妧心裡覺得不對，乾脆直接尋上江氏。「娘，妳和爹最近有什麼事情瞞我嗎？」

江氏有些猶豫，按理說這種事情應該同袁妧商議一下，可她畢竟才十歲，猶豫了半日，好容易下定決心，摸著袁妧的頭問：「妧兒，妳對妳未來的夫君……有什麼要求嗎？」

袁妧不可思議道：「娘，我才十歲，妳竟然問我未來的夫君？」

江氏也知道自己問得有些突兀，但話都說開了，她索性尋了個藉口。「不過近日與妳大哥尋媳婦，深覺若是想尋一個各方面都合適的人十分艱難。不若先問問妳，爹娘也好早早相看下來，省得好的都被挑走了。」

袁妧托著下巴，思索一陣開口道：「娘若說我對未來夫君有什麼要求，一時間著實有些想不出來。果真現在就實在要尋的話，那就給我尋一個能陪我吃喝玩樂的就好。」

江氏翻了個白眼。「妳這孩子又來討打，淨說胡話！我給妳尋個只會吃喝玩樂的敗家子妳也樂意？」

袁妧噘噘嘴。「我如今還小呢，不急不急，娘自己看著辦吧，我全聽娘的。」

江氏看著袁妧一團孩子氣，嘆了口氣。「罷了罷了，問妳也是白問。」

袁妧覺得有些莫名其妙，摸著腦袋回了自己的如意苑，想了半天江氏的話，自己是真心覺得尋個一同吃喝玩樂的夫君最好了。唉！說實話也沒人信。

袁妧壓根兒沒放在心上，轉過頭就把這件事拋在腦後，卻沒想到這日秦清澤突然跑來尋她。

秦清澤過來的時候，袁妧正在許老夫人那裡陪她說話。

他一看到袁妧，眼睛嗖的一下亮了起來，與許老夫人請完安後，小心翼翼的問道：「外祖母，我能同表妹出去說說話嗎？」

許老夫人意味深長的看了他一眼，沒有回答他，反而轉過頭問袁妧。「妧兒，妳可願意同妳表哥一起出去說說話。」

袁妧也不知秦清澤今日發的什麼瘋，以往他可從未在長輩面前說過這種話，心中擔憂他是不是遇到了難以抉擇的事情，遂點點頭。

表兄妹二人一前一後走到園子中的小涼亭，秦清澤看著袁妧身邊的丫鬟婆子，揮揮手對她們道：「妳們都下去吧，我同表妹說點話。」

自上回顧氏鬧過一場，梁嬤嬤對男女大防就特別謹慎，聽到秦清澤的話，一動未動，只是用眼睛看著袁妧。

袁妧看著秦清澤眉頭緊皺的樣子，嘆了口氣，對梁嬤嬤道：「嬤嬤且下去吧，也不用走遠，隔著前頭那花叢就行。」

梁嬤嬤見袁妧給她指的地方正是花園的入口處，若是外頭來人了，第一時間就能看到，也半放下心來，帶著丫鬟們一同退到了那花叢處。

秦清澤見人都退開了，他的性子一向直來直往，也不磨嘰，瞪圓眼睛看向袁妧。「表妹，二舅母同妳說過……我的事沒有？」

袁妧一頭霧水。「表哥說的是什麼事，最近娘沒有提過你。」

秦清澤沒想到袁妧竟然給了他這樣一個回答，方才鼓起的勇氣一下子洩了大半邊，皺著臉不知道該說什麼，支吾半天一跺腳。「我娘上回來外祖家，同外祖母和二舅母說起……妳我的親事……不知、不知表妹可同意？」

袁妧大驚，親事?!她沒聽錯吧……她突然覺得好尷尬，不知道該說些什麼，只好沈默下來。

秦清澤話說出口了反而不再害怕，眼睛晶晶亮，看著與自己一步之隔的袁妧，啞著嗓子道：「我與表妹自小一同長大，上半輩子咱倆已經算是一同過了，我、我想同表妹一起過下半輩子。」

話剛出口他就想掐死自己，來之前準備的一大堆話，一句都沒派上用場，卻說了這麼一句市井之言，顯得他魯莽許多。

秦清澤懊惱的咬咬牙，但退縮不是他的風格，他上前半步，看著袁妧頭頂可愛的髮髻，閉上眼睛，彷彿這樣自己就能多幾分勇氣，把心裡的話期期艾艾的一股腦兒全都說出來。

「我自小便喜歡表妹，祖父母與爹娘同我說起成親這件事，我腦子裡第一個浮現的便是表妹，若是表妹……心中對我也有幾分。那不如咱們就定下來，我定會對表妹好的！」

說完張開眼睛想要看袁妧的反應，卻沒想到眼前空無一人，他心中一急，忙四處張望，卻看到袁妧已經退到梁嬤嬤身邊。

他顧不得思考袁妧為何要跑，衝著兩丈外的袁妧喊道：「表妹，我心知這事不能催妳，妳且回去慢慢考慮一下，我定一直等著妳！」

袁妧看著秦清澤認真的臉，有些為難，只能胡亂應下。「我且得回去想想，我先回院子了，表哥替我同祖母說一聲。」語畢，拉著梁嬤嬤的手扭頭就走。

秦清澤阻攔不及，只能眼睜睜的看著袁妧一行人出了園子，心中隱隱有些不安。

秦清澤來了袁家一趟，該知道不該知道的人差不多都有了幾分察覺。

袁琤、袁瑜背地裡磨牙，萬沒想到這狼自小就養在身邊了，自家妹妹才十歲就被他惦記上了。

好不容易抽出時間四人聚在一起的時候，袁琤的臉就一直陰沈沈的。

趙泓疑惑的問道：「怎麼了，這秋闈還未放榜，難不成你覺得自己無緣高中了？」

袁琤磨著牙，咬牙切齒道：「不是為了這事，是我那個小表弟竟然想要求娶我妹妹，這個禽獸！我妹妹今年才十歲，他竟然就懷了這種心思。」

趙泓眉頭微皺。「你表弟可是義德侯府的二少爺？」

袁琤從鼻子裡發出一聲冷哼。「就是他，這臭小子竟然託我姑姑求上門來，我看祖母與母親都有幾分同意。」

趙泓笑了起來。「他今年也有十四、五了吧？如今定親確實算不得早，到底知根知底，妧兒妹妹若是同他訂了親，也是一樁好事。」

袁琤自然想過妹妹若嫁回姑姑家有多少好處，他只是覺得自家妹妹年紀還小，談這些為時尚早。聽了趙泓的話也沒有反駁，只是嘆了口氣。「罷了，今日不談這個。再過幾日就要放榜了，到那時殿下可有時間出來？」

趙泓還沒回答，一邊一直沈默的趙澹卻開了口。「你妹妹她不過是個孩子，如今已經到了定親的年紀了？」

袁琤真不耐煩再提這個，一想起來他心裡就一陣一陣的火，聞言沒好氣的對趙澹翻了個白眼。「怎麼，你也有好兒郎要介紹給我妹妹？」

趙澹罕見的被堵了一下，沈默片刻才開口。「與我相好的不過你們三人罷了。」

袁琤有些後悔，他知道趙澹這些年與外人相處是多麼冷漠，想到他小時候受的幾回罪，心中有些歉意，站起來認真的與他行禮道歉。「世孫莫怪，是我心中有火，胡言亂語。」

趙澹點點頭，卻沒有再回他的話，撐著下巴，不知道在想些什麼。

趙泓疑惑的看了趙澹一眼，從他面上卻看不出什麼來，索性丟開手，認真的對袁琤與陳惟道：「皇祖父這陣子越發的依賴那癩道士，偶爾竟然還穿起了道袍自稱無量道人，父親急得不知如何是好，卻又不好去勸，如今皇祖父已經聽不進去諫言了，這一科你們中了自然好，若是不中，也必得入朝了。」

袁琤與陳惟萬沒想到不過幾個月工夫，局勢竟然已經到了這個地步，二人沈思片刻，陳惟抬頭看著趙泓的眼睛道：「殿下放心，這一科我已經默寫給祖父看了，他覺得如無意外，我問題不大。」

袁琤嘆口氣。「我也默給陳大學士了，他說我在中與不中之間……」

趙泓沈默下來，復又抬起頭。「既如此，那你們二人這一科必須中！」

袁琤心裡一驚，驚恐的看著趙泓，趙泓一看他眼神就知道他想歪了，笑了笑。「想到哪兒去了，只是放榜之前得到消息，你二人中了最好，不中再想法子安排你們入仕，哪裡能從一開始就……」

袁琤這才放下心來，扯起嘴角。「幸而不是為了我要舞……呃……不然我可真是……」

只有趙澹聽出趙泓話中的意思，意味深長的看了趙泓一眼，趙泓感覺到堂弟的目光，只笑了笑，卻也沒有迴避他，二人對視幾息，趙澹幾不可見的對他點點頭，移開了目光。

趙泓鬆了口氣，雖說他不是什麼好人，但是在這自小一同長大的幾兄弟中，他卻不想暴露得太早……

不提趙泓背地裡提前做了什麼佈置，待成績下來的時候他才鬆了口氣，指著身邊的貼身太監悄悄去了袁家，通知袁琤。「太孫殿下讓小的告訴袁少爺，您中了！」

袁琤先是一喜，嘴角尚未揚起突然想到，僵住臉。「殿下可……」

小太監搖搖頭。「殿下說這是您自己考出來的，殿下沒出手呢。」

袁琤這才放下心地歡喜起來，塞給小太監一張銀票。「告訴殿下，此事我誰都不會說。」

小太監點點頭，拿著銀票的手縮回袖子裡。「奴才知曉，奴才不能出來太久，這就回宮了。」

袁琤目送小太監離開，轉過頭深一腳淺一腳的回了茂林院，也不知道自己是怎麼躺在床上的，心怦怦跳得飛快。

三日後就放榜了，袁琤果然吊在尾巴上了榜，袁國公府上下一片歡騰，這可是少爺輩頭一個中舉的，他們這些功勛人家十家也出不來這麼一個文舉人，上回功勛人家出了舉人的還是袁琤他爹，袁正儒。

袁國公樂得整日都合不攏嘴，大手一揮，全府上下都發了雙份月錢，袁妧更是開心中夾雜著欣慰，自家大哥為了這個舉人吃了多少苦，如今也算是得償所願了，畢竟不是每個人都能做自己喜歡的事，比如秦清澤……

想到秦清澤，她托起腮發起愁來，自那日離開之後，二人就未見過，她也著實不知道自己是怎麼想的，想到與秦清澤玩玩鬧鬧一輩子也挺好，可若是要與他像爹娘那般不經意間流露出讓人臉紅心跳的氣氛，她想了想雞皮疙瘩都起來了，太可怕了！

這到底是什麼感情呢?她自己也不懂,可是她也知道不能再拖了!袁妧猛地站起來想去尋江氏,膝頭的玳瑁差點兒沒掉到地上,伸出小爪子勾住袁妧的衣裙,「刺啦」一聲刺破上等的貢緞,隨著玳瑁不停的下滑中「嘶嘶嘶」的慢慢扯開。

盈月急忙上前接住玳瑁,把袁妧被勾住的衣裙小心翼翼的從牠的爪子上拆下來,玳瑁有些心虛,閃著牠的綠豆眼躲著袁妧。

袁妧一愣,看著自己已經被劃開了兩道大口子的裙子嘆了口氣,吩咐盈月。「把玳瑁放好,隨我去換身衣裳吧!」說完點了點玳瑁的殼,見牠嗖的一下縮回殼裡,輕輕說了一句。「淘氣。」

第二十一章

這麼三耽擱、兩耽擱的，待袁妧換好衣裙梳好頭髮，正要去尋江氏的時候，突然見初春來傳消息。「小姐，夫人說姑奶奶帶著清少爺過來了，問您要不要……見一面。」

袁妧眉頭微皺，既然娘讓初春來問，怕是心中已經有了幾分願意了，雖說自己對秦清澤不知道是什麼感情，但絕對不是男女之情，不能讓家裡人這麼誤會下去。

她臉色嚴肅起來，點點頭。「我娘如今在哪兒？」

初春回道：「夫人在老夫人院子裡呢，正陪著老夫人見姑奶奶。」

袁妧嘆口氣，看來今日勢必得說清楚了，否則姑姑怕是要上門提親了，她伸手撈起在桌子上的玳瑁，往正院走去。

玳瑁剛犯了錯不敢說話，卻感受到袁妧沈重的心情，鼓了鼓勇氣問道：「公主，妳是否不願意？」

袁妧反問牠。「你覺得表哥好嗎？」

玳瑁哪裡懂這個。「我、我，那小子除了小時候想掀開我的殼之外，對公主是極好的……」

袁妧輕笑一聲。「對啊，所以我對他也是喜歡的，但這種喜歡只是兄妹之間……並不是想嫁給他。既然我明白自己的心意，那就莫要耽擱他，早早說清楚才是。」

玳瑁似懂非懂，索性沈默不言，做人真是太難了，感情真的好複雜。

袁婠憑著心中一股氣走得急，不過一刻來鐘就走到了正院，站在正院門口正要歇口氣，卻見一個小丫鬟遠遠的低著頭一路疾行過來，看到門口的袁婠眾人猛地剎住腳步，梁嬤嬤見袁婠臉色不大好，輕斥一聲。「何事需得這麼急？記不記得規矩了！」

小丫鬟嚇得蹲下身子行禮。「二小姐，琤少爺突然帶著晟王世孫與陳少爺來府了，說要來給老夫人請安，奴婢先來通稟一聲。」

袁婠一怔，對小丫鬟道：「行了，我正要進去尋祖母，替妳說一聲就好。」小丫鬟鬆了口氣，去老夫人院子可是她們這些外院丫鬟最怕的事情了，她拚命點著頭。「多謝二小姐，那奴婢就先回外院了。」

袁婠剛一點頭，這小丫鬟就急忙退下，不多時候小小的身形就隱入花叢中，再也望不見了。袁婠沈重的心情被她逗得消散一些，臉上也有了笑意，抱著玳瑁轉過身進了正院。

正房內的氣氛算得上其樂融融，袁舒寧敏銳的察覺到江氏態度上的變化，對她更是親切，秦清澤有些臉紅的坐在一旁，乖巧的回答著許老夫人的詢問。

袁婠踏進來的時候所有人的心都漏了一拍，尤其是秦清澤，自那日起可就沒見過袁婠了，他也感覺到袁婠正躲著他，今日猛然一見，心裡更是歡喜異常，眼睛亮亮的盯著袁婠。

袁婠頂著這灼人的目光，與長輩們一一見了禮，見袁舒寧正要張嘴，怕她直接說出什麼讓人害羞的話，忙對許老夫人道：「祖母，方才在院子門口遇到個小丫鬟，說是哥哥帶著世孫哥哥與陳家哥哥一同過來了，要來給您請安。」

許老夫人沒想到這三人今日竟然湊一起了，愣了一下笑道：「這幾個皮猴，這幾日可是熱鬧得沒空聚了吧？如今兩個舉人出去哪兒都被人堵著，怕是只有家裡才安靜些。」

說完伸手把她招到自己身邊。「妳先去後面歇著會兒，待會世孫他們請安完再來同祖母說話可好？」

袁妧哭笑不得，自一年多前那會兒被家裡知道趙澹揉亂了她的髮，家裡人是把他倆隔得死死的。她點點頭，順從的同長輩們行禮，閃過身往後面的暖閣走去。

秦清澤眼睜睜的看著表妹的身影消失在隔斷後面，心裡一陣陣失望，面上帶了幾分頹然，江氏看著好笑，咳了咳與一臉揶揄的袁舒寧道：「小姑可莫怪，待會兒等琤兒他們去了自己的院子，再讓妧兒出來陪妳說話。」

袁舒寧還沒說什麼，秦清澤激動的抬起頭，喜悅幾乎要從眼睛裡溢出來，許老夫人看了都忍不住笑出聲來。

正在這時門外的丫鬟稟報道：「老夫人，琤少爺來了。」

許老夫人面上浮現慈愛的笑容。「快快喚他們進來，直接進來就行，通報什麼？」

話音剛落，袁琤就自己掀開簾子邁了進來。「我都與他們說了不用通報，世孫非說怕太突然，真的是見外。」

他也早早知道袁舒寧母子在這兒，絲毫不見意外，拱手喚了聲祖母，又笑著對袁舒寧行禮。「姑母。」看見坐在袁舒寧身邊的秦清澤，笑容凝滯了一下。「表弟也來了。」

秦清澤還沒從方才的激動勁兒中緩過來，站起來對著三人行禮。「表哥，世孫，陳少爺。」

趙澹拱拱手，看到他異於平常的潮紅面色，略挑了挑眉，沒有說話。

秦清澤覺得趙澹有些高傲，二人小時候還打過一場，趙澹可是那些年他一直心心念念要報仇的人，近些年長大了才不再念叨。

陳惟見二人氣氛有些尷尬，忙上前打斷，對秦清澤道：「秦家弟弟今日也在，可算是巧，待會我們幾個要一同溫習我祖父佈置的功課，秦家弟弟可有興致一同去？」

秦清澤一聽臉都僵了，他最討厭的就是讀書，而且……一會兒他們走了表妹還要出來呢！

他面露難色，吭哧兩聲，剛要開口拒絕，卻聽趙澹的聲音響起。「秦少爺是不想同咱們待在一處？」

這話說得可有幾分無禮了，秦清澤也是個暴脾氣，眼睛一瞪，看著趙澹臉上似有似無的嘲諷，恨不能上去給他來兩拳，重現當年風光！

袁家人都知道這兩個小的自小就有點不對付，看到二人隱隱約約像是要槓起來了，袁舒寧忙打圓場。「世孫莫怪，他自然是願意的，只是生性害羞，不知如何表達罷了。」

袁琤聞言差點笑出聲來，使勁咬著下唇才撐住臉色，秦清澤的臉一下子燙了起來，不一會兒感覺就冒起了煙，趙滄見狀心情突然大好，恭敬有禮的對著袁舒寧道：「世子夫人所言極是，是小子莽撞了，還請世子夫人莫要見怪。」

二人三言兩語這事就算定下了，待秦清澤臉色好容易緩過來的時候，已經被袁琤拉著手去了茂林院，同表妹一句話未說！

袁妧出來的時候袁舒寧已經打算回去了，拉著袁妧的手說了一會子話，才依依不捨的鬆開，臨走前還給江氏一個隱晦的眼神，江氏笑了笑，衝她點點頭，她才放心走了。

袁舒寧一走，袁妧挺直的肩就垮了下來，長舒一口氣，噘起嘴看著許老夫人。

許老夫人見她一副有話要說的樣子，揮退了伺候的人，輕聲問道：「妧兒可是有什麼想說的？」

袁妧嘆了口氣，無意識的拍了拍膝頭的玳瑁，咬了下唇開口道：「祖母，娘，我……妳們是不是已經答應姑姑了？」

江氏眉頭一皺，聽這語氣袁妧像是不願意？與許老夫人對了個眼，許老夫人哄著袁妧。「莫要瞎想，妳才多大點兒，怎麼就能答應妳姑姑了。」

袁妧鬆了口氣。「那就好，我仔細想過了，我對表哥應該只是兄妹之情，一點兒也沒有……那種想法，所以……祖母幫我把這事拒了吧。」

許老夫人先是噗哧一笑。「妳這孩子，十歲就知道什麼這種那種的想法了？」說完嘆口氣。「這事本不該同妳說，誰也沒想到清兒他如此莽撞率先開了口，我同妳姑姑已經罵過他了，可既然妳已經知道了，那還是得好好問問妳的想法，妳自小聰明有主見，如今祖母問妳，妳心中到底是怎麼想的，別用那些虛話來應付我。」

袁妧一下一下敲著玳瑁的殼，思索半晌才開了口。「祖母問我怎麼知道那種想法的，雖說我還小，但是也見過祖父對祖母的百依百順，爹與娘的相視一笑，我代入想了一下，若是我與表哥……就真的覺得有些可怕，我與表哥一起作弄哥哥們、一起打雪仗，這些都很開心，可那些不是男女之情，我不知道若是同表哥日日生活在一起的話自己會不會幸福，但是起碼現在，或者說是未來五年、十年，我能保證自己並不想同表哥在一起……只是我見您與娘和姑姑都樂見其成，我怕再不說就來不及了……」

許老夫人仔細看著認真的袁妧，伸出手去讓她過來，輕輕摟住她。「祖母並不是想逼妳，妳這年紀按說一、兩年後也該想這些了，祖母本以為妳年紀小，滿腦子都是吃喝玩樂，卻沒想到妳能想得如此清楚，既如此咱們就早早說明白，但人生短短幾十載，妳能保證十年不悔？這十年間若妳後悔了，那後果妳也得自己承受。」

袁妧萬沒想到許老夫人竟然這麼輕易就鬆了口，眼底泛出淚，江氏心疼的看著女兒，自責自己竟然給了女兒如此大的壓力，她與袁正儒本就是一見鍾情兩情相悅，自然希望兒女皆是如此，這也是她雖然心裡著急但卻沒有強迫袁琤娶親的原因。雖說秦清澤各方面都很合適，但最重要的是女兒沒心思，那這親就做不成。

正院內祖孫母女說開了歡歡喜喜，茂林院的氣氛可絕對算不得好。袁舒寧留下一個人來通知秦清澤自己先走了，可把秦清澤氣得牙根癢癢，他在這裡是坐立難安。

袁琤是方方面面都做得禮節十足，卻總帶著一股子疏離感，雖說表兄弟也很長一段時間未見了，但秦清澤總覺得袁琤是對他有了什麼意見。

趙澹不知發什麼神經，整個人冷得如同冰塊一般，靠近就散發著陣陣涼氣，秦清澤也不耐煩搭理他，就當他不存在，除了偶爾被他凍得縮縮脖子，壓根兒不看他一眼。

三人之中唯有陳惟對他一如既往，看不出什麼區別來，但二人本就不怎麼熟悉，一個文人家、一個功勛家，出身都不一樣，能說的話也不多，寥寥幾句就沒了話題，乾在那裡。

這氣氛尷尬得秦清澤想鑽到地縫裡去，特別是他們又談起了經史子集，一口一個「曰」啊「辯」的，他簡直要控制不住拍桌暴走了！

袁琤見他忍耐彷彿已經到了極限，給趙澹和陳惟使了個眼色，三人停住話頭，袁琤率先開口。「表弟，你前陣子……與妧兒說什麼了？」

秦清澤一下子脹紅了臉，看著他嚴肅的臉，又看了看如同哼哈二將一般站在他旁邊的趙澹和陳惟，支支吾吾的來了一句。「表哥，這種話不好在外男面前說吧……」

袁琤可是早就打探過，知他今日過來，才匆匆帶著兩個兄弟趕來，就是要給他一個下馬威的，這兩人與他的關係比親兄弟也差不離了，妧兒相當於他們的親妹妹，這種事情喚上他們也不算什麼錯。

他眉頭一擰。「我問你話呢，其他的你不用搭理。」

秦清澤一個曾經的小霸王聞言也皺起眉來，挺直身板，言語之間也沒了猶豫，堅定的看著袁琤的眼睛，一字一句道：「我心悅表妹，我想娶她，我要娶她！」

袁琤齜起牙「嘶」的一聲，看他那樣子恨不能上去捶他兩下，他捏了捏手心，強忍下蠢蠢欲動的衝動，厲聲喝了一句。「你拿什麼娶她？你有什麼本事?!」

秦清澤哽在當場，張張嘴卻不知怎麼回答他，方才的勇氣一下子洩了個乾淨。

袁琤見他老實了也不放過他，疾聲厲色的一句接一句。「你馬上要十四了，瑜兒只比你大了幾月，如今已經是秀才了，日後一步一步腳踏實地，待到娶親的年紀怎麼也算是有個功名，不會墮了家裡名聲，如今我且問你，你已經讀了七、八年的書了，可背得出來論語？甚至不用你解釋寓意，只要你能把論語從頭到尾背一遍，我這個做哥哥的就放開手，不會攔你接近妧兒。」

秦清澤被他一番話說得滿頭大汗，他……他哪裡會背論語，那些話分開拆成每個字他都認識，組合起來如同天書一般，他咬咬牙。「表哥自是知道我自幼不愛讀書，文我不成，但我打小就開始練武，日後在戰場上也能拚個功名封妻蔭子！」

袁琤尚未說話，趙澮在一旁冷笑一下。「既然秦少爺這麼說，那我就來試試秦少爺的身手，看看你在戰場上是不是等著人救的孬種。」

秦清澤覺得自己的血都要湧上頭了，「噌」的一下站起來，三步併作兩步就往外走，走到門口惡狠狠的回頭盯著趙澮。「你且出來！與我比劃一場！」

趙澮心中早就想再揍他一頓了，自小看他就討厭，如今大了還纏著肉團子，看著如此的煩人。他甩開袁琤欲阻攔的手，幾步追了上去，二人一前一後出了門。

袁琤和陳惟面面相覷，這兩人怎麼話趕話就要比劃了？本來袁琤叫陳惟過來是打圓場，怕他與秦清澤之間氣氛太衝，叫趙澮過來也存了幾分在武藝上震他一下的意思，可也沒想到兩句話二人就要打起來……

趙澮與秦清澤已經在院內拉開架勢，袁琤與陳惟急忙跟出來，袁琤揮退院內的小廝丫鬟們，省得他們到處傳少爺們的閒話。

秦清澤像一頭小牛犢一般，眼見著胳膊鼓了起來，是用盡了力氣。而趙澮卻如同平常，只是臉色更加嚴肅一些。

袁琤看二人的樣子，知道這場大戰不可避免，索性同陳惟親自進屋端了屋裡的水盆出來，省得誰再傷了、碰了，也好趕緊清理。

二人對視幾息，秦清澤暴喝一聲提起拳頭，衝著趙澮去了。趙澮一個閃身躲開他，順勢拉住他的手，往後一送。

秦清澤差點沒站穩摔在地上，踉蹌了兩步才穩住身形，這讓他越發的火大，新仇舊恨加起來，他是控制不住自己了，想把方才在袁琤那兒受的委屈也一併發洩出來。

第二十二章

不過片刻工夫，二人就纏鬥在一起。袁琤與陳惟看得心焦，眼見秦清澤臉上青一塊紫一塊的越來越多。

袁琤喊了兩句「莫要再打了」，可是誰也沒有聽，二人依然纏鬥在一起。

秦清澤已經有些站不穩了，只能憑著本能揮出拳頭。而趙澮卻身形穩健，甚至連袁琤與陳惟兩個外行人都看得出來，他在一下一下的逗弄秦清澤。

小半時辰後，秦清澤終於沒了力氣，一聲不出直接倒在地上，直喘粗氣，臉上早已認不出原來的樣子了。

趙澮是專挑他臉上打，氣息也有些微微急促，他走到秦清澤身前，蹲在他面前，看著他的眼睛道：「如何，還想同我再打嗎？」

秦清澤已經說不出話來了，卻用出最後一絲力氣，雙手箍住趙澮的腿用力一扯。

趙澮沒有防備，差點狼狽的被他扯得坐到地上，幸而他用兩手一撐地，站了起來，看著像離了水的魚一般大口喘氣、依然在地上躺著的秦清澤，笑了笑。「你倒是倔強，可是這武藝同你四歲時幾乎沒什麼區別，不過就是孩童玩鬧罷了。」

秦清澤聞言怒目瞪著他，趙澮又是一笑。「怎麼？就憑你這功夫在戰場上還想立功封妻蔭子？不若老老實實的做你的義德侯世孫，日後承個子爵罷了。」

秦清澤氣得用力一捶地，好歹也是表弟，袁琤見他這樣子心裡也心疼他，拉著陳惟把他攙起來，扶到石凳上，用水濕了帕子，輕輕給他擦臉上沾染的泥與血。

好半日秦清澤才緩過來，喝了一口茶，喘著粗氣對趙滄道：「今日我技不如人，但是日後咱們再來一場，那可就說不定誰贏誰輸了！」

趙滄就喜歡這樣硬脾氣的人，聞言對他也好感了幾分，不再是純粹的厭惡，嘴上卻沒饒過他。「若是真想贏過我，你就先好好練練功夫吧，莫要把心思糾纏在一些兒女之事上。」

秦清澤哼了一聲，卻沒有直接出言反駁，等到袁琤給他處理完傷口，他站起來，衝著袁琤一拱手。「回家去我就與爹娘說，我與表妹之事先暫且擱在一邊。但是，我並不是放棄表妹，表哥說得對，我如今文武皆不成氣候，不就無法給表妹一個好的未來？待我拚出來了，定要上門提親！」

說完也不管三人什麼臉色，站起來一瘸一拐的往院外走去。出了院門，只聽門外一眾伺候的下人驚呼出聲，秦清澤不耐煩的揮揮手。「叫喚什麼？小爺不過是摔了一跤罷了，閉上你們的嘴！」

秦清澤在茂林院受了傷的消息，自然瞞不過袁國公府的一眾長輩。

事涉趙滄與陳惟，許老夫人索性不管，把他們全都推到袁國公那裡。

袁國公神情莫測的看著三個臉色不同的孩子。袁琤有些內疚，但也有些倔強。陳惟笑嘻嘻的看著袁國公，不覺得自己做錯了什麼，看樣子還想打圓場。

趙澹依然面無表情，卻對袁國公說了一句。「那小子真文不成武不就。」

袁國公看著這三個年輕氣盛的孩子，嘆了口氣。「今日打的是咱們自家人，尚且好說。怎麼？日後你們要成那紈褲了，日日到街上拎著拳頭揍人去？」

袁琤在祖父面前，哪裡還有少年舉人的得意模樣，低著頭一言不發，好半日才回了一句。「誰讓他打妧兒的主意，我不過是讓他知道自己的本事罷了。」

袁國公無語，想到當初秦西馳求娶袁舒寧時自己的表現，竟然與這幾個孩子有了幾分感同身受，他輕輕咳了咳。「行了行了，這件事情自有大人做主，哪裡用得著你們幾個出頭？明日琤兒去你姑母家道歉去。」

今日袁琤的確沒想要把秦清澤揍成這樣，聽到袁國公的話，倒是心甘情願的想去道個歉。趙澹與陳惟自然與袁琤共進退，三人說好明日一同去義德侯府。

卻沒想到傍晚袁舒寧又匆匆跑來袁國公府，直奔正院，見了許老夫人有些難堪又有些羞憤。「娘，我家那個小兔崽子他……他竟然死活不讓家裡來求娶妧兒了。」

許老夫人大驚。「怎麼？難不成今日清兒竟然記琤兒的仇了？」

袁舒寧急忙擺手。「那倒不是，他同我說如今他沒有功名也沒有前程，求娶妧兒是委屈了她，待過些年，他有了前程之後，再上門求娶。也不顧自己臉上的傷，非要趕著我今日就來同妳說，我這個當娘的心啊……唉！」

許老夫人先是鬆了一口氣，又有些為難，猶豫片刻，才同袁舒寧開了口。「今日其實自你們走了之後，妧兒也同我說起這個問題。妧兒她說對清兒並無男女之情，只是兄妹之誼……兩個孩子既然都這麼說，不若此事就此作罷吧。」

這下換成袁舒寧大驚。「娘，清兒不過是怕自己耽擱了妧兒，卻依然有求娶妧兒之心呀。」

許老夫人嘆口氣。「難不成咱們還能為難孩子們不成，清兒年紀尚小，如今妳回去同他一一掰扯說清楚，過幾年待他遇到自己真正的心上人，應就把妧兒給忘了。」

袁舒寧有些生氣，卻也知道這種事，若是一家不同意，也著實強求不來，看著許老夫人堅定的眼神，只能低著頭失望道：「此事我回去同清兒說一聲吧……若是他能想通最好，若是想不通……過些年，定會再來求娶妧兒！」

說完也不待許老夫人回答，行了禮就匆匆離去，早晨來的時候明明還好，覺得此事十有八、九能成，可不知為何只不過一天而已，就變成了這樣……

第二日袁琤三人上門道歉的時候，秦清澤也同他們粗聲粗氣的說了自己的計劃。「我打算過些日子就去軍中，不管是去尋大表哥也好，還是我爹給我安排一個地方也好，總是要歷練一番。」

袁琤萬沒想到自己把表弟逼到這個地步，心裡也是有幾分內疚。「表弟何須如此，不若你先留在京中學文習武，如今你著實小了些……」

秦清澤卻是下定了決心。「我沒有怪表哥，自昨日回來我就同祖父與爹爹商議過了。他們覺得我知道上進也十分高興。只求表哥替我看著妧兒幾年，在我功成名就回來之前，莫要讓妧兒提前嫁了別人。」

這點袁琤可不能答應他。「誰知道你何時功成名就回來？難不成讓妧兒等成一個老姑婆，最後只能嫁予你？」

秦清澤咬了咬牙。「那便四年，四年後妧兒也不過十四！再尋夫家也來得及，若是四年後，我尚是一個無名小卒，那麼我也不求妧兒了，我配不上她！」

說實話，一個為了妹妹如此真心的男孩兒，袁琤若是無動於衷也只能說一句鐵石心腸了，他嘆了口氣。「此事不是我答應你就成了，要回去同家裡商議一下。」

秦清澤卻道：「表哥莫要告訴別人，甚至妧兒也不用告訴。昨日我已讓娘上門同外祖母說了，暫且不會求娶妧兒，外祖母說……妧兒對我只是兄妹之情，那我就不願意給她負擔。只求表哥私下幫我留意一下，若是有人上門求娶妧兒，早早給我捎個信。」

這點袁琤還是做得到的，他點點頭。「我雖不願意你這麼小就打妧兒的主意，但我亦十分佩服你。這樣我們各退一步，若是有人求娶妧兒，我會捎信與你說，但我不會為了你而去阻攔別人，這樣對妧兒不公平。」

能得到袁琤這麼一句話，已經是意外之喜了，秦清澤歡喜得直點頭。「我只求表哥這一件事，如今你答應了那就太好了，我走也能走得安心些。」

出了義德侯府，一直沒有說話的陳惟嘆了口氣。「看著秦家弟弟，不過十三、四的年紀，認準了一件事情，竟能如此上進。相較之下你我大為不如……」

趙澹沒有說話，臉色卻越發的難看，那肉團子被人惦記成這樣，也不知日後會不會被秦清澤打動？趙澹也不知道自己為什麼心裡有些發慌，既然肉團子在五歲時就被他劃到自己人行列，那就絕不容許別人靠近她、染指她……日後若是有人想接近她，總得過了自己這關才成，反正這個秦清澤嘛……不成！

十來日工夫，秦清澤養好了傷就動身出發了。袁琤偷偷摸摸塞給他幾瓶藥丸，小瓷瓶上寫好了治什麼怎麼用，看著臉上瘀青尚未全退的表弟，摸了摸他的頭。「這些都是家裡郎中配的藥丸，當日大堂哥去北邊時也帶的這些，望你……別用上這些藥。」

秦清澤一聽是袁瑾去戰場時用的，心中歡喜極了，接過來揣進懷裡，瞇著眼睛笑著謝過，翻身上馬，帶著幾個練家子下人噠噠的向城門去了。

袁舒寧臉色著實不好看，忍了又忍才沒流下淚來，撐起笑對袁琤道：「琤兒，你且回去同你祖母說一聲，姑姑過些日子再回去看望她。」

袁琤知道這幾日秦家沒心思應酬，遂乖乖應下，打馬回了袁國公府。

袁妧早就等在茂林院，待袁琤見過長輩之後回來，她就忙問道：「表哥帶上那些藥丸了吧？」

袁琤點點頭。「帶上了，看著還十分高興，幸而姑丈見他年紀小把他放在以前熟悉的營中，雖說底層士兵中沒人知道他的身分，但好歹上頭也能照看著些，應該是沒什麼大問題。」

袁妧這才鬆了口氣，這樣最好，她心中的愧疚也能稍稍填平一些。

日子總是要過的，不管發生了什麼事，時光可不會待在原地等你。

離春闈只有幾日了，此番會試因著是恩科，參加的人並不多，許多人剛剛回了家鄉，哪裡又能奔波回京城參考？考一次會試抽一層骨，許多文弱書生的身子骨也受不了，只能放棄這次機會，等待兩年後的機會。

袁琤這幾個月幾乎要住進陳家，陳大學士日日親自輔導袁琤與陳惟。二人亦十分的刻苦，哪怕沐浴的時候也要擺兩個浴桶，在一間浴室內，方便商討學問。

昭和帝現在是越來越糊塗了，每月大概只抽一、兩日上朝，許多奏摺都讓掌事太監代為批覆，他只聽一些掌事太監整理出來的大事，甚至太子與太孫跪在殿外求見也不見他們。

趙泓越發的擔憂，已經有幾個月沒有同袁琤等人聚在一起，只是時不時派身邊的太監給他們送一些可能會考到的時事、策論的論點。

陳大學士下了衙之後就拉著二人研習這些，就這麼衝刺學習了幾個月，終於兩家的人把二人送進了考場。

二月的寒風十分料峭，袁妧早就有準備，吩咐那蜀地廚子多做一些又麻又辣的牛肉醬，又讓人攤了一張又一張薄如蟬翼的筋餅。

這筋餅剛做好的時候，確實驚著了眾人。看著像是春捲皮，本以為這麼薄薄的一張一扯就碎了，卻沒想到它拉大了一圈還沒斷，放好幾日也能吃，如此勁道有嚼勁，又軟又韌又薄，抹上油汪汪、香辣辣的牛肉醬，配上一碗小火爐煮的熱氣騰騰的乾菜湯，袁琤和陳惟二人在考場上都吃得香甜，吃完了凍僵的手也緩了過來，繼續認真的答題。

第九日，袁正儒同陳廬親自告了假，帶著袁瑜早早等在貢院門口。貢院大門一開，考生們如潮水一般湧出來，一波人潮過後，袁琤和陳惟才慢慢的一起踏出門來。

袁正儒與陳廬急忙上前，看著二人有些凝重的神色，不知該說什麼，也不問二人考得如何，忙問道：「餓不餓？」

陳惟的肚子適時「咕嚕咕嚕」響了起來，面上露出了幾分憨笑。「確實有些餓了。」

陳廬見兒子恢復了往常的樣子，鬆了一口氣，卻習慣性的說了他一句。「就你能吃！快些上車吧，都給你備好了，好消化的軟爛麵食。」

陳惟也不把自家爹爹罵他當回事，回頭同袁琤小聲說道：「咱們先回去歇好，養精蓄銳，兩日後再見。」

袁琤皺著眉，點點頭。袁正儒見狀，知道兩個孩子之間有事情，卻沒有問起，只對著袁琤道：「你也快去車上吧，你娘與妹妹都給你備好了吃食。」

袁琤也是真的餓了，上了馬車之後打開食盒，裡面是一碗用粳米混著糯米浸泡之後，加入豆漿一起煮化的粥，粥裡還加了山藥泥，口感更是滑順，一大碗下去，袁琤的嘴裡只剩下那香甜的味道，心情也好了不少，放鬆許多。

袁瑜見哥哥餓成這個樣子更是心疼，又給他添了一碗，讓他配著小菜慢慢吃。

挾了兩根清爽的拌三絲小菜無意識的嚼著，袁琤不禁陷入了沈思之中，為何這次春闈的策論題，他竟然覺得十分眼熟？那題明明就是太孫送過來的論點之一。

陳大學士幫他們二人從頭到尾都仔細分析過了一遍，也讓他們做過許多次範文。如今進了考場，看到題，他與陳惟都大吃一驚，難不成真的是太孫在背後……

到底經過了九天的考試，袁琤的腦子也有些糊塗，想也想不出來，索性不去想它。

馬車平穩又快速的到了袁國公府，家中的女人們早就擔憂得坐不住了。

顧氏看著許老夫人和江氏焦急的臉，心裡暗暗詛咒，袁琤落了榜了才好呢！

但是那次大鬧一回，她也學聰明了，不管心中如何，面上卻做出一樣焦急的神色。

玳瑁像是知道她心中所想一般，時不時伸出頭去看她一眼，把顧氏看得心裡直哆嗦，躲開玳瑁的綠豆眼，同許老夫人和江氏一起把視線望向門外。

第二十三章

終於等到袁琤回了府，許老夫人見他臉色蒼白，強撐著給她們行禮，忙趕他回院子。「還行這些虛禮做什麼？快些回去歇著吧！記得先讓人給你擦擦身，莫要沐浴，別昏過去了。」

袁琤點點頭，回到院子之後，讓兩個小廝伺候著擦了身子，躺在溫暖的床上，不大會兒工夫就沈沈睡了過去。

兩日後，活蹦亂跳的陳惟就跑來了袁國公府尋袁琤。「你說這件事，太孫是有意的還是無意的？」

袁琤臉色難看的搖搖頭。「不管有意無意，咱們還能去揭發不成？」

陳惟被他的話嚇得嗆了一口茶水。「胡說什麼呢！」

袁琤低下頭一根根搓著手指，抬頭看了看好友驚恐的臉，慢慢下定決心。「此事……咱們去問太孫，若是明明發現了卻不問他，他應該也會難過吧？」

陳惟跟著嘆了口氣。「可朝中如今如此混亂，那掌事太監竟然能當陛下半個家，太子殿下與太孫卻日日見不到陛下，咱們又能如何求見太孫。」

袁琤意味不明的笑了一下。「想尋自然有法子尋，只等著我通知你吧。」

陳惟眉頭微皺，怎麼感覺這群人精裡就他自己一個是傻子，他們各個話中有話，卻又不明說。

他也懶得同他賭氣，哼哼兩聲。「你自己看著辦吧，反正見殿下的時候帶上我就成，我壓著這件事還沒去問祖父呢！奇怪的是祖父竟然也沒問我。」

袁琤心裡更是確定，拍了拍陳惟的肩膀，用略帶憐憫的眼神看著他。「當年，我娘說你有名家風範，如今看來果然如此。」

怎麼又突然誇上他了？陳惟摸不著頭腦，索性咧開嘴假笑一下。「那就替我多謝袁家嬸嬸了，我這就回去問問我祖父。」

袁琤搖了搖頭。「去吧去吧，聽聽陳大學士怎麼說的，他不會害你。」

陳惟回到家後，坐在自個兒房裡半天沒動，許久才長嘆一口氣，他也不是那等糊塗人，既然袁琤這麼說了，那必定是太孫做了什麼手腳了，他自覺這樣對不起自己多年來的苦讀，可祖父到現在都沒來尋他，那就是默許了……

陳大學士在陳惟心目中一直是一個純臣、直臣的形象，如今他都默許了，難道已經到了不得不做的地步了？皇上他……陳惟懊惱地撓撓頭髮，突然心中一股火氣，想砸了整間屋子，他站起來一腳踢翻了面前的椅子，門外的小廝急得直敲門。「少爺！少爺您怎麼了少爺？」

陳惟惡狠狠的盯著門外大吼一聲。「滾！」

門外瞬間安靜下來，陳惟卻也沒了方才的怒氣，頹廢的坐在地上，心中如同開了鍋的滾水一般上下翻騰。

陳大學士回來之後，自然有人悄悄報上陳惟回來之後的事情，他嘆了口氣，對身邊的長隨道：「你去袁國公府，喚袁二少爺過來一趟。」

袁琤來得很快，陳惟也已經站在陳大學士的書房裡了，他一進門看到祖孫二人之間的氣氛，就知道陳惟到底是鬧了出來，深深的看了一眼陳惟，上前對陳大學士行禮道：「陳爺爺。」

陳大學士見二人已經到齊了，也不廢話，直奔主題。「你們是否覺得這次科舉……有舞弊之象？」

陳惟猛地抬起頭震驚的看向他，沒想到祖父竟然如此直接，他愣愣的點點頭，陳大學士被他的傻樣子逗得笑了一下。「若是我說沒有舞弊，一切都是巧合，你們信嗎？」

這次連一向穩重的袁琤都挑了挑眉，陳惟更是露出不可思議的神色，陳大學士嘆了口氣。「我看了你們默的文章，上個二甲是綽綽有餘，起碼不會落到同進士的坑裡，既如此你們就要出仕了，若是一直如此書生脾氣，又怎麼能同那些老狐狸鬥？」

陳惟有些不服氣。「如何不能鬥！」

陳大學士理都懶得理他，盯著他的眼睛道：「這次科舉，的確是巧合太過刻意，太孫送來的論點不過是十題之一，前前後後太孫送過來起碼二、三十個論點，但是只有這一個同那十題重合了，這的確是太孫的手筆，但是後面他就無法干涉了。」

說完這段他喝了口水，心中也感嘆這兩個小子的運道，把一個信封推到他們面前。「十題之中其餘九題就在這裡，你們看看吧。」

陳惟忙伸手拿過，手忙腳亂的拆開，一目十行的看著紙上寫的九段字，的確都是他們未曾溫習過的。他抬頭看著陳大學士。「那祖父說巧合是什麼意思？」

陳大學士意味不明的笑了一下，略帶了幾分無奈與嘲諷。「這十題裝在不同的信封中遞上去，本應該陛下親自一個一個認真看完之後選題，但是陛下卻……隨手抽了一封扔在龍案上道就這個了，這信封中裝的正是那論點。順安當場拆開十道題，一一送到陛下眼前，陛下稀裡糊塗看了一遍，還是選了這個。」

袁琤和陳惟萬沒想到中間還有這麼一齣，一時竟然不知道說什麼好。

陳大學士看著兩個孩子呆愣愣的樣子，有些哭笑不得。「你們二人可知，好的運道也是實力的一種。」

袁琤不禁露出笑來，這話說出去也就是哄哄孩子，根子上不還是太孫的論點嗎？但看到陳惟心中明顯放下了不少，他搖了搖頭，拍了拍陳惟的肩膀。「既然太孫與陳爺爺都替咱們謀劃成這樣了，咱們入朝之後可不能辜負了他們。」

陳惟不知道聽沒聽進去，胡亂點點頭，陳大學士見孫子這樣子也無法，只給袁琤使了個眼色，袁琤意會，拉著陳惟道：「咱們自考完了尚未見世孫，今日正巧湊在一起，不若去尋他一下，順便拐個彎兒接上瑜兒，咱們去逛逛夜市去。這小兩年都沒鬆快過，如今可算是考完了，殿試還有好幾日呢！不急。」

陳惟半推半就的跟著他往外走，快到門口才回過神來，二人回頭對著陳大學士一行禮，將將出了門已經開始商討起吃什麼東西了。

陳大學士聽著兩個孩子的話漸漸遠去，心中有些悲涼，誰願意讓自家孩子提前接觸這些黑暗面呢？但當年既然決定把他送到太孫身邊，與這些就剝離不開了，他已經老了，只盼著在他去了之後，陳家依然不倒……

陳惟不知道陳大學士心中所想，被袁琤強拉著出去，尋了趙澮接了袁瑜，四人一同找了個小茶果店最邊角坐下。地方是袁瑜選的，這小店名氣是不小，但來往的都是平頭老百姓，冷不丁四個衣著光鮮的少爺坐在店裡，一時間引來人們的紛紛側目。

趙澮不適應人這麼多的場合，常年沒有神情的臉上更是繃得緊緊的。袁瑜卻十分的自在，一會兒招呼店家上了四碗漉梨漿，一會兒又自己跑出去買了幾樣簽鵝鴨、簽盤兔回來擺在桌上。

陳惟心中總是有些說不清的壓抑，袁瑜察言觀色，見向來活潑的他臉色不好，推了一碗漉梨漿過去。「惟哥喝口這個，按說這漉梨七、八月分才上，正是避暑的好東西，但這家店卻常年有賣，也不知如何保存的，我這心中也是癢癢了許久，就是不好意思問人家。」搖搖頭十分可惜的樣子。

陳惟被他逗笑了，端起面前的碗嚐了一口，這漉梨漿用冰糖熬製，清潤甘甜又微微泛酸，二月時晚上天氣尚且有些寒，店家在店裡點了火盆，熱呼呼的一烘，幾人又穿得暖和，早就有幾分燥熱，這涼涼的漉梨漿一入口，瞬間覺得整個人都透過氣來，清爽不少。

陳惟也來了興致，喝了兩口漉梨漿，順手拿起一支簽鴨碎，好奇的吃上一口。鴨肝軟糯入口即化，鴨肫耐嚼、鴨腸香脆，一串吃完，他終於長長吐了一口氣。「在家裡可從未吃過這些東西，這些小玩意兒著實不錯。」

袁瑜得了誇獎，笑得十分得意。「咱們先在這兒坐坐，待會兒天色漸黑了這吃的才多，羊肉焦包、酥鍋魁、炙片獐，最後來一碗茶糜粥，保准你們撐得走不動道。」

袁琤輕笑一聲。「看你這架勢是日日來啊？對這街上的吃食是如數家珍。」

袁瑜下意識的縮了下脖子。「哥哥說什麼呢！我……我這都是為了妹妹才來的！妹妹整日跟我說不給她帶完這一條街的吃食就……」卻突然停下沒說後面的話。

袁琤哪裡不知道自己弟弟什麼德行，笑著追問。「就什麼？」

袁瑜被堵住了，袁妧哪裡威脅過他？只能說二人是一拍即合，噘噘嘴索性不繼續這個話題了，拿起一串簽兔兒塞進嘴裡。「快些嚐嚐這個，外焦裡嫩最是下酒，可惜咱們不能喝酒……」還「嘖嘖」兩聲，可惜得不得了。

趙澹也拿起一串簽鵝，嚐了一口，狀似無意的問袁瑜。「這整個夜市你最愛吃什麼？」

袁瑜巴不得有人給他轉移話題呢，興致勃勃道：「自然是王婆婆的肉餅了，她的肉餅都是上等五花與雞肉混雜的餡，油嫩鮮香，個個有兩個巴掌那麼大！那滋味，要不是怕撐著肚子我能一口氣吃五個！」

趙澹彎起嘴角。「聽你這麼說的確是美味，可這市井之中竟然有如此美味？」

袁瑜見他面上有幾分不信的樣子，咂了下嘴。「世……澹弟不信，待會兒咱們就去買兩個，如今王婆婆還沒出攤子，這餅可一定要吃剛出爐的，一涼了就沒那麼脆了。真的！每回我買了都是揣在懷裡一路快馬加鞭趕回家，不然妹妹吃著涼的就不好了。」

袁琤意外的問道：「什麼?!你還往家裡帶過？我怎麼不知道？」

袁瑜一句話又暴露了自己，吭哧吭哧半天才乾笑起來。「這餅只有夜市有，大晚上的哥哥辛苦讀書也不能吃得這麼油膩對吧？哈哈哈……」

袁琤忍不住翻了個白眼。「你都多大了還像個孩子一般！每回買回去妹妹都吃了？」

袁瑜點點頭。「妹妹也最愛吃這家肉餅，一邊嘴裡說著晚上不能吃這麼多，一邊忍不住吃上一整個，吃完了又說自己明日要胖了，可是第二日我給她帶了她照舊吃。」說著說著自己也有些無奈。「其實我覺得妹妹也不胖，每回她說自己胖我都反駁，她就一邊美滋滋的吃餅一邊嗔我胡說，女人啊……」

許是袁瑜描述得太有畫面感了，趙澹想到那肉團子糾結又嘴饞的樣子就想笑，他用手掩住嘴角的笑意，對喋喋不休的袁瑜道：「既如此，咱們早早嚐嚐那個肉餅，何時出攤？」

袁瑜探頭看了看天色。「如今就差不離了，咱們把這漉梨漿喝完了就走吧。」

袁琤尚且隨著袁瑜來了幾回夜市，但趙澮和陳惟可是從未來過。天色漸暗之後，人群漸漸密集起來，袁瑜帶著三人穿梭在燈火燭光之中，趙澮有些不適應，陳惟的心情卻舒朗許多，手中拿著一串煎鶴子邊走邊吃，臉上也多了幾分笑意。

七拐八拐好容易尋到王婆婆的攤子，只見小小的攤子前面已經排起了隊，一行人走上前，圍住攤子的百姓們看到這四人身上的衣裳都下意識的退後幾步，把這四人空了出來。

袁瑜有些無奈，卻也知道就算是他們想排隊，百姓們也不會答應，只能暗暗數數已經有幾人排隊，然後上前對著王婆婆笑道：「王婆婆，我又來啦！這回要五個餅。」

王婆婆對這個眉眼如畫的小少爺自然印象深刻，見到他笑得合不攏嘴，又看了看他身後的幾個人，手腳麻利的掀開爐子拿出五個餅，分別裝進油紙包裡遞給他。「哎！今日公子來得倒是早。」

陳惟見王婆婆徒手從爐子中取出肉餅嚇了一跳，這餅明明這麼燙，這老婆婆……王婆婆見他盯著她的手欲言又止，笑著伸出手去。「公子可莫嚇著，老婆子的手做了這麼些年餅，早就不怕燙了。」

陳惟眉頭微皺看著面前的這雙手，他從未見過這種手，五指粗大，老繭叢生，沾著些做餅時候的油漬，看著並不十分乾淨，掌心的紋路深得像是溝壑，指尖被方才的爐子燙得有些微微泛紅。

他忍不住抬頭又看了一眼笑咪咪的王婆婆，袁琤也上前感慨道：「這就是百姓的手……」

陳惟一句話說不出來，袁瑜從懷中顛出一個小荷包遞給王婆婆。「婆婆，今日還是老樣子，我還是請排隊的大家吃個餅，妳看著怎麼分。」

王婆婆也沒推辭，接過荷包掂出一小塊銀子。「這個就夠了，他們呀！可高興得很，就盼著你來呢。」

袁瑜又把荷包塞到她手裡。「本也沒幾塊銀子了，妳都拿著吧，今日晚上的餅我都包圓兒了，都分給他們。」

身後的人一聽可樂壞了，齊齊拱手作揖。「多謝公子，多謝公子。」有幾個人連忙跑回家，讓家裡人過來一起排隊領餅。

四人拿著餅，派了個小廝抱著袁妧那個餅早早送回去，慢悠悠的尋了個酒樓包廂坐下，陳惟被手中肉餅的香氣勾著咬了一口，果然如同袁瑜說的那般美味，滲出來的肉汁浸濕了餅皮，酥脆又軟糯，可他心中卻總是有些不得勁，腦海中一直回想著方才王婆婆的手。

趙澹看陳惟的樣子有些感同身受，拍著他肩道：「你且看她，雖說有些勞累，可是笑容是真的，底層百姓只要吃飽穿暖就已經心滿意足了。」

袁琤適時道：「只要朝廷不出大動亂，國泰自然民安，我知道你心中總是有些過不去，但你想想，自己做了官、有了能力，才能守護更多的人。一切事情的過程，不過是為了結果而存在的。」

陳惟一下子被他這短短幾句話驚醒，看了看手中的油紙包，閉上眼睛想了想方才王婆婆淳樸的笑容、陳大學士的話，再睜開眼睛的時候彷彿已恢復了那個活潑的陳惟，他笑了笑。

「是我著相了。」

袁瑜不知他們在說什麼，左看看右看看，見三人之間的氣氛鬆快起來，小心翼翼提醒。

「快吃，餅快涼了！」

趙澹拿起面前的油紙包撕開，咬了一口肉餅，確實不錯，難怪那肉團子愛吃這餅，想到這兒，覺得手中的餅更是鮮香。

第二十四章

袁琤與陳惟解開心結，轉過頭就專心致志的準備殿試，幾日後二人沐浴更衣，穿著儒服進入太和殿，面色嚴肅的坐在單獨的小考桌前，等著昭和帝親自出題的考試。

一眾未來進士緊張的坐在自己考桌前，等著昭和帝過來，誰知時辰已到，卻沒有任何動靜，禮部尚書急得滿頭大汗，不停望向站在那兒、看著依然淡定的太子。

太和殿裡漸漸焦躁起來，考生們雖說不敢交頭接耳，但是也沒了方才的鎮定，悄悄抬起頭看向殿中間的龍椅。

又等了一刻鐘，禮部尚書實在是等不及了，悄悄挪到太子面前小聲詢問道：「太子殿下，陛下這……何時能來，不若咱們派人去看一眼？」

太子淡淡的瞥了他一眼。「父皇的事情哪裡是你我能詢問的？就如此等著吧。」

禮部尚書心裡暗罵了一句太子真是滑頭，面上卻越發恭敬。「咱們等著無所謂，可這滿殿的學子等不得，這學子手中的筆各個如刀……有礙朝廷名聲……」

太子這才彷彿被打動了，挪了挪腳嘆口氣。「如今……我也有些日子沒見父皇了，罷了！今日我就再去一趟。」

二人的聲音雖小，但是大殿萬籟俱寂，尚有不少人聽到了，一些考生鬆了口氣，互相使著眼色，隨著太子離去，低下頭又安靜的等待著。
不知過了多久，終於聽到有人步行過來的聲音，聽著人還不少。整個大殿的人都鬆了一口氣，皇上終於要來了！
萬沒想到進來的竟然還是太子，身邊還跟著昭和帝的貼身太監順安，以及掌事太監張州。太子隱晦的看了禮部尚書一眼，禮部尚書領會到，急忙上前問道：「太子殿下，陛下呢？」
太子輕輕咳了咳。「父皇如今……有些要事纏身，但是父皇心懷科舉，早早就備好了今日的試題，特地讓掌事公公前來宣讀。」
禮部尚書眉頭一皺，一個太監來宣讀試題？他看了一眼太子，又看了一眼面色冷峻的張州，心中嘆了口氣，回頭看了一眼身後的百官，竟然無一人出來表示異議，自己咬咬牙開口道：「太子殿下，這於禮不合！」
太子略帶驚詫的看了禮部尚書一眼，他萬萬沒想到第一個出來反駁的竟然是他，張州在旁邊陰森一笑。「不知于尚書是否想抗旨？」
禮部尚書跪倒在地。「臣承蒙陛下不棄，受任禮部尚書，自然要忠君之事，如今試題若是由掌事太監宣讀，此……於禮不合！除非陛下親自下旨，否則臣絕不答應。」
張州立在原地，神情莫測的看著他，大殿內無一人說話，順安見狀不好，出來打圓場。
「于尚書，今日陛下著實是有大事，萬不得已才派出張公公與我二人一同陪著太子前來，張公公也只是奉命行事，大家都是一心為了陛下，又何必鬧得如此模樣？」

禮部尚書卻一言不發，只低頭跪在地上，順安看了一眼張州嘴角嗜血的一抹笑，擦了擦額頭，拉住張州。「張公公，咱們去請張聖旨來？」

看得出來二人平時相處得不錯，且張州也懂順安是想息事寧人，怕他同朝臣起了衝突，心不甘情不願的點點頭，對著太子一行禮。「太子殿下，既然于尚書如此說，那咱家就同順公公一起去向陛下請個聖旨來。」

太子不置可否的點點頭，看著還跪在地上的于尚書，伸手扶起他。「于尚書且先起來吧。」

于尚書心忖這回怕是要得罪透了皇上，莫要再得罪太子了。於是嘆了口氣，順著太子手上的力道站起來，這時候卻也不能同太子說什麼，道了聲謝就低著頭立在原地。

西暖閣如今已經不是以往的西暖閣了，在西暖閣後面的抱廈裡，昭和帝身著道袍，身邊跟著一個一襲白衣、氣質高潔的道士，正是當初流落街頭破破爛爛的癩道士！

癩道士如今也早就已經不叫癩道士了，聽到門外順安和張州求見的稟報聲，看著沈浸在打坐中的昭和帝，輕聲喚了他一聲。「陛下，順公公同張公公回來了。」

昭和帝被打斷有些不高興，不耐煩的睜開眼。「朕讓他們去宣讀試題，怎麼會如此快？定是沒辦好又來給朕惹事了！李天師，朕今日修行被打斷了兩次，可有何不妥？」

李必安灑脫的一甩袖。「陛下無須擔憂，陛下乃天子，承天之大運，待會兒貧道與陛下一同修行，助陛下一臂之力。」

昭和帝這才安了心，用眼神示意身邊小道士裝扮的太監，小太監悄無聲息的退出去，對門口二人道：「陛下讓二位公公進去。」

順安和張州一進來就知道打斷了昭和帝的「修行」了，也不敢耽擱，張州把前頭的事從頭到尾說了一遍，跪在地上道：「陛下，奴才名不正言不順的，求您頒張聖旨吧。」

昭和帝膩歪死了前朝那些破爛事，揮揮手十分煩躁。「你滾去自己寫一張，拿來朕蓋個玉璽就行了！」

李必安卻罕見的出言阻攔。「陛下不妥。」

昭和帝一驚，疑惑地看著李必安。「李天師此言何故？」

李必安看了跪在地上的張州一眼，掐掐手指。「方才貧道沈迷修行，否則早就阻攔陛下了，科舉乃是國之根本，自然要天子親自前去，只是陛下今日的修行被打斷兩次了，若是出了這天緣閣，那就白費了。」

昭和帝更慌了，信賴的看著李必安。「李天師說這可如何是好！」

李必安面露難色。「如今陛下親去的話就毀了這段日子的修行，若是不去，更是毀了這大昭的基業……如此真是兩難啊！」

張州見狀心中暗恨，這是從根子上絕了他去宣讀試題，方才他狠話都在朝臣面前放出去了，如今這是讓他打自己的臉！這賊道人！

順安看到昭和帝變幻莫測的臉色，忙堆起笑拱手對著李必安行禮。「李天師可得想個法子，咱們陛下這兩頭都不能耽擱了，這可如何是好？」

李必安長嘆一口氣。「既如此，為今之計就是尋個與陛下血脈相近的人代替陛下去宣讀，這樣我再做做法，希望能瞞天過海瞞過天道。」

昭和帝眉頭緊皺。「與朕血脈相近？李天師難不成指的是太子？」

李必安一副仙風道骨的樣子。「貧道並非獨指太子，陛下親母、親子、親孫皆可。」

昭和帝還沒完全糊塗，雖然李必安這麼說，但是這裡面除了太子，誰去也不合適，他心中隱隱有了幾分懷疑，但求得大道、長生不老位列仙班的誘惑又實在太大了，他也不想為了這點子懷疑就放棄。

昭和帝心中搖擺不定，順安急得滿頭大汗，那一殿的朝臣同貢士們還等著呢，好半日昭和帝才閉上眼睛，長出一口氣。「順安，傳朕口諭，讓太子替朕宣讀本科殿試試題！」

順安為難的看了臉色難看的昭和帝和面色如常的李必安一眼，輕聲應道：「是，奴才這就去太和殿宣旨。」

太和殿內所有人都已經等得流下汗來，甚至一向穩重的袁琤都對著陳惟使了幾個眼色，讓他稍安勿躁。

好容易見順安匆匆忙忙一路快走過來，一眾人等都滿懷期待的看著他，不管如何，早些考完早些算了，在這兒拖著是怎麼回事。

順安沒理眾人，上前對著太子行了個大禮，然後直起身來。「傳陛下口諭，朕今日事忙，特令太子代朕宣讀試題。」

太子一驚，沒想到昭和帝竟然點了自己，一下子愣在原地，好半日沒說話。讓太子讀題總比那勞什子太監靠譜多了，眾臣紛紛鬆了口氣。

順安悄悄示意太子早些接下這旨意來，太子心領神會，拱手道：「兒臣接旨。」順安忙把手頭如同燙手山芋一般的試題遞給太子，可算是了了這樁事了！

這邊太子站在龍椅下面對著已經等了一個多時辰的貢士們讀完了試題，那邊李必安已經開始同時做起了法。他端坐在一個破破爛爛的蒲團之上，手持拂塵，挺直脊梁，閉上眼睛一副神魂出竅神遊天外的樣子，不多時後背就冒起了陣陣煙霧，原本已經在宮中滋養得黑亮的頭髮開始慢慢浮現出斑白的顏色，一看就是費了極大心神。

方才心中疑惑的昭和帝此時也放下了大半的心，看來李天師是真的為他著想，他心道好險自己沒出了這天緣閣，否則豈不是功虧一簣了？想到這兒，他踱到李必安對面的蒲團盤腿坐下，同李必安面對面的「修行」起來。

這次殿試鬧出這等笑話，不幾日就傳遍了京城，京中的百姓心中恐慌，難不成皇帝已經糊塗到這個地步了？一時間人心浮動，可普通百姓又能做什麼呢？不過是隱晦的與親友議論幾句，惶惶不可終日。

袁國公沒有瞞著家裡人，這件事背後的意義牽扯太大，讓家中人早些知道也好，袁家人聚在一起，聽完了袁琤的描述都有些憂心忡忡，只有顧氏眼前一亮。「如今時局危機，不若把瑾兒叫回來，也好一家子一同使勁兒。」

袁國公白眼都懶得給她，就是時局危機才把長孫放在外面，戰場上再危險，好歹有那些老傢伙照看著。回來了，如今的陛下誰知道會發什麼瘋呢？連他都有兩、三月未見陛下了。

袁正修也覺得有些不對，他倒是知道如今兒子在外面是對兒子好，但在他心中，一家子的困難一定要一起扛才成。他剛要開口，看到袁國公難看的臉色，吶吶的閉上了嘴，這幾年他們夫妻別的沒有，看臉色的本事倒是真的見長。

袁妧心道什麼成仙成神的，難不成昭和帝還真以為凡人修行了幾十年就能成了仙了？小時候對昭和帝模糊的印象浮上心頭，那時的他就像一個鄰家的和藹祖父，如今為了這虛無縹緲的修仙之道，竟然變成了這個樣子，她心中也在暗暗警惕，可萬萬不能暴露了自己同玳瑁，否則不知道迎接他們的會是什麼。

袁國公把眾人的表現都看在眼裡，嘆了口氣。「之前我總讓你們低調著些，如今怕是還不夠了，日後你們就如同往常一般，該做什麼做什麼，該如何就如何，就當作沒有這回事。」

袁正修正想要問為什麼，卻聽袁正儒開口。「兒子知曉了，明日兒子就再發本話本子去。」好歹家裡還有明白人，二房從上到下都通透，日後哪怕分出去也不怕他們過得不好了。

袁國公點點頭，讓他們各自回去，想想該如何做，卻又單獨留下了袁正修，從頭到尾掰開了捏碎了給他講了兩、三遍，見他依然有點懵懂，但好歹明白了大半，這才放他回了院子。

朝廷內外再湧動，對於後宅之內的袁妧來說可暫時沒什麼關係，她最近迷上了下廚，過去十來年她是乾吃不動手，如今卻也突然手癢癢想嘗試一番。

袁妧還是挺有自知之明的，那些繁雜的菜式她也做不來，索性直接做糕點。她在李廚子的指導下一步一步的蒸完了一鍋桂花鬆糕，好容易等它涼了，連忙切成小塊，分給府內的眾人。

許老夫人吃到這糕真真是甜到心底了，笑咪咪的看著眼前的袁妧。「祖母的乖孫女兒，蒸這糕可真好吃，祖母從未吃過如此好吃的糕。」

袁妧有些不好意思。「模子是李師傅做的，乾桂花是李師傅給的，粉也是李師傅調的，我就是往模子裡過過篩、撒撒粉，祖母這麼誇我我都臉紅了。」

小模樣逗得許老夫人同旁邊的江氏哈哈大笑。

袁琤與陳惟二人不出意外的中了二甲，太孫卻改了主意，把他們二人一個放在兵部、一個放在戶部，都是七品令史，這個位置看著絲毫不起眼，可是日常抄抄寫寫辦理文書，不可說不重要。

自那日夜市一聚，陳惟對與他性子有幾分相似的袁瑜心生好感，二人約著一同去了幾趟夜市，袁瑜可是夜市小靈通，什麼犄角旮旯的小店都能給他尋出來。

可惜因著殿試的事民間人心惶惶，許多好吃的小店都關了鋪子收了攤子，年老如王婆婆更是生怕哪一日遭了秧，最後一日送了二人幾張肉餅之後，就再也沒出現過。

袁妧已經近兩個月沒吃上王婆婆肉餅了，嘴上不說心裡還真有幾分惦記，甚至玳瑁還偶爾嘀咕。「那肉餅真是太好吃了！不若我脫了這肉身晚上出去尋尋王婆婆？」

袁妧翻了個白眼。「你若是拋棄了肉湯圓，李師傅可是要傷透心了，這些年他日日給你做肉湯圓，也沒看你如此惦記。」一把小沒良心的玳瑁堵得說不出話，氣呼呼地縮回殼怎麼都不出來。

卻沒想到當日傍晚袁瑜就興沖沖的跑過來，神秘的從懷中掏出一個油紙包。「妹妹妳瞧這是什麼！」

袁妧早就聞到空氣中若有若無的肉餅味了，看到這紙包更加確定，高興道：「王婆婆家的肉餅！」袁瑜得意的搖搖頭，伸出手幫她剝好油紙包，連在魚淺裡的玳瑁都悄悄爬了過來，趴在二人腳邊抻著頭看這肉餅。

袁妧看到牠那嘴饞的樣子，小心的撕了一塊放在牠的小碗裡，玳瑁爬過去一伸頭叼住餅，兩、三口就把那小塊吃下了肚，扭過頭期待地看著袁妧。

袁婉早就已經吃上了，啃了兩口心滿意足的看著袁瑜。「哥哥，哪兒找來的這肉餅，王婆婆又出攤了？」

袁瑜咧著牙笑道：「哪裡是王婆婆出攤了！前幾日我同世孫抱怨王婆婆關了鋪子尋不到了，哪想到今日世孫就送了這餅來？原來王婆婆早就回了家鄉，是世孫特地派人去家鄉尋了她，因著她家鄉也沒什麼親人，世孫與她約定給她養老，給她盤了個小店專門做餅，如今咱們是想什麼時候去吃就什麼時候去吃。」

袁婉摸著下巴道：「王婆婆都回了家鄉了世孫哥哥還能尋到，看來世孫哥哥也愛極了這肉餅。」

袁瑜點點頭。「聽說王婆婆剛走沒幾日世孫就派人去尋了，打探了一路才尋到，沒想到世孫面上看著冷清清的，心底卻也同咱們一樣……」

第二十五章

趙澹打了個大大的噴嚏，傅王妃擔憂的看著他。「澹兒，你可是受了寒了？」

趙澹搖搖頭。「祖母不必擔憂，如今已入五月了，天已回暖，孫兒無事。」

傅王妃還是招呼著季嬤嬤去喚府醫過來給他診了脈，確定無事才鬆了口氣。「過幾日你就要去閩地了，此時可萬不能有什麼閃失。」

趙澹點頭。「太孫殿下尚未說讓孫兒何時出發。」

傅王妃一下子也不知道說什麼，孫子越大越與他無話說，雖說趙澹還如同小時候一樣乖巧，但是到底大了，有了自己的秘密，他與太孫這次商議去閩地不知道已經多久了，直到前兩日才回家同王爺與她說了一聲。

一個還不到十五歲的孩子，她哪裡捨得？還是王爺咬咬牙，派了四個自己身邊的貼身侍衛，再加上自小與他一同長大的四個小子，這才讓她堪堪放下心來。

趙澹要去閩地這件事情沒多久袁琤與陳惟也知道了，趙泓面對許久未見的兩個好友的疑問，嘆了口氣。「如今咱們見面可得注意著些了，我已經入朝參政了，閩地遭了水患，張州當日並未把摺子上奏與皇祖父，待十二道摺子齊發，張州瞞不住了皇祖父才知道，此時閩地已經淹了三城了……那癩道士哄著皇祖父道此乃修道之路上的歷練，必得皇族之人去替皇祖父過了這個劫才成，澹兒雖說年紀小，但……」

說到這兒他有些難以啟齒。「但只有澹兒的八字相合。」

袁琤與陳惟一怔，八字相合？這種說出去能笑掉大牙的理由，竟然真的是陛下派趙澹去的原因?!

趙澹臉上卻沒有兄弟們一般擔心的神色。「我去也好，如今的宗室比我強的也沒幾個，好歹我能保證帶著自己這條命回來。」

袁琤心中疼惜他，嘆口氣。「明日再會吧，我今日回去弄些藥丸來，明日給你送去。或者若是不方便，咱們約個地方也成。」

在場四人自然知道袁琤說的去弄藥丸是去哪兒弄，趙泓本也是存了這個心思，今日才把大家聚在一起，只是……「今日定是來不及了，那癩道士給算的吉時，待會澹兒回去後就不能見任何人，若不是我同皇祖父說要提前送送澹兒，現如今我也出不來宮，還是等出發那日再給他吧。」

袁琤眉頭緊皺，還有這種說法。唉！大家都長大了，想湊在一起如此的不便，只能不甘心的點點頭。

趙澹卻挑眉泛起一絲笑。「不過是兩個道士裝扮的小太監在門口守著罷了，半點功夫沒有，如何能攔得住我？琤哥且回去準備著，明日晚上我去府上取。」

這倒也是個法子，臨行那日總是有些倉促，誰也不知道那日趙澹會是個什麼狀況，能不能接觸到還兩說。

回到家後袁琤就悄悄尋了袁妧，把趙澹要去閩地的事從頭到尾說了一遍。「……還請妹妹麻煩玳瑁多拿些藥丸子出來，那閩地濕熱，水患孳生蚊蟲，多些這種藥最好。」

袁妧吃驚於趙澹這麼小的年紀就要去那麼危險的地方，沈重的點點頭。「哥哥且先回去，待會兒我親自送去茂林院，順便也交代哥哥這些藥都如何用。」

送走了愁腸百結的袁琤，袁妧揮退了服侍的丫鬟們，抱著玳瑁去了床上，放下床幃小聲對玳瑁道：「方才你也聽到哥哥的話了，有沒有什麼專門治療這些的藥拿些給世孫哥哥？」

玳瑁也對如今這皇帝老兒滿腹怨氣，前兩年鬧什麼祥瑞差點把牠的公主嚇壞了，這又想一齣是一齣的，竟然敢動牠玳瑁罩著的人！

不得不說玳瑁也是個護短的性子，幾個經常往來的孩子早就被牠納入自己人的範圍。牠是一瓶一瓶的往外丟藥丸、藥膏，差點兒丟滿了半張床。

袁妧急忙攔住牠。「別鬧，這麼些世孫哥哥怎麼帶過去？你挑幾樣最好的，然後詳細與我說了用法，我好送去給哥哥。」

玳瑁搖搖小腦袋，在一堆藥裡爬了半天，終於挑出十來瓶。「這裡面有預防的、有治病的，還有防蚊蟲叮咬的膏藥。」

袁妧抱著牠和十來瓶藥去了書桌上，一瓶一瓶的寫好作用與用法用量，足足寫了小半個時辰。隨後她帶著玳瑁親自去了茂林院，同袁琤仔仔細細交代好，這才放心回了自己的院子。

轉過天因著今晚趙澹要來，袁琤隱晦的同袁國公提了一下，袁國公嘆口氣，心中對昭和帝也是有些無語，怕別人發現趙澹偷跑出來，尋個由頭撤了府內的眾多防守家丁，只派了心腹守住前後門與外牆確保不讓賊人進來。

三更時分趙澹果然出現在袁府門口，侍衛們睜一隻眼閉一隻眼，見他穿著夜行衣跳上一丈高的牆頭，消失在茫茫黑夜中。

趙澹在袁國公府裡沒走幾步就覺得今日防守極為鬆散，心知是袁國公與袁琤故意給他留的漏洞，心中一陣感動，躍起身來三步兩步跳到茂林院。

袁琤已經等了他許久了，他的院中小廝們也早就被他趕回去早些歇歇，聽見「吱嘎」一聲開門聲，急忙抬頭望去，看到熟悉的身影才長舒一口氣。「你可算來了！」

趙澹小心的反身關好門，邊走邊解開臉上蒙面的布條。「我也沒想到那二人竟然堅持到這個時候，還是趁他們一個去茅房的時候才出來的。」

袁琤知道他耽擱不了太久，拉著他坐到棋盤前，推開滑動的棋盤，從下面的櫃中取出那十來瓶藥，叮囑他道：「你這次約莫去的時間不能短了，妹妹讓玳瑁給你多備了一些，這一瓶是防瘧的，一粒預防三月足夠，這裡面一共有五十粒，你與同去的人都吃上一粒。若是不夠早早來信，再給你送。這一瓶藥膏……」

袁琤交代得仔仔細細，趙澹聽得認認真真，從頭到尾說完一遍之後，袁琤又讓趙澹再重複一遍，趙澹絲毫沒有不耐煩，聽話的一瓶一瓶說出這些藥的作用劑量，袁琤見他都記住了，嘆了口氣。「時辰不早了，你該回去了，出發那日我去送你，待你回來的時候，咱們定要聚在一起給你接風。」

趙澹彎起嘴角笑了一下。「琤哥莫要擔憂，我會照顧好自己的。」袁琤稍稍放下點心，親自給他開了屋門。「今日府內幾乎沒有家丁，你大可放心出去，只是回去的時候要千萬小心。」

趙澹點點頭，一躍而起，上了屋頂，袁琤站在門口聽見他離去的「沙沙」腳步聲，深深的嘆了口氣，回身掩上房門。

趙澹也不知道自己怎麼了，離開茂林院之後，自己的腳下意識的往後院走去，待他回過神來，他已經站在如意苑門前了。

趙澹疑惑的看著在昏暗的燈籠火光中伸出院牆的一串嬌俏的杏樹枝，上頭綴著幾簇搖搖欲墜的花兒，還有幾個在黑夜中幾乎要看不清的小小青果。

趙澹莞爾一笑，不愧是個肉團子，淨惦記吃，誰家小姐院中種這些果樹的？他沈沈心，跳入如意苑內，院中一片寂靜，如今已經子時末了，丫鬟婆子們早就已經進入深眠。

趙澹提起氣，沿著牆根摸到正屋，繞到裡屋的窗外，正要伸出手去，突然猶豫了，自己這樣……是不是有些唐突？

他站在窗外沈思許久，月光照在他的身上，給他籠上一層模糊的光暈，終於他下定決心，伸手試探的推了下窗，竟然推動了！

趙澹心中有幾分無語，這肉團子睡覺竟然不給窗戶落鎖，萬一遇著壞人可如何是好？卻沒想到今日若不是為了放他進府，袁國公府雖稱不上銅牆鐵壁也算是防守森嚴了，再說天氣漸熱了，偶爾也會留一道透氣的縫。

趙澹輕輕打開窗戶，身影一閃就進了屋內，玳瑁馬上察覺到有人進來了，來人的氣息熟悉卻又陌生，但絕不是院中的人，牠從袁妧床邊的魚淺悄悄爬下來，縮到袁妧枕邊，一邊用兩條小後腿蹬著袁妧的臉，一邊抻著頭做出防禦的姿勢，仔細盯著床幃外。

趙澹此時已經輕輕的走到袁妧床邊，幾乎沒發出半點兒聲音來，袁妧正睡得香甜，突然被玳瑁的臭爪子蹬了幾下，下意識的伸手一扒拉，把玳瑁推得遠了些。

玳瑁一急，心裡拚命的喚她。「公主，公主！快起來！有人來了！」

袁妧迷迷糊糊的哪裡搭理牠，無意識的發出「唔」的一聲，把正要掀開床幃的趙澹驚著了，僵在那裡。

玳瑁乘機爬回去，這次乾脆四個爪子全上，也顧不得會不會抓花袁妧的臉了，終於把袁妧弄醒了，她迷茫的睜開眼睛，伸手把趴在自己臉上的玳瑁撕了下來，剛要教訓牠，卻見床幃外一個黑影！

袁妧嚇了好大一跳，下意識的要喚在外面上夜的盈月，那黑影彷彿察覺到她的動作，飛快的掀開床幃，伸出右手捂住她的嘴。

玳瑁哪裡是白給的，一發力要上前給他來一口，卻見他早就有防範，左手按在玳瑁殼上，玳瑁掙扎了一下竟然沒掙扎動，心中大急，正要出竅現了原形來保護自家公主，電光石火之間卻聽到那黑影低低喚了一聲。「妧兒妹妹，是我！」

這聲音為何如此耳熟？剛睡醒的袁妧腦子有些不大靈光，玳瑁卻早就聽出來了。「公主，是世孫！」

袁妧這才回過神來，看著眼前面容模糊的蒙面人，疑惑的歪了歪頭，趙澹有些心虛的吞了吞口水，鬆開按住玳瑁的手，一手伸到腦後揭開蒙面。「是我，莫慌。」

藉著外面的月光，袁妧也看清了面前人的臉，果然是趙澹，她皺起小小的眉頭，伸出兩隻手把他擋在她嘴邊的手拉下來按在被子上，抬頭小聲問他。「世孫哥哥為何半夜闖進來？」

趙澹尷尬得要命，他也想知道自己為何做出夜闖深閨的事來，只是心中覺得此次一別不知多久才能再見到她，想來同她道個別。

可如今……如今這小小的人兒就在眼前，他卻不知道該說什麼了，兩人之間一個等著他的回答，一個卻又不知道怎麼回答，袁妧拉下趙澹的手也忘了鬆開，就這麼拉著手對視著，氣氛一下子僵住了。

玳瑁瞪著綠豆眼看看這個、看看那個，心中暗忖，自家公主和別的男人之前可沒這樣對視過，這不會就是龍王說的命定之人吧？長得嘛還不錯，但以往看著也還好，今日卻像個登徒子，不行啊，自己還是得好好觀察觀察才成！

牠腦子裡都過了這麼一大圈了，旁邊那兩個人還像雕塑一般，玳瑁咳了咳問袁妧。「公主，你們還要互相看多久啊。」

袁妧一下子被驚醒，鬆開趙澹的手，移開眼神，趙澹被袁妧甩開手心中有些空盪蕩的，卻也發現了兩人方才的動作是多不得體，眼神也左右游移著，不敢再看袁妧。

又是一陣尷尬的沈默……

玳瑁「嘖」了一聲。「公主，快些把他趕出去啊，妳要著涼啦！」

袁妧又是一恍神，「呃」了一聲，伸手把被子往上拽了拽，蓋住自己的肩膀，又問了趙澹一句。「世孫哥哥？」

趙澹像被點了穴一般，僵硬的轉過頭，摸了摸鼻子。「妧兒妹妹，我、我……我今日過來是……是方才琤哥有幾種藥沒說清楚，我特地來問問妳，若是今晚不問，臨走前我都沒有機會了！」

突然揹鍋的袁琤在床上蹬蹬腿。怎麼感覺這麼涼呢？翻身蓋上被子又睡了過去。

袁妧聽他是有正經事，正要掀開被子下床，卻被趙澹攔住。「夜晚總有些涼，妳莫要下來了，何況……我在妳房裡，也不好讓妳的丫鬟們知道。」

袁妧臉一紅，深覺有理，讓趙澮先出了床幃，掀開被子摸著床上一條薄的絲綢披在身上把自己圍起來，然後才小聲對趙澮道：「世孫哥哥哪瓶不明白？拿出來我看看。」

趙澮胡亂摸出兩瓶來遞給她。「就是這兩個。」

袁妧接過來同玳瑁認真的湊上去研究，又細細的給趙澮講解了一遍，確認的問了一句。「世孫哥哥現在可明白了？」

趙澮胡亂點點頭，把兩瓶藥接過來塞回懷中，看著袁妧略顯圓潤的小臉依依不捨道：「既然妧兒妹妹與我解惑了，那今天我就先走了，此次一別不知尚要多久才能再見，妧兒妹妹保重。」

袁妧脆聲應下。「世孫哥哥定要好好留住這些藥，可莫要胡亂扔了，都是能救命的，我在京中等你回來。」

玳瑁也有些不捨，吐出一顆珠子放在袁妧手中，袁妧低頭一看，見玳瑁直衝趙澮伸腦袋，笑了笑把手中的珠子遞給趙澮。「世孫哥哥，這是玳瑁送給你的，牠次次褪下來的殼都會自己磨成這等小珠子，此去你是去治水患的，玳瑁也懂幾分，若是有什麼著實難辨的就把珠子碾碎，玳瑁就會知道的。」

趙澮眉頭微皺。「玳瑁除了能治病，竟然還如此神奇？妧兒妳可一定要把牠藏好。」

袁妧絲毫沒覺得趙澮突然把稱呼換成妧兒有什麼不對，笑著應下。「我知道了世孫哥哥，祝你此去一路順風，早日歸來。」

趙澹深深的看了她一眼，面上也浮起了笑。「多謝妧兒吉言了，如此我就先回去了。」扭頭出了床幃，又從進來的窗戶跳了出去。

袁妧抱著玳瑁跟著下了地，把他送到窗邊，趙澹回頭看了一眼窗內的小人兒，朦朦朧朧的像是一幅山水畫，心中狂跳兩下，他伸出手去撫住胸口，低下頭皺起眉，不懂自己的心為什麼突然漏了一拍。

第二十六章

趙澹走後，袁妧久久未能睡著，只覺得今日月光下的世孫哥哥與平日有所不同，沒了白日的冷漠，多了幾分這個年紀的活力，平時整日壓著的唇角今天也笑了好幾回。雖說二人也許久未見了，但趙澹在袁國公府的名聲可是如雷貫耳，誰人不知晟王世孫的清冷？

想到方才趙澹羞赧的樣子，袁妧也忍不住笑了起來，抱著被子打了兩個滾，戳著玳瑁問道：「玳瑁你說，世孫哥哥其實也挺可愛的是不是？」

玳瑁心底翻了個能上天的白眼，嘆了口氣。「我的公主，不管他可不可愛，現在您該睡覺了！」

袁妧噘起嘴埋怨道：「你這個小管家公！」翻過身不理牠，不一會兒就進入了夢鄉。

趙澹出行那日果然沒有任何機會同袁琤幾人見面，昭和帝派出三百御林軍守著他，誰人也不讓接觸，畢竟他是替昭和帝去歷劫的，不能讓他輕易的出什麼危險。太子同太孫運作一番，派了工部兩個擅長治水的郎中隨著他一同前去。

袁琤和陳惟這才鬆了口氣，如此又多了一重保障，只盼著趙澹早早回來吧。

袁琤還是有幾分擔憂，飯都吃少了些，弄得袁正儒和江氏也跟著操心上火，如此幾日過去，江氏受不了了，直接把袁琤叫過來。「如今你也將將十九了，這婚事可不能再拖了，怎麼也得早早定下親來。」

袁琤大驚失色。「大哥尚在北邊呢，我怎能越過大哥定親？」

誰知這本來萬試萬靈的套路這回卻不管用，江氏就知道他會說這個，抿著嘴胸有成竹的笑了笑。「那就用不著你擔心了，你大哥呀，被人看上了，昨日才捎信回家，說要娶親！」

袁琤差點沒嚇得摔倒。這、這誰也沒跟他說過啊，袁琤心神慌亂的應付完了江氏的嘮叨，都不知道是怎麼走出韶華院的。

袁瑾想要成親的消息當日就傳遍了袁國公府，顧氏這個當娘的竟然比那些下人們早知道沒多久，恨得牙都要咬碎了，終於能理直氣壯的去了正院，對著喝著茶的袁國公和許老夫人恨毒道：「爹娘如何不先通知我們！我與世子爺才是瑾兒的爹娘！」

聞訊趕來的袁正修心中也不是不氣憤，頭一回沒攔著妻子質問父母。

袁國公淡定的放下茶杯，甚至還輕輕笑了一下。「昨日收到信，今日你們就知道了，這還叫不通知你們？」

顧氏一哽，隨即反駁。「為何昨日不與咱們說！」

許老夫人往桌子上一頓茶杯，茶杯蓋翻到地上，把顧氏嚇了一跳，氣焰也沒有方才那麼囂張，許老夫人見她軟乎了，開口道：「妳問為何？妳不如問問妳自己，為何瑾兒來信特地捎給我們兩個老的？為何瑾兒信上特地囑咐不要提前告訴妳？為何瑾兒託我們二老來辦這些雜事，妳還有臉問為何？」

顧氏萬萬沒想到竟然是兒子不讓袁國公告訴她的，心裡一片悲涼，搖搖頭不相信許老夫人的話。「不可能，不可能！我的瑾兒不會如此對我的，他不會的！」

許老夫人見她這樣子也有些心軟，嘆了口氣。「瑾兒尋的媳婦正是鎮北軍辛老將軍的孫女兒，自幼跟著辛老將軍在邊疆長大，武能上馬殺敵，文能上書奏摺，妳可滿意這媳婦兒？」

許老夫人說一句顧氏眉頭皺了一下，待她全說完了，顧氏的頭也像撥浪鼓一般搖得飛快。「不成不成，如此厲害的媳婦兒我可不敢要，不成！我不同意！我的瑾兒要娶大家閨秀、文人家的女兒，這等潑辣貨不成！」

許老夫人憐憫的看著她。「這個家還由不得妳作主，我與國公爺已經應下了，過幾日就去北邊提親。妳若是心有不願，那妳也不用去了，在家裡待著吧！待幾年後瑾兒自然會帶著嬌妻幼子回來與妳相見！」

顧氏被許老夫人一句一句砸得暈頭轉向的，一時想到兒子如此對她，一時想到女兒回了幾趟娘家聽自己抱怨了幾回臉上就有些煩躁，一時又想到了袁正修……她都好些日子沒看著他了！

她到底做錯了什麼了？她不過是為了自己的小家謀劃一切，為何人人都厭煩她？顧氏一時火從心頭上，抬起血紅的眼睛盯著許老夫人問道：「娘的意思是不管我同不同意這親都定下了？」

袁正修見她語氣態度有些不對，伸手拉住她。「怎麼跟娘說話呢，成何體統！」

顧氏不怒反笑，回頭蔑視的看了他一眼。「我能怎麼說話？我還要怎麼說話？我說什麼你們會聽？既然我不管怎麼說都一個結果，現在我自然是想怎麼說怎麼說！我還怕什麼?!」

許老夫人見她有些癲狂的樣子心裡覺得有些不對，面色柔和了幾分嘆了口氣。「瑾兒已經二十五了，這些年咱們每回去信催他的時候總說不急不急，如今終於能沈下心來娶個媳婦兒，妳還要反對？難不成拖到三十、四十，等我們兩個老骨頭進了土了還看不著曾孫？」

這話是戳到顧氏的心坎子裡了，這些年她日思夜想盼的就是兒子能娶個乖巧聽話的大家閨秀回家，然後生幾個喜愛讀書的孫兒，日後她坐上了侯夫人位置，也能與別人一同誇一誇自己的兒孫，而不是現如今這樣，只能聽著別人誇二房的幾個小崽子！

袁國公見她眉頭皺了起來，像是在思索的樣子，放下茶杯。「妳是他娘，妳能說自己的意見，但如今這裡還是國公府，我還是國公，妳的兒子不只是妳的兒子，還是我國公府的子孫，若是妳想全權作主，就帶著妳的兒子離了這國公府，到那時我絕不多說一句，妳想做什麼做什麼！」

袁國公可從未說過如此重話，袁正修在一旁嚇得膝蓋一軟跪了下來。「爹！爹如何說的如此狠話，這不是剜了兒子的心嗎？」

顧氏也愣了，她從未想過袁國公竟然會讓她帶著兒子出府，她還以為最多就是威脅休了她，可是這麼久她也想明白了，只要袁國公還要兩個孩子，那定然不會休了她讓兩個孩子前程蒙羞。

可是……若是他連嫡長孫都不要了呢？二房那小子已經入仕了，袁國公的心也越來越偏，這等泥腿子人家又不是多麼講究規矩……

想到這兒，她淚流滿面。她的命好苦啊！

袁國公早就看膩了她的眼淚，對跪在地上的袁正修道：「妳若是真的想好好過日子，好好承爵，那就認清楚，如今這個家到底是誰作主，不然就帶著妳的媳婦、孩子滾出去！」

袁正修磕頭如搗蒜，片刻工夫地上已經印出了幾絲紅色，許老夫人到底心疼，親自站起來上前扶住他。「狗兒，爹娘本就對幾個孩子一視同仁，只盼著你們夫妻兩個明白，日後爹娘不在了，你二弟才是扶持你的最大助力，你也讀過書，應該知道獨木難支的道理，瑾兒是你的獨子，若是媳婦選不好……咱們袁家可不能兩、三代就敗落了。」

袁正修面色慚愧得像是要滴了血，拉著傻愣愣流淚的顧氏一起跪下，對著兩個老的磕了頭。「瑾兒的事，一切全憑爹娘作主。」按著顧氏也磕了一個頭，這才扯著她回了院子。

袁國公見二人的背影使勁一拍桌子。「回回都要鬧這麼一場！從來沒有個省心的時候！」

許老夫人也嘆口氣。「還能如何呢？待貓兒家的幾個孩子頂著國公府的名頭都成了親，給他們早早分了家吧，許是能好些。」

袁國公其實心中也贊同，沈思片刻點點頭。「也只能這樣了，妧兒都十二了，也沒幾年了。三個孩子早些成了親……說不定遠香近臭，離得遠了反而好了，妳幫琤兒看看有沒有合適的姑娘。」

袁琤知道袁瑾要成親了，心中也替大哥高興，但是一想到自己馬上就要暴露在第一線了，還是有些犯愁。

陳惟也被家裡逼著成親呢，兩個難兄難弟聚在一起，話沒說多少，氣是嘆了一籮筐。好容易出來一趟的趙泓被他倆嘆得是食不下嚥。「你們真是！我這尋了這麼多藉口才出來的，就為了在這兒聽你二人嘆氣來了？」

袁琤哀怨的瞅了他一眼。「殿下……你不懂！」

陳惟附和著拚命點頭。「你不懂你不懂……」

趙泓被他倆的眼神酸得一哆嗦。「行行行，我不懂、我不懂，你們懂，不就是成親嗎？你們心中喜歡何種女子與我說，我回去也幫你們尋尋。」

袁琤哼了一聲。「要是知道我還用拒絕我娘？」陳惟又跟著一陣點頭。

趙泓有些頭疼，這兩個外人看著極其穩重的人在他面前總是如此跳脫，他伸手揉了揉額角。「你們是想尋個給自己有助力的？還是尋個真心喜歡的？」

一句話問住兩個人，誰不願意尋個自己真心喜歡的，可如今這盲婚啞嫁的時候，尋個自己喜歡的是有多麼難。

趙泓見二人沈默下來，抬頭看了看兩個人。「大理寺卿的小女兒今年十六，督察院左都御史的長孫女兒今年十五，樞密院的樞密使老來女今年也是十五。你們二人……」

袁琤眉頭一皺，深深的看了趙泓一眼，趙泓沒有躲開他的目光，袁琤低下頭思索片刻，再抬起頭就堅定了眼神。「這三位姑娘，我回去以後會讓我娘好好探訪一下，若是合適……」

陳惟被他這麼快就妥協嚇了一跳，探過手去摸了摸他的額頭。「你沒事吧？」

袁琤拉下他的手笑了下。「太孫給咱們尋的自然都是好的，總比一些不知根知柢的強許多吧？」

趙泓心中輕嘆，面上卻認真的對二人道：「我不敢說她們與你會有多麼相合，但是人品性情長相絕對無可挑剔。」

陳惟也愣了一下，與袁琤對視一眼。「我知曉了，回家我也讓我娘看看。」自己說完不知想到什麼又吃吃笑了起來。

趙泓好奇的問他。「你笑什麼呢？」

陳惟卻是實在止不住，拍桌狂笑。「殿下你說，我若是同袁琤看上同一個女子可如何是好？」

袁琤翻了個大大的白眼。「你這回想得可夠遠的，三個姑娘你都不知道什麼模樣，若是真有那麼一日，做哥哥的定然讓著你！」
陳惟嘖了下嘴。「呸，我才是你哥哥！」
二人笑鬧一番，趙泓見他們臉都紅了，站起來攬住二人的肩膀，湊在他們耳邊輕聲道：「謝謝你們。」
袁琤和陳惟回手攬住他。「太孫何必道謝，是我們該謝謝你。」

這邊兄弟三人情深義重，袁國公府內已經開始商議要誰去北邊了，押著聘禮，過去定親、成親，那麼速度再快，這一來一回也要四、五個月的辰光。
袁國公可沒辦法離朝四、五個月，袁正修是必去的，顧氏想去，但是心裡到底有些憋屈，在猶豫與徘徊之間，至於袁正儒嘛……
袁國公看著小兒子。「你已經是吏部左侍郎了，今年恩科進士已經都派了官了，最近也沒有什麼大事，你就去一趟吧。」
袁正儒疑惑的看著袁國公，當著袁正修的面卻沒有直接拒絕，他想了一下，若是真要擠的確也能擠出時間來，他也不像是那些沒有背景的官員，請如此長時間的假就要被排擠出去，遂點點頭。「如此明日我就去安排一下。」
可是男方家裡去求親，沒有女眷總是有些不妥，袁國公看了一眼咬著唇皺著眉的顧氏，哪怕她去了也不是個省心的，乾脆對小兒媳道：「妳隨著一同去，總有個照應。」

顧氏大吃一驚，氣得直哆嗦，讓二房這兩口子去是什麼意思？把她這當娘的撇在一邊？她一跺腳。「我也去！」

袁國公聞言只輕輕點了下頭，就沒搭理她，顧氏更是氣得不輕，這家子是沒人把她當回事了，卻又按捺著沒發作起來，心裡裝著的恨，只等著去北邊再說，看看到底是什麼樣的媳婦兒？竟是還未進門就得了全家人這麼看重！

心裡一直翻來覆去的袁瑜終於忍不住了，爹與娘都去了，他也想去！袁瑜噌的一下站起來。「祖父，我可否與爹娘同去！」

袁國公挑起眉。「你……」

袁瑜見他想拒絕，忙一股腦兒說出自己的想法。「讀萬卷書不如行萬里路，我自幼長在京城，連家鄉也只是參加考試才回去了一趟，如今……好容易有這個機會，求祖父成全！」

袁國公聞言猶豫片刻，袁瑜也十七了，也算是成人了，他袁家男兒哪裡能如同娘們一般養在深閨？想到這裡，他剛要點頭，卻見袁妧也抱著玳瑁輕輕走到他身邊，蹲下身子抬頭望著他。「祖父，妧兒也想去。」

「不成！」袁國公還未說話，許老夫人先伸手拉住袁妧的胳膊。「妳一個嬌滴滴的女兒家，哪裡受得了這等苦？妳以為那北邊是江南好地方？妳這小臉兒，一日的風沙就能給妳颳破皮了，不成，不成！」

袁妧索性半跪在許老夫人膝前，將頭靠在她膝蓋上撒嬌。「原來祖母只看重我的顏色，妧兒可傷透了心。」

許老夫人聽了哭笑不得，使勁兒點點她的額頭。「什麼叫看重妳的顏色？妳就捨得離開祖母這麼久？祖母一日不見咱們妧兒這圓圓的小臉兒啊，一日就睡不著覺，妳可是要了祖母半條命。」

這可真是戳中了袁妧，她的小臉上浮現出為難的神色，糾結半天低下頭垂頭喪氣的嘆了口氣。「唉！那……那就爹爹娘親同哥哥一同去吧！我、我在家陪祖母。」

一句話說得斷斷續續的，可把許老夫人心疼壞了，把她攬在懷裡。「祖母的心肝兒啊。」

袁國公見老妻同小孫女如此親密，有些羨慕、有些嫉妒，與許老夫人對了個眼，搖搖頭。

許老夫人會意，嚥回了剩下的話，只是攬著袁妧沒有開口。

袁國公看著兒孫道：「差不多十日後就得出發了，你們各自回去準備準備吧，妧兒先留下來。」

眾人都以為袁國公與許老夫人是想安慰不能去的袁妧，沒有異議，都站起來陸續回了自己院子。

第二十七章

袁國公待人走光了問袁妧。「妧兒妳是真想去嗎？」

袁妧咬了下唇，看了看許老夫人，猶豫的點點頭。「其實……想是想去，但去不去……都成。」

袁國公嘆口氣。「妳想去那就去，妳今年才十二，還沒及笄，祖父母還能照看妳一、兩年，妳且放心去玩一陣子吧。」

這可真是意外之喜，袁妧驚喜的看著袁國公。「祖父！」

許老夫人倒吸一口氣。「你！」

袁國公看了二人一眼。「聽說……陛下要選秀了。」

陛下已經年過半百，竟然要選秀?!

許老夫人大驚，忙拽著袁國公問道：「什、什麼意思……」

袁國公也有些無奈，伸手覆蓋住許老夫人的手拍著哄她道：「我只知道幾分細碎消息，最近的陛下……選秀必定是要看八字的，為什麼我把老二兩口子都支到北邊去，就是因著本也想讓妧兒跟著去，只是還沒琢磨好如何開口，這件事知道的人如今不超過五個，妧兒已經十二了，選秀一般選十三歲以上的秀女，可如今……誰又能說得準呢？」

許老夫人被這可能性嚇得手都抖了起來，她一手緊緊攥住袁妧的手，生怕有人闖進來把寶貝孫女兒給搶走了。

袁妧的手被她攥得生疼，強忍住沒呼痛，還貼心的安慰著許老夫人。「無事的祖母，祖父既然知道了，那就不會看著我進宮的……」

許老夫人好久才回過神來，看著孫女兒被掐得青紅的手有些心疼，端起來輕輕給她吹了吹，含著淚道：「去！妧兒，去北邊！」

袁妧坐在馬車中，自那日定下來她要跟著去之後，袁正儒與江氏夫婦也知道了選秀的消息，江氏驚得寸步不離袁妧，生怕她突然消失在眼前。

知道真相的人都心中惶恐，而袁瑜那就是純粹的高興了，他掀開馬車簾子把頭探進馬車。「妹妹，咱們可已經出了京城地界了，待會無人的時候我來教妳騎馬。」

身著男裝的袁妧頭髮高高束起，瑩潤的小臉陡然綻放出驚喜。「真的嗎？」

江氏伸手拍了下她的肩嗔了一句。「看把妳給歡的，可得小心著點兒。」

袁正儒也心疼女兒前幾日受的驚嚇，跟在兒子身邊湊熱鬧。「藝兒怕什麼？有我這個做爹的守在身邊，還能讓妧兒摔著嗎？」

江氏對著三個不靠譜的人翻了個白眼。「怎麼？你們忘了大伯在前頭了？」

……這還真是個大問題，自從那日袁國公宣佈袁妧也要跟著去之後，袁正修可沒少唸叨，一口一個「於禮不合」、「不守規矩」，看到袁妧大老遠就搖起了頭，彷彿她做了什麼十惡不赦的大事。

如今若是在他面前騎馬，怕是能把他氣得昏過去，袁妧有些失望，看著突然愣住的爹爹與哥哥嘆了口氣。「罷了，回頭再說吧！才剛出京城，我怕大伯把我趕回去呢。」

袁正儒也沒法子，只能笑笑安慰女兒。「沒事沒事，回頭再過幾日，爹爹定帶妳騎馬。」

袁妧倒也不是非騎馬不可，只是日日坐在這馬車裡不透氣，因著袁正修的古板，顧氏和她們母女是萬萬不能拋頭露面的，下了馬車又是帷帽又是面紗的，如今民風比前朝開放許多，已經許久沒有人如此裝扮了，每回三人下車去吃飯的時候都會引來小小的圍觀，窸窸窣窣的議論聲讓袁妧只能無語望天。

因著袁正修一定要講究所謂的「禮儀排場」，一行人的速度比袁國公預計的要慢上許多，足足走了半個月才將將走到膚施。膚施地處秦郡北，氣候極其乾燥炎熱，特別是如今已經入了夏，眾人苦不堪言，整日都有些丫鬟婆子和年紀還小的小廝中暑，大大拖慢了行程。

袁妧也不好直接把玳瑁的藥拿出來，只能由江氏出面隔三差五熬上一大鍋預防的藥湯，裡面悄悄加上玳瑁的藥分給大家。顧氏心中恨極了二房，又哪裡肯喝二房送來的藥？

瞥了一眼三兩口下了肚的袁正修，「哼哼」冷笑兩聲。「藥也敢亂喝，你也不怕吃壞了肚子！」

說來也奇怪，自從那日顧氏有幾分豁出去的架勢之後，袁正修反而對她比從前軟乎了許多，顧氏自然察覺得到，越發的在他面前處處要強。

若是以往顧氏說這種話，袁正修早就發火了，今日聽到她唸叨卻只是嘖了下嘴，放下碗，一言不發直接出了客棧屋子。顧氏越發得意，心道：你可算是知道誰跟你才是一家人了！

袁正修不耐煩顧氏，出了屋門之後卻不知道應該去哪兒，這小縣城一點點兒大，連個出去逛逛的地方都沒有。

他在客棧後院中煩躁的轉了兩圈，正要去尋袁正儒說話，卻見一個人突然闖進後院，見到袁正修兩眼一亮，幾步撲到袁正修腳下，半癱在地上，拽著他的衣襬，聲音帶著急切與惶恐，百轉千迴的喊了一句。「求大老爺救命啊～～」

袁正修被這突如其來的人影嚇了一跳，他定睛一看，一個身形消瘦、臉色蒼白的少女正抬頭看著他，楚楚可憐的淚眸中飽含著期待，混雜著幾分絕望，彷彿天地間只有袁正修才能拯救她一般。

袁正修被這雙如秋水的眼睛看得一愣神，只聽見外面傳來嘈雜的呼喝聲。「就在裡邊！老子親眼看著她跑進去了！」

卻聽到小二苦苦攔住他。「幾位爺，這後院住的可是京裡來的大官，咱們可萬萬得罪不起啊。」

門外的人猶豫了，一時間沒人說話，跪在袁正修面前的少女眼睛都亮了，卻也不敢說話，一手緊緊拉住袁正修的衣襬不鬆開，一邊拚命的給他磕頭，不過幾息工夫，她的額頭就泛起了紅。

袁正修不忍，低頭伸出手去拉住她的胳膊用力把她拉起來，少女渾身無力，一個踉蹌差點跌進他懷裡，好容易才一手撐在他胸口穩住身形，如被火燙一般縮回手，臉頰羞紅，低著頭不敢說話。

袁正修見她毛茸茸的頭頂、羞紅的臉龐，還有方才那全身心期待信任的眼神，不自覺的伸出手去，拉住她的手帶著她往他臨時書房一路小跑。

二人剛剛進了書房，顧氏身邊的丫鬟就出來了，她皺著眉滿臉不耐煩的推開門，看見外面站著的幾個大漢心中卻也一點不怵，嫌棄跟那些粗鄙的男人們說話掉了她的身分，翻了個白眼衝小二嚷嚷道：「怎麼回事？夫人將將要歇息，怎麼如此吵鬧！」

小二吞了下口水，諂媚的對著小丫鬟作揖。「小的也不知道這群人是哪兒來的，小的這就趕走他們，還請姐姐在夫人面前說說好話。」

小丫鬟哼了一聲，又大大的翻了個白眼。「快些！」

看見小二期期艾艾的應下，這才一回身進了院，重重的把門關上。

小二苦著臉對幾個大漢道：「幾位爺可看著了，這一院子的貴人小的可真的惹不起。」

帶頭的大漢早在小丫鬟開門的時候，就偷偷探過頭去察看了一番院子，小小的院子一眼就能望到底，他見院中果然無人，也不為難小二，帶著幾個兄弟一拱手。「如此咱們幾個兄弟再去別處尋尋。」便轉身帶著人出了客棧。

小二擦了把汗。這都是些什麼事?!

屋內的袁正修看著依然低著頭的羸弱少女，嘆了口氣，溫和的問道：「妳是何人？」

少女捂住嘴不讓自己的哭聲逸出來，好半天才止住哽咽，對著袁正儒一磕頭。「我……小女子本是岩山村人，相依為命的家中老父因病去世，族裡想把我嫁給鎮上的惡霸做妾。我、我趁夜逃了出來，一路跑到縣城，本以為能逃出一條命，沒想到村裡人竟然也追過來了，這才稀裡糊塗闖進了大老爺的院子，還求老爺莫要見怪……」

袁正修一聽，光天化日，朗朗乾坤，竟然還有此等逼良為娼的事情?!不由大怒，用力一拍桌子。「姑娘莫要害怕，我這就帶妳去報官！」

他本以為少女會感激他，會鬆口氣，誰知那少女反而哭得更難過了。「老爺……求老爺莫要報官，我去世的父親對族人們十分信任，對我幾個堂哥也疼愛有加，若是因著我害了堂哥們入了大牢，怕是家父在天之靈都無法安息……」

袁正修沒想到她竟然如此孝順，一時可憐又心疼，終於伸出手去攙起她。「那……明日我們走了之後，妳又該如何自處？」

那少女咬緊下唇，貝齒深深的陷在唇中，幾乎要咬出血來，許久才抬頭望著袁正修哀求道：「在膚施縣城中怕是躲不過他們了……老爺大發慈悲，帶我走吧！」

袁正修大驚。「我如何能帶妳走?!」

少女越發哭得梨花帶雨。「只求老爺帶我離了這膚施縣，出了縣城，下一回您歇腳的時候就放我在原地，只要不為人做妾，當牛做馬我也能活下去！若是老爺撇下了我……那、那我只能一死自證清白了！」

許是她堅定的眼神感動了袁正修，袁正修閉上眼睛思考半晌，睜開後定定的看著她。「罷了罷了，救人一命勝造七級浮屠，明日妳就跟著我們一起上路吧。」

說完喚來自己的小廝，讓他帶著少女下去換一身丫鬟的衣裳，也好躲開她族人的搜尋。

袁正儒一家子是出了膚施才知道這個姑娘的存在的，一家人坐在馬車裡面面相覷，有些無語，許久袁正儒才澀澀開口。「大哥這……這……」

江氏不好說大伯什麼，只低著頭，一下下拍著懷中袁妧的肩膀。「只盼著到下個地方，這姑娘真的能如她所說吧。」

袁瑜卻沒有自家娘親那些忌諱，他本就性子跳脫，日日在市井中沒少混，窺著袁正儒的臉色開口道：「大伯這是不是著了別人的套了？」

袁妧看著自家二哥小心翼翼的樣子，也看了一眼袁正儒的臉色才附和。「這不是明擺著的嗎？爹的話本子裡寫了沒有十回也有八回了。」

袁正儒握緊拳，眉頭皺得能擰出水來。「不成，這女人如此有心機，放在大哥身邊定是個禍害，我去與大哥說！」

母子三人都沒有阻攔他，江氏嘆口氣。「你過去之後莫要同大哥吵，只與他分析分析就成。」

「我曉得的。」袁正儒點點頭應下，叫停馬車掀開簾子下去，騎著馬去了前頭的馬車尋袁正修。

袁正儒一走，馬車裡氣氛頓時沒那麼沈重了，袁瑜膽子也大了許多。「娘，這騙術也太……常見了，妳覺得這姑娘會走嗎？」

江氏看著兒子不知道怎麼回答，這哪裡是疑問，明明是反問。

袁妧衝著哥哥吐吐舌頭。「若是她會走，我就把玳瑁做湯。」

趴在袁瑜膝頭的玳瑁聞言嚇得探出頭來，忙討好的爬向袁妧，使勁蹭她的腿，三人都被牠諂媚的動作逗得笑了起來。

袁妧見方才的氣氛一掃而空，這才撈起玳瑁小聲道：「走是不可能走的，咱們得先搞清楚她到底要的是什麼，若真的是為了錢還好說……若不是……」

江氏心中一激靈，琢磨半日道：「應只是為了錢，膚施這地方是咱們臨時決定停下的，本打算越過它去下一個鎮子上，誰知妳大伯母非說鎮子荒涼要留在縣城，這才停在了膚施。」

袁妧鬆了口氣。「那便好，只盼著爹過去能同大伯說清楚吧。」

話雖然這麼說，但是馬車內三人都知道古板如袁正修，若是認定一件事，想要改變的可能真的是太小太小了。

不出三人所料，此時袁正修的馬車裡兄弟二人幾乎都快吵起來了，袁正儒深深的嘆口氣，看著板著臉固執己見的大哥有些頭疼，再一次出言好生相勸。「大哥，這女子出現得太巧……」

話還沒說完就被袁正修打斷。「巧又如何？她命不該絕被我救來，難不成二弟沒遇到過巧事？」

袁正儒深吸一口氣才壓下到嘴的火氣，繼續勸道：「我不是說大哥不該救，只是給你提個醒，這些日子莫要同她接觸，到下一個地方放下她，留下些許銀子，咱們早早同她斷了瓜葛……」

袁正修眼睛一瞪。「本也就是如此打算的！」

袁正儒還能說什麼呢？嚥下話頭行了個禮就回到自家馬車上。

三人一見袁正儒垂頭喪氣的回來了，就知道事情不順利，江氏悄悄問道：「大哥不同意？」

袁正儒搖搖頭。「那倒沒有，只是我總有些不放心。幸而只有兩日便到下一個鎮上了，到時候怎麼也得把那姑娘甩下。」

袁瑜看著自家爹娘，突然賊兮兮一笑。「我猜啊，今日或者明日，她就該病了。」

袁瑜簡直如同開了天眼一般，第二日一大早袁正修的小廝就跑來對江氏求藥。「二夫人，世子爺派小的過來問問有沒有壓驚的藥？」

江氏驚道：「怎麼了？是誰病了？」

小廝也有些不好意思，搓搓手低聲回她。「是昨日世子爺救的那個姑娘，聽說一大早發起燒來，隨行的府醫診治了說是涼著了，已經開了去熱的藥，可世子爺說她定是受了驚，押著府醫要給她開壓驚藥，又不放心府醫開的藥，這不讓小的來問問您是否有。」

袁正儒在車裡聽了前因後果，心道真是怕什麼來什麼，與江氏一個對眼，嘆了口氣。「你先回去吧！待會兒我正巧要去尋大哥，直接送過去。」

小廝不敢反駁他，且那姑娘……這一整隊的人，怕是只有世子爺才真信了她。

袁妧頗有些疑惑。「大伯母竟然沒有鬧？」

第二十八章

顧氏怎麼沒鬧？顧氏鬧得反了天了！

在客棧當日夜裡知道這件事，她就要拉著那姑娘扔出客棧去，袁正修發了好大一通火，把顧氏身邊的丫鬟婆子全都叫人綁了，說她們傳瞎話矇騙主子，當場就要發賣。

可把這些人嚇得心神俱裂，在這陝北被發賣，怕是就得死在這兒了，一群人跪在地上磕頭磕得流了一地的血，苦苦哀求顧氏鬆口。

丈夫不愛、兒女不親的日子裡，都是這幾個丫鬟婆子沒日沒夜的陪著她，顧氏也不是鐵石心腸，看見她們涕泗橫流的樣子長嘆一口氣，咬著牙嚥了下去。索性自己一輛馬車，眼不見心不煩，待到下個地方這小賤人還在，那可就別怪她不客氣了！

因著袁正修關著院門發了好大的火，大房的下人們都有些戰戰兢兢的，不敢再搬弄是非，消息全都捂在這小小的院子裡，二房一家人自然奇怪，一向吃不得委屈的顧氏為何沒鬧起來。

袁正儒拿著藥丸到了袁正修的馬車上，果然看見那姑娘滿臉通紅的躺在裡面，袁正修在一旁急得不知如何是好。

袁正儒輕咳一聲。「大哥，你如何能同這姑娘獨處一輛馬車？這於禮不合。」

袁正修的臉一下子脹紅。他、他……他不過是太著急了，一時沒想那麼多。回過神來他急忙對袁正儒道：「是為兄一時疏忽了，這輛馬車大些，就讓孔姑娘養病吧，為兄待會兒再去尋一輛。」

孔姑娘既然病成這樣了，理所當然的就留了下來。

待一旬以後她病好了，袁正儒又尋上袁正修。「大哥，這回孔姑娘已經完全康復了，可以自己留下了，明日咱們又要停在一個小鎮，若是這個小鎮再不把她放下，可就要到邊關了。」

誰知袁正修面露難色，支支吾吾了好半晌才開口。「她……她說離了陝地，這地界已經靠近邊關，民風彪悍，一個弱女子又怎能自己生活呢？如今咱們把她放下來豈不是害了她！」

袁正儒其實早就有預感，心中長嘆一口氣。果然如此，罷了！那女子說得對，到了邊關人生地不熟的，到底如何還不是他們說了算。

他下了馬車，悄悄喚來袁國公派的幾個好手，細細叮囑他們定要看好袁正修，免得被那女子近了身。

雖說如此，但袁正修每日總是要抽出些時候去探望孔姑娘，那孔姑娘的父親竟然也是個老童生，孔姑娘也是自幼隨他讀過書的，袁正修看她更是添了一層意外與驚喜。

一行人走走停停，終於到了隴右道同谷郡，袁瑾早早的就等在城外，見到袁國公府的大隊馬車遠遠馳來，心情尤為感慨。

袁正儒也鬆了一口氣，這幾日他日日纏著袁正修，生怕他空出時候來去詢問那個孔姑娘。而顧氏不知在憋著什麼招，這一路上竟然罕見的安靜。

一家人見面自然是激動不已，袁瑾沒想到自己的二妹妹也過來了，看著已經出落得十分高䠷的袁妧，欣慰的笑道：「好好，妳也長大了。」

袁妧看著多年未見的袁瑾，只見他猿臂蜂腰，同她印象中那個十幾歲的熱血少年已經完全不同。如今的袁瑾身上帶著一股肅殺之氣，不笑的時候頗為冷冽。

袁正修看著兒子尚未說話，顧氏已經撲上來抱住袁瑾嚎啕大哭。

袁瑾見自家娘親哭得如此，心中也是不忍，鼻尖一陣泛酸，眼淚差點跟著落下來。

他身邊跟著的一個校尉打扮的人悄悄上前，從懷中掏出一張帕子遞給他。「莫要哭了，先請家裡人快快進城吧，天都快黑了。」

袁瑾聞言，止住快要溢到眼眶的眼淚點點頭，拉著顧氏的手道：「娘，這位便是辛萍，就是兒子的……兒子的未婚妻。」

說完忐忑的看著顧氏，生怕她鬧起來，卻沒想到顧氏對這二人一笑。「好！好孩子，不愧是辛老將軍的孫女兒，果然英姿颯爽。」

不只是袁瑾，袁家所有人都呆住了，連袁妧也控制不住自己驚詫的眼神看著顧氏。

顧氏卻只當沒看到他們的眼神，伸手拉住辛萍的手。「萍兒，我家瑾兒這些年給妳添麻煩了。」

辛萍頗有幾分受寵若驚，忙回道：「伯母言重了，袁瑾他……很好……」面上罕見的露出幾分嬌羞的神色。

袁瑾見狀心中也開懷，自家娘親不只沒有對辛萍挑三揀四，還和顏悅色的！難不成，他離家這幾年娘親已經變了？

袁家一家人看到顧氏這樣子心中有些嘀咕，但大好的日子誰也不願意提起掃興的話頭，一家人上了馬車直奔袁瑾在邊疆的三進小宅。

辛萍不好跟著進袁家門，把他們送到宅子外之後就打馬離去，顧氏看著她的背影神情變幻，不知在想些什麼。

袁瑾見她臉色變了，方才的喜悅也淡了下來，心中忐忑，看了看袁正儒。袁正儒朝他搖搖頭，示意他先進去再說。

正在這時，從袁正修的馬車上下來一個身形嬌弱的女子，正是那孔姑娘，因著父孝，她身著茶白羅衫，腰間一束白綾，更顯得腰肢盈盈一握，走到袁正修面前深深一蹲，輕喚一聲。「老爺。」說罷咬咬唇，低著頭對著顧氏一行禮。「夫人。」

顧氏理也不理她，上前拉住袁瑾道：「快些帶娘歇歇去吧！娘趕了如此久的路，有些頭暈。」

袁瑾一聽忙攙扶住她，來不及問這女子是怎麼回事，就要往宅子裡走。袁正儒見狀嘆口氣，在沙場上磨鍊多年的袁瑾敏銳的聽到了，停住腳步一回頭，犀利的目光射向正在小聲安慰欲哭不哭的孔姑娘的袁正修。

袁正修感覺到一股涼意，抬起頭來正巧與袁瑾對視，下意識的閃避開對方的眼神。

袁瑾眼睛微微瞇起，嘴角泛起一絲冷笑。「爹不告訴我一聲，這是何人？」

袁正修不知為何有些心虛，掩住嘴輕輕咳了咳，復又抬起頭看著他道：「這是為父路上救下的孔姑娘，她老父身亡，被族人逼著做妾，為父看不下去，遂救了她。」

袁瑾是什麼人，在軍營裡混了這麼多年，什麼髒亂事沒聽過？他的眼睛一下子帶出刀來，盯著旁邊一身孝的女子，那孔姑娘被他的眼神嚇了一跳，心都差點蹦出嗓子眼來，忙低下頭低低的抽噎起來。

袁瑾看到袁正修一臉不捨，輕哼一聲。「怎麼？爹這回不是來替我提親辦禮的？」

袁正修沒想到他突然說起這個，一臉茫然。「若不是為了這個，咱們何苦一大家子人都過來？」

袁瑾眉頭一皺怒道：「既然爹是來替我辦喜事的，那為何帶個有孝之人過來，難不成是故意來觸我霉頭！」

顧氏見兒子突然發難，也有了底氣，在旁邊嘲諷的笑道：「你爹不過是捨不得罷了，這麼講禮的人，這回來的下人裡都挑屬相八字同你相合的，臨了了卻帶了個晦氣人。」

那孔姑娘抽噎的聲音一頓，心中暗道：自己當日怎麼隨口編了這麼個話？

那頭，袁正修心中猶豫起來。袁瑾見自己說得這麼明白了，袁正修竟然還猶豫，心中怒氣大起，喝了一聲：「來人，把這觸霉頭的給我扔出去！別讓我在同谷再見到她！」

袁正修心頭大亂，這孔姑娘一個弱女子，怎麼能真把她扔在邊疆地界？

誰知這孔姑娘卻鎮定下來，帶著淚音跪下對袁正修一磕頭。「我知這些日子給老爺添麻煩了，如今也到了安定的地方，如此，小女子就此同老爺告別，莫要為了我傷了老爺父子和氣。」

說完站起來倔強的轉過頭就要走，袁正修心中不捨，上前兩步拉住她。「莫走！」

孔姑娘淚眼回望。「老爺，求您，放我走吧。」

袁婉看得目瞪口呆，看了看臉色難看的眾人，默默地抱緊懷中的玳瑁，這真是比話本子還話本子……

袁瑾見這樣，更不能留這女人，一揮手。「我讓你們做什麼？是不是想挨軍棍？」

從他身後站出兩個彪形大漢，應了一聲就要上前去拉扯那孔姑娘，袁正修一著急，胡亂揮著手擋住二人，把那孔姑娘護在身後，那兩個大漢又不好真的跟袁正修動手，一時急得滿頭大汗。

袁瑾大怒，正要抽出刀來斬殺了那女子，袁正儒見狀不好，上前按住他的手，對袁正修喊道：「大哥你在做什麼？難不成為了個來路不明的女子，就要毀了自己親兒子的婚事不成？」

袁正修也猶豫起來，一時間袁府門口一下子安靜下來，過了許久，袁正修從懷中掏出一包銀子遞給身後的人。「孔姑娘，待會兒我喚人陪著妳去尋個小屋，妳先安頓下來吧。」卻也不說以後如何安排她。

那孔姑娘極有眼力見，知道現在不是推讓的時候，伸手接過荷包，滿臉崇拜不捨，感激的對袁正修道：「老爺大恩大德，小女子做牛做馬也要報答您。」

袁正儒看著膩歪，忍不住用力重重咳了一下，袁正修回過神來，扭過頭不去看她，只囑咐身邊的小廝一定安頓好她。

袁瑾太陽穴一鼓一鼓的，見那女子的身影消失在街角，又看了一眼自己依依不捨依然張望的爹，氣得索性直接攙著顧氏進了院子，也不去理他。

袁正修是到所有人都進了院門之後才回過神來，猛然間發現身邊只有一眾不敢先他進門的奴才，又羞又惱，臉脹得通紅，低著頭快步進了院子。

顧氏憋屈這麼多天終於有了兒子這麼個大靠山，一下子覺得自己之前受的罪真真是委屈極了，拉著袁瑾話還沒說出口就先哭了起來。江氏見狀也有些心軟，但想到顧氏之前做的那些事，只是淡淡的瞥了一眼，沒有上前安慰。

袁瑾也不是小孩子了，看見顧氏哭成這樣，二房的人卻沒有一人上前，也是心知肚明，嘆了口氣，哄了一陣子安撫住顧氏後，對袁瑜同袁妧道：「沒想到你們兩個小的也跟著來了，前陣子聽著消息可把你們未來大嫂歡喜壞了，她自幼在這兒長大，沒有幾個知交姐妹，妧兒來了她不知有多高興，早就琢磨著帶妳出去玩了。」

袁妧眼前一亮，這可正對了她的心思，笑得如同隻得逞的小狐狸一般，江氏立刻拍了下她的手。「可不能瘋吃瘋玩。」

袁妧胡亂點過頭，扭頭對袁瑾道：「大堂哥，我何時能去尋萍兒姐姐？」

袁瑾被她逗得哭笑不得。「她明日過來尋妳，妳在家好好等著就成。」

袁妧更是高興，想到這塞外風光簡直要坐不住了，笑吟吟的幻想著明日去哪兒玩。

顧氏見幾人三言兩語就打破了她營造的委屈氣氛，恨得牙根癢癢，懶得看二房上下一團和氣的樣子，一伸手撐住頭。「瑾兒，娘累了。」

袁瑾止住話頭，招呼兩個黑紅臉的婆子過來。「娘，我這本沒有丫鬟婆子的，這還是知道你們來後現買的幾個，規矩可能有些差，就當是給你們引個路吧！」

顧氏哪裡顧得上挑剔，點點頭隨著兩個婆子就出了廳門，袁瑾對袁正儒道：「二叔，我知祖父自然是把事情囑咐給你的，還請跟我說說祖父的想法。」

江氏見二人要說正事了，忙帶著兩個孩子起來，也回了院子打算好好收拾一番。

第二日果然一大早辛萍就過來尋袁妧，她雖說自小不拘小節，可是畢竟如今未婚夫的長輩們都在，也有些顧忌，只在袁府外的小茶樓等著。

袁瑜死皮賴臉要跟著去，而袁瑾為了婚事忙得很，這次袁正修一行人帶來了二十車的聘禮，瑣事繁複得讓所有人都頭大，袁瑾只能派人跟著弟妹，也無法親自陪陪未婚妻。

袁妧翻出為了這次北行特地做的男裝，換上一身天青色束腰長袍，左手提著玳瑁的籠子，右手拿著一把摺扇，一個清秀精緻略帶幾分紈褲的小公子就這麼出現了。

幾人出門同辛萍會合，辛萍到底有幾分男孩性子，看到袁妧這嬌嫩可愛的女孩子就忍不住先心生疼愛幾分，連說話都輕聲細語起來，逗得前來送弟妹的袁瑾哈哈大笑。

這同谷郡雖說在邊疆，但因著有大軍駐紮，算是這片最安全的地方了，許多百姓在此安居樂業，市集上也頗為熱鬧。

三人一路逛一路吃，此處離塞外草原如此近，牛羊肉自然不缺，最最新鮮的嫩羔羊，當日一大早宰殺，選那肥瘦相間的羊排清水大火燉煮，軟爛後竟然無一絲膻味，撈出來用斬骨刀剁開，撒上椒鹽或沾著蒜汁，都是不同的美味。

袁瑜舉著羊排吃得大呼過癮，京城哪裡見過如此豪邁鮮香的大鍋燉羊肉？而且京中的羊總是有股子若有若無的膻氣。而玳瑁也啃得不亦樂乎，辛萍看得直挑眉，如今這烏龜竟然都能吃上手抓羊肉了，還一定要蘸料?!

袁妧捧著一碗釀皮子小口小口的吃著，看見辛萍停了筷子，疑惑的問道：「萍兒姐姐為何不吃了？」辛萍有些臉紅，被這小傢伙堵住竟然不知道怎麼回答，支支吾吾半天也沒說個頭緒。

她身後自小一同長大的小丫鬟忍不住笑了，朝袁妧眨眨眼睛。「咱們家姑娘呀，如今可是得少吃一些。」

袁瑜有些摸不著頭腦，袁妧倒是懂了，誰不願意自己成親的時候是最美的狀態呢？她又啜了一口釀皮子，才對辛萍道：「萍兒姐姐多吃些新鮮的瓜果青菜嘛，這樣會餓壞的。」

說到這個辛萍嘆口氣。「瓜果尚且好說，咱們這兒的瓜果極甜，但北地向來乾旱，一年下雨的日子都得掰著手指頭數，多虧了天山的雪水流下來尚且能維持著人畜飲用，若是真要種菜，那就是難上加難了。」

袁妧點點頭，怪不得這一路過來未看到什麼菜蔬做的小吃，原來是這樣。袁瑜已經啃完了手頭的羊排，擦乾淨手有些依依不捨的看著盤子裡還剩下的幾塊，摸了摸自己的肚子嘆口氣。「罷了罷了，還要留著肚子吃別的呢，這羊排啊……算是可惜了。」

袁妧噗哧一下，挾起一塊沾上椒鹽扔給玳瑁。「二哥莫怕，咱們有玳瑁呢，不會浪費的。」

第二十九章

三人一龜酒足飯飽，喝著清香的苦水玫瑰茶解解油膩，袁妧從二樓窗戶探出頭去，想看看還有什麼好吃的小食，卻突然看到一個熟悉的身影，她下意識的喊了一句。「二哥！」

袁瑜聽見妹妹喊他，忙湊上來，正巧也看到那個身影，張大嘴巴吃驚道：「大、大伯？怎麼一個人？」

辛萍聽說是自己未來公公，心裡咯噔一下，昨夜袁瑾已經派人同她說了未來公公在路上的糊塗事，讓她莫要聽了別人傳的瞎話誤會什麼，今日就在街上遇見了，還獨自一人，這……

袁妧比她反應更快，指著袁瑾派來的一個人道：「你去悄悄跟上大伯，看看他到底去了哪兒、做了什麼，然後回去報給大堂哥。」

那人領了命就迅速下了樓，不一會兒就看見他追著袁正修去了，二人一前一後隱沒在街頭。

辛萍眉頭緊皺，卻也知道她如今還沒資格管袁家的事，拉回二人笑著安慰。「莫要擔憂，跟去的那人是袁瑾手下的第一副手，定會好好保護袁世子的。」

兄妹二人對視一眼，知道怕是待會兒回家又是一片雜亂，心中齊齊嘆了口氣，而且現在回去，要是趕上長輩處理什麼事情也不好……

袁妧笑著對辛萍道：「萍兒姐姐說得極是，咱們如今去哪兒？」

辛萍沒想到二人還要逛，還以為二人這就要回去了，雖然有些吃驚但面上不顯。「待會兒前頭有些賣藝的小攤子，攤上有些塞外寶石之類的小東西，妧兒可去挑挑。」

袁妧聞言倒是真的來了興趣，拉著辛萍就要下樓。

這邊疆賣藝同京城大不一樣，京城不過是吐火圈、變戲法、胸口碎大石，這邊疆竟然是兩個能頂四、五個袁妧重的壯漢光著膀子摔跤。

袁瑜看了一眼，下意識的捂住袁妧的眼睛，自己卻目不轉睛的盯著，場中孔武有力的二人肌肉糾起，一跺腳地上的塵土能飛起三尺高，扭打在一起，圍觀的眾人看得酣暢淋漓、熱血沸騰，恨不能自己上場動手。

袁瑜看得臉都脹紅了，一手緊緊地捂住妹妹的眼睛，一手跟著比劃，袁妧聽圍觀眾人的叫好聲心裡發癢，拚命想躲開哥哥的手，兄妹二人逗得辛萍心中暗笑不已。

終於二人塵埃落定，其中一人拱手認了輸，待他們套上了衣裳，袁瑜才把手移開，看著氣呼呼的妹妹哄道：「嫂子不是說前頭有西域寶石嗎？咱們多買些，就當哥哥給妳賠罪。」

辛萍被一句嫂子叫得面露紅暈，瞪了袁瑜一眼，粗神經的袁瑜絲毫沒有察覺，從懷中摸出一塊銀子扔到眼前賣藝攤子收錢的小兒手中，扯著妹妹就出了人群。

待到了賣寶石的這條街，袁瑜就完全跟不上兩個女人了。辛萍同袁妧一邊走一邊逛，大大小小細細碎碎的紅寶、綠寶、藍寶買了許多，甚至還有晶瑩剔透的金剛石。

如今的大昭依然是玉石的天下，這些寶石價格都十分的低廉，袁妧琢磨著給家裡人也都買些小玩意兒，到時回頭自己編了墜子荷包的也是一片心意，遂看得更是仔細。

袁瑜在後面生無可戀的跟著，看著興致勃勃的兩個女人不停的嘆氣。這些有什麼好選的？長得不都一個樣嗎？

袁妧正低頭挑著打算給袁琤做扇墜的黑曜石，恍然間看到一抹如深海的幽藍，她被吸引住目光，對著滿臉大鬍子的攤主道：「能否把那塊石頭拿來我看看？」

這兩個人已經買了許多了，攤主自然是殷勤，順著袁妧的手望去，感嘆道：「小公子不愧是貴地來的，這拉術哇爾可是極其罕見的寶石，我做寶石生意這麼多年，可是頭一次見到色澤如此純正的！」

袁妧心知這種寶石極為難得，捧著仔細端詳，差不多是袁妧兩隻小手那麼大的一塊，色澤深邃卻又明亮，如天如海、質地細膩、幽深清冷，引得人視線離不開它。

不知為何，袁妧看著這塊拉術哇爾突然想到了趙澹，她傻乎乎的笑了一下，突然反應過來現在是在大街上，扭頭對袁瑜道：「二哥，這塊寶石我要了。」

袁瑜上前兩步擋在袁妧身前，對著大鬍子攤主問道：「這石頭多少錢？」

大鬍子攤主一愣，隨即笑了起來。「這塊寶石真的是極為罕見，今日見幾位與它有緣，三百兩如何？」

袁瑜露出一抹意味深長的笑容，擺好架勢同攤主大戰三百回合。袁妧機警的拉著辛萍離開戰場，手裡還托著那塊寶石。辛萍尚沒摸清這兄妹二人要做什麼，只見袁瑜砍價的話一句接一句，有理有據，直把那大鬍子攤主砍得暈頭轉向，最後以一百五十兩成交！

辛萍驚嘆的看著袁瑜得意的數銀票，那眼神閃閃發光崇拜的看著袁瑜，直把袁瑜看得雞皮疙瘩都起來了，小心翼翼地向她道：「嫂子，妳……這是怎麼了？」

辛萍陰森森的一笑。「二弟！如今有樁事要請你幫忙了！」

袁妧坐在桌前，看著擺在桌上的拉術哇爾，琢磨著要雕刻個什麼才好。袁瑜把她送回了家，還沒進門就被辛萍好說歹說拉走了，說是正巧前陣子京中來了運糧官，正在與辛老將軍扯皮，都已經扯了將近一個月了，如今袁瑜的嘴皮子可算是派上了用場。

袁妧正琢磨著，突然見到盈月進來，在她耳邊焦急的小聲道：「小姐，世子爺同堂少爺吵起來了！」

袁妧先是一驚，卻也馬上反應過來，她皺著眉看著盈月。「爹娘呢？」

盈月回道：「老爺與夫人已經去了世子爺暫住的院子了。」

袁妧這才鬆了口氣。「那就無事了，這事情不是我們這等小輩能摻和的，妳且下去囑咐咱們二房的人，千萬不可隨便走動。」

袁正修一回來就被袁瑾堵在院中，看著兒子陰冷的眼神，自己都有些膽怯，強撐著斥了袁瑾一句。「你自幼學的禮數呢?!」

袁瑾扯起嘴角笑了一下。「爹怕是不知道這些年我是怎麼過來的，那死人的屍體為了活命，我也吃過幾回，我這麼拚命是為了什麼？為了祖父，為了爹娘，為了叔嬸，為了弟妹，可不是為了那些不三不四的女人！」

袁正修被他眼中的殺意嚇得兩股戰戰，扶住桌子才站穩，張張嘴想要反駁卻說不出話來。他今日的確是去見了孔姑娘，也……終於同孔姑娘互訴了衷情，如今心中正是歡喜的時候，誰承想一回來卻被兒子逼在桌角。

袁正修想到柔情似水的孔姑娘，也多了幾分底氣，站直了身子皺著眉，卻也不敢喝斥袁瑾，低聲道：「自古妻妾雙全為男人的根本，為父這麼多年連個通房丫鬟都沒有，如今……收個妾也不是大事。」

袁瑾冷笑一聲。「父親如今又想翻出這套道理？可那又如何？不是您教導過我，妾乃禍家之亂，您要以身作則終身不會納妾，怎麼言猶在耳，父親竟然忘了個乾乾淨淨！」

袁瑾叫父親的時候彷彿是在磨牙，袁正修想到方才他吃屍體的話，不自覺的渾身肉疼，有些控制不住的發抖，方才的一絲勇氣早就消失得無影無蹤，閃躲著袁瑾的目光，吶吶的再也說不出話來。

袁瑾看著袁正修窩囊的樣子，眼底閃過失望，想起袁正儒叮囑的袁國公對他的交代，嘆了口氣，日後這袁家，是要靠他撐起來了。

他也不再搭理袁正修，對著他一拱手。「父親此番前來是幫兒子辦婚事的吧？如今事務雜亂，還請父親多多照看，那什麼孔姑娘、李姑娘的，就別再耽擱您的心神了。」

說完轉身就走，出門當著身後袁正修的面就吩咐左右，把那個孔姑娘捆了送得遠遠的，再也不能出現在同谷和京城。

袁正修心中大慟，想到孔姑娘那雙欲說還休的眸子，一拍桌子衝已經出了門的袁瑾喊道：「不可！不可傷了她！」

袁瑾頭都沒回，邁著大步往前走，袁正修三兩步小跑追上他，緊緊拉住他的袖子直搖頭。「不能傷了她，你放她走，保證她的安全，日後……日後我再也不見她！」

袁瑾沒想到袁正修對這個女子竟然真的動了幾分感情，心中更是痛恨，恨不能拿刀劈了那女子，猙獰一笑。「爹放心，她，死不了！」說罷甩開袁正修的手，出了院子。

袁正修無力的看著袁瑾的背影，想到孔姑娘彷彿凶多吉少了，頓覺天地昏暗，一翻白眼昏了過去。

往後幾日顧氏倒是挺高興的，兒子說那個小賤人已經解決了，看著袁正修整日神不附體的樣子她就高興，背地裡呸了他好幾口，一副大仇得報的樣子。

此次袁家人過來只能在北地待三個月的時間，所以一切都很趕。在第十天，袁正儒同江氏就帶著大批的聘禮上了辛家大門，辛家正門大開，看到來的不是袁瑾的爹娘也沒說什麼，兩家一拍即合，當即換了庚帖，算著最近的吉日，兩個半月後就能讓小倆口成親了。

袁妧被帶到後院去尋辛萍說話，卻見辛萍身邊出現了一個身姿綽約的丫鬟，定睛一看，正是那失蹤了好幾日的孔姑娘！

袁妧面上不動聲色，看著辛萍，辛萍心下了然，揮退眾人，悄悄與她說：「我知二妹妹定是想知道她怎麼在我手裡了，說來不怕妹妹笑話，我連在北地都聽說過袁國公世子夫人的『威名』，往後身為她的兒媳婦定是不得不防。不過妹妹放心，我不會帶著孔兒進門的，回頭把她放在隨便哪個陪嫁莊子上，過個幾年都安穩下來了，就把她配人。」

袁妧不知是何滋味，看著面前的辛萍，許久嘆口氣。「那這件事，大堂哥可知曉？」

辛萍笑著搖搖頭。「他如何知道這種女兒家的心思？只想把孔兒捆了送去軍營，若是真的送去這人說沒也就沒了。我攔下了他，只道給我們積德，讓孔兒簽了賣身契，日後仍在莊子上就成，他到底也不是那心狠的人，也就答應了。」

說完看著袁妧漆黑透亮的眼睛，自己也嘆口氣。「今日我讓她過來也是給妳透個底，我知二叔、二嬸都是明白人，留下孔兒也不是為了拿捏袁家，她不過是一張牌罷了。」

袁妧咬著唇點點頭，不能說辛萍做的錯，但是這件事卻與她心中對辛萍的印象大相逕庭。回府後她同袁正儒與江氏一說，兩個大人對視一眼，都看到了對方眼中的欣喜。

江氏摸了摸女兒的小腦袋詢問她。「怎麼？覺得這個未來的大堂嫂同妳想的不一樣？」

袁妧噘起嘴來。「只是……我以為大堂嫂是瀟脫、乾脆的，這種後宅使倆由她做出來就覺得有點奇怪。」

江氏突然笑了起來。「我與妳爹倒是放了心，妳祖父母知道也必然高興。妳大伯母當不起袁家這個家來，若妳大堂嫂只是憨直莽撞，日後咱們袁家可如何是好？難不成還指望妳未來的侄兒媳婦？」

袁妧有些似懂非懂，不管在龍宮還是在袁府，她的爹娘都是十分恩愛，一家兄弟姐妹之間也未曾有什麼勾心鬥角的事情，如今看辛萍如此走一步看三步，不由感慨道：「女子嫁人，若是嫁入不省心的人家，豈不是要操心一輩子？」

江氏心疼的摟住袁妧。「日後咱們定會睜大眼睛給妧兒挑選未來夫婿，定尋那家世簡單、公婆和睦的人家，不會讓妳受此委屈的。」

袁妧想開了也就罷了，聽到娘親又說起這事，恨不能仰天長嘯，面上很是無奈。「娘啊，妳先催我哥哥們吧！我還早著呢！」

江氏翻了個白眼。「早什麼早，誰家女孩兒不是這個年紀就相看起來了？妳哥哥們我是不著急，臨行前妳祖父已經說了，若是有好的，那就先給妳大哥定下來，自然，順道幫妳相看也不礙事。」

提到大哥，袁妧想到這幾日都看不見身影的二哥，撫了撫額，忙扭頭轉移話題。「爹，二哥最近怎麼都不著家了，這是長在人家辛府了嗎？」

江氏想到二兒子也皺起眉來。「那日上門提親他竟然還陪在辛老將軍身邊，不知道的還以為他是萍兒的娘家人呢！」

袁正儒倒是知道幾分二兒子在忙的事情，還有些自豪。「瑜兒可是幫了辛老將軍大忙了，如今那運糧官被他引經據典說得頭髮都要薅掉一層，嚷嚷著要回京城去袁國公府告狀。」

袁妧想到二哥那日砍價的神態，打了個冷顫。這運糧官遇上二哥，也算是他的磨難了……話又說回來，誰讓他壓著糧呢？活該！

袁正修老實了，顧氏不敢在大面上鬧什麼，只敢在背後悄悄的同袁瑾說辛萍的壞話，妄圖給他洗腦。可袁瑾是什麼人物？年少時就敢自己離家獨自去參軍拚一把，自然對顧氏這些撓癢癢般的壞話不放在心上，反而發了兩回脾氣，連袁正修都被袁瑾壓成了一攤泥，顧氏哪裡敢鬧什麼？只能稱病萬事不管。

這可正合袁瑾心意，袁正儒和江氏跟著過來也是忙這個的，三人有商有量，一點點準備起來。顧氏看著自己就算撒手不管，兒子竟然也要將婚事辦起來，這一氣之下，是真的病了……

第三十章

袁妧最近在研究如何栽種菜蔬。江氏少了菜蔬吃不下飯，如今每頓飯只有兩小碟可憐巴巴的青菜，江氏又捨不得吃，非得一家子全吃了自己才動筷子，白日她又得忙著袁瑾的婚事，身形是日漸消瘦。

而袁正儒不願意麻煩袁瑾，自己派人跑遍了同谷的市集，每日也才多那麼一小把，哪裡夠三個人吃？

玳瑁許久沒吃青菜也有些難過，趴在水裡有氣無力的對袁妧道：「公主，不如咱們自己種些菜來？」

袁妧像看傻子一樣看牠。「同谷都四個月未降雨了，全同谷都省著水呢！給你泡澡的水還是我偷偷留出來的，自己怎麼種菜？難不成讓我給全同谷下幾個月的雨？那怕是天帝就尋來了。」

玳瑁被堵了回去，垂頭喪氣一陣子，哀嚎道：「吃青菜是無望了，咱們什麼時候回京城啊？」

袁妧被牠的樣子逗笑，哄牠道：「咱們自己試試種，多了怕是不行，種一、兩盆的水還是有的。」

就這麼一人一龜尋了種子開始種起來，每日從自己口中省出水來澆菜，倒是也認真。

這日，二人正眼巴巴的看著盆中絨絨的小菜苗，玳瑁突然痛苦的倒抽一口涼氣，聲音大得把袁妧嚇了一跳，袁妧忙抱起牠。「怎麼了？出什麼事了？」

玳瑁忍住胸口一陣痛咬牙說道：「世孫……出事了！」

趙澹浮在水裡，一陣陣的海浪輕輕的托起他，溫柔得彷彿季嬤嬤的手，他絲毫感覺不到寒冷，像是兒時躺在自己柔軟的大床上，在每一個清晨感受著季嬤嬤小心翼翼為他擦臉。

他面上露出微笑，放鬆自己，隨著海浪在大海中顛簸起伏。

一直拉著他的凌一見狀不好，忙用力掐向趙澹的人中，趙澹感到刺痛，一個激靈清醒過來，方才溫暖的海水瞬間變得冰冷刺骨，他忍不住打了個冷顫，看著凌一焦急的眼神，沙啞問道：「多久了？」

凌一見他清醒過來，稍稍鬆了口氣。

「世孫，咱們落水已經三個時辰了。」

趙澹眉頭微皺，三個時辰，竟然還沒有人找到他，不知岸上到底如何了。

他不出聲，凌一怕他又昏睡過去，忙大聲喊道：「世孫，如今您可不能睡著，天色漸漸暗了，海水更是冰冷，睡過去怕是就醒不過來了！」

趙澹用力掐了自己的手心一把保持清醒，誰能想到閩地不只是水患，竟然還有倭寇……

趙澹趴在破碎的船板上深吸一口氣，看著用腰帶把兩塊船板捆在一起坐在另一塊船板上的凌一，用盡力氣小心坐了起來，伸手摸進懷中，好半晌才無奈道：「沒吃的了。」

凌一身上倒是有兩塊乾餅，但早就被水泡得腫脹軟爛，他掏出一手麵糊糊，略有些呆愣的看著，如今這是舔還是不舔呢？

趙澹見狀挑了下眉，扯下一塊裡衣上的細棉布，示意他把麵糊糊都裝到這裡，凌一掏了半天才掏乾淨，趙澹把布用力捏緊，水被擠了出來，被海水泡爛的麵糊好歹成了麵塊，看著卻有些難以下嚥。

凌一嚥了嚥口水，一拍腦門。「世孫咱們先別急著吃，說不準待會兒凌二他們就尋來了。」

趙澹看了他一眼，低聲道：「我沒打算現在吃，你先把裡衣脫下來。」

凌一大驚，卻嚥下疑問，在起伏的海浪中穩住身形，脫下裡衣遞給趙澹。

趙澹看了看，果然他的裡衣上還沾了許多細碎的麵糊，三兩下摺成一個小包袱，把黏著麵糊的部分包在裡面，放進海中。

一入水，麵糊就如同煙霧般散開，片刻工夫就引來了幾條魚圍著小包袱打轉。趙澹一動不動，靜待它們把漂散在海水裡的麵糊都吃光了，開始試探的鑽進包袱中。

趙澹看準時機一把提起包袱，四、五條魚在裡面不停的掙扎，甩了他一臉水，他抹了一把臉，把手裡的包袱紮好扔給凌一。「成了，餓不死了。」

凌一沒想到自家世孫竟然還有這麼一手，咧開嘴笑道：「就這些東西，咱們定能堅持到他們尋來了。」

趙澹瞥了他一眼沒說話，低著頭沈思為何突然會有倭寇攻擊他，按說他下閩地的原因閩地上下無人不知，若他死在閩地，皇上必然大怒，閩地上下官員定然得不了好。

可卻還是有人這麼做了，那麼……就只有兩個原因，一是他們不怕皇上，二是有的事情若是被他發現了，會比皇上暴怒捋官更嚴重。

凌一一手捏住一條魚，一手握拳，一拳就把魚打暈了，打暈幾條魚之後他剛要抽出綁在小腿的刀殺魚，卻被趙澹一個眼神制止住。

「你不怕血腥引來大東西？」這些侍衛自幼跟著自己，可從未出過京城，拳腳功夫不錯，但對這些事情卻有些遜色。

凌一嚇了一跳，緩緩的把刀收了回去，嘆口氣。「如今咱們只能等著他們來尋了，我來守著您。」

趙澹不置可否，沒回他的話，又低下頭繼續想方才的事情。

如果不怕皇上，那就說明他們知道皇上最近身子極為不好，要麼他們朝中有人，要麼就同那整日給皇上吃「仙丹」的癩道士有什麼牽扯。還有，到底什麼事情怕他發現呢？

趙澹沈思許久，長出一口氣。

怕是真如太孫所說，水患決堤，裡面有什麼貓膩吧……如今最重要的是趕緊回去，可是在這一望無際的大海裡，他如今漂到哪兒了都不知道，又怎麼回得去呢？

這可是同她唯一的聯繫……

趙滄下意識的摸了摸胸口玳瑁的那顆珠子，不捨的摩挲了兩下，一用力碾碎了它。

玳瑁心口一陣疼痛，咬著牙說完「世孫出事了」之後就沒了聲息，把袁妧嚇得夠嗆，一時也顧不得什麼，忙招來一盆水，把玳瑁放進去，捏著牠耷拉在殼外的小爪子。

幸好不多時玳瑁就醒了過來，牠先吃了兩口水，感嘆道：「許久沒吃到這麼甜的水了，這同谷的水總是有股土腥味。」

袁妧見牠無大礙才鬆了口氣，卻被牠醒來的第一句話差點氣到。「別說這些沒用的，世孫哥哥怎麼了？」

玳瑁也想起來自己為何痛得暈倒，探出頭去看袁妧，語氣擔憂極了。「世孫碾碎了珠子，且我能感受到他在海裡，定是出大事了！」

袁妧眉頭緊皺。「在海裡？難不成是船翻了？」

玳瑁安慰她。「公主莫急，我先脫了肉身去瞧瞧，往返不過一瞬，很快就回來。」

袁妧也無法，她除了控水術之外同普通凡人無異，只能依靠玳瑁，遂點點頭。「快去快回。」

玳瑁應了一聲，下一刻整個龜就癱軟在盆中。哪怕知道玳瑁不過是臨時脫了肉身，袁妧看得還是心裡一跳，連忙伸手把牠抱出來，用帕子小心的擦乾牠身上的水，抱著牠坐到床上。她怕梁嬤嬤等人待會兒進來，遂扯下床幃假裝睡著，等著玳瑁歸來。

趙滄碾碎了珠子卻也不知道到底有何用，只是對袁妧和玳瑁有一種莫名的信任，他看著手掌中閃著金光的瑩白粉末，靜靜的等待著將要發生的事情。

凌一一臉茫然的看著趙滄，卻也不敢發問，如今不知還要漂多久，保存體力才是最重要的，他閉上嘴緊緊拉著趙滄的那塊船板，也不再做什麼動作。

突然，水中泛起陣陣波瀾，破損的船板被突如其來的海浪差點掀翻，凌一差一點兒掉進海裡去，用盡力氣才穩住身形，卻見眼前的海水一層層的分開來，慢慢的浮現出一座如山一般的東西，凌一已經說不出話來，只能呆愣的盯著那座山。

趙滄卻有幾分懷疑，待那東西浮出大半之後，小心翼翼的問了一句。「玳瑁？」現了原形的玳瑁此時的腦袋都比趙滄整個人大，牠見趙滄不怕牠，反而猜出牠是誰有些高興，應了一句。「世孫，是我！」

趙滄心中也不是不吃驚，他知道玳瑁有些神奇之處，可是萬沒想到，牠、牠竟然這麼大？還真如妧兒說的一般會說話?!

玳瑁把頭湊近趙滄。「世孫為何在這兒，出了何事了？」

趙滄下意識的伸手摸了摸牠的鼻子，突然笑了起來。「妧兒知道你原身這麼大嗎？」

玳瑁心裡翻了個白眼，心道我家公主不知道難不成讓你先知道?嘴上卻道：「小姐自然不知道。」

趙澹想果然如此，若是知道玳瑁原身如此大，妧兒還會每天抱著牠嗎？看了一眼已經完全呆掉的凌一，趙澹也不浪費時間，對玳瑁道：「玳瑁能把我們送回去吧？如今出了些事情，我得趕緊回去才成。」

玳瑁點點頭。「這自然簡單的，已經有魚蝦跟我稟告過了，你們落水的岸邊離這兒有上百里了，我這就送世孫回去。」

趙澹鬆了口氣，又摸了摸玳瑁。「如此多謝玳瑁了。」

玳瑁聲音有些歡喜得意。「無妨，待會兒我多給世孫留些珠子，反正我有得是，有什麼事再喚我就成。」

趙澹一愣，無言以對，他還以為這珠子玳瑁只有一顆，弄碎時很不捨，沒想到竟然還「有得是」……

玳瑁圍著二人和小破船板看了一圈，琢磨著怎麼把他們帶回去，凌一還處在呆愣狀態，玳瑁乾脆問趙澹。「世孫怕黑嗎，進我嘴裡可好？」

趙澹點點頭。「無妨，快些回去才好。」

玳瑁張開嘴把二人連同船板一起含在嘴裡，凌一眼前一黑才回過神來，驚恐的揪著趙澹問道：「世孫，咱們……咱們被妖怪吃啦?!」

趙澹還沒回話，玳瑁有些不高興了，悶聲悶氣的哼了一聲。「什麼話？誰是妖怪？誰是妖怪?!本龜可是要位列仙班的！」

凌一更是惶恐，卻也不敢說話，只緊緊的拽著趙澹，趙澹被玳瑁逗笑了一下，垂下眼眸輕聲問道：「婉兒最近可好？」

玳瑁想點頭，卻突然想起嘴裡還有兩人呢，只能梗著脖子回道：「公……小姐最近挺好的，就是沒有菜蔬吃，我們倆最近在研究種菜呢！已經發芽啦，很快就能吃上自己種的菜了！」

趙澹萬沒想到竟然聽到這種事，罕見的露出凌一同款呆愣表情，竟然不知道對著得意的玳瑁說些什麼才好。

玳瑁的速度果真飛快，趙澹感覺就是一閃神的工夫，玳瑁已經張開了嘴。

趙澹拖著凌一爬出來之後，看著無人的岸邊驚訝的看了一眼玳瑁。「這……」

玳瑁心領神會。「我不能去人多的地方，這兒馬上就有人尋來了，世孫在這兒等著即可。」說完搖搖頭，吐出二、三十個小珠子。「這還是那珠子，世孫串好了掛在身上，有事再喚我。」

接著又吐出一粒藥丸來，嫌棄的看著滿臉驚恐的凌一。「給他餵下就忘了這回事啦！我要趕緊回去了，小姐還等著我呢，怕是擔心壞了。」

趙澹點點頭，認真對玳瑁道：「你與婉兒說，讓她安心在北地，待我解決完了這邊的事，帶著菜蔬去迎她。」

……玳瑁徹底無語，這都什麼跟什麼，帶著什麼？菜蔬？世孫看著如此精明的人怎麼說出這種傻話來。

趙澹也覺得自己有點傻，懊惱的想咬舌頭。怎麼一跟妧兒沾邊，自己就腦子有點轉不過來了？

一人一龜沈默了一會兒，還是玳瑁打破了這尷尬。「好吧，我會轉告小姐的，但是世孫，咱們在同谷也只待兩個月了……」

趙澹心中琢磨，那一個月的時間必須要解決掉這邊的事了，摸了摸玳瑁。「成了，你快回去吧。」

玳瑁晃了晃腦袋，也不理岸上的兩個傻子，沒入海中一瞬間就消失了。

凌一這才敢開口，心都要跳出嗓子眼了，拉緊趙澹的袖子。「世、世孫……」

趙澹看了他一眼，慢條斯理的蹲下，把玳瑁的珠子撿起來，一顆顆小心收在懷中，拍拍手上的泥沙後，沒有徵兆地扔了一粒藥丸到凌一嘴裡。

凌一毫無防備吞了下去，還沒來得及驚慌，眼神突然一片迷茫，趙澹皺著眉，拍了他臉兩下，他才回過神來，看了看身邊的環境。「世孫？咱們怎麼到岸上了？不是在水裡嗎？魚呢？我方才打暈的魚呢？」

趙澹嘆口氣，出來以後才知道，原來自己身邊這不苟言笑的幾人中，竟然還隱藏著一個二傻子，也懶得同他解釋，只用一句「咱們是被人救上來的，馬上就有人尋來了」就打發了他。

凌一在旁邊摸不著頭腦，還想開口詢問，卻遠遠傳來呼喊聲。「世孫！凌一……」

他一下子把方才的疑問抛在腦後，興奮大喊。「我們在這兒！」

——未完，待續，請看文創風722《烏龍小龍女》下

2019年2月出版

娘子招人愛

文創風 715 【重生之二】

為了查清前世枉死的事，
關雲希和沈穩內斂的褚家貴公子有了意外交集，
這男人說來也怪，明明對她無情，卻又老愛來招惹她，
她為了查案與他周旋，漸漸發現他不一樣的一面，
還驚覺當初背叛她、害她的人，竟是……

文中帶趣，趣中藏情／莫顏

關雲希被退婚的那一天，一時想不開，投湖自盡了。
她被救醒的那一刻，打了褚恆之一拳，這一拳，自此叫這男人給記上了。
借屍還魂後的關雲希，不在乎退婚這種芝麻綠豆的小事，
也不在乎官家千金的身分地位，更不在乎英俊的未婚夫愛誰、娶誰。
她重生後只有一個目的，就是繼續前世未完成的大業，
領著一幫兄弟拚前途，拚一個安身立命之地。
偏偏有個男人看不下去，不准她不在乎官家千金的身分地位，
也不准她不在乎退婚，更不准她不在乎他愛誰、娶誰，這可惹惱了關雲希。
「褚恆之，你有病嗎？憑什麼管我？」她神色冰冷。
「就憑妳我有婚約在身。」他俊容冷酷。
「咱們不是退婚了？」
「我還沒答應。」
她冷笑。「你答應不就得了？」
他笑得更冷。「妳都投湖了，所以退婚之事被取消了。」
這下子她笑不出來了。

2019年1月出版

首輔的續弦妻

文創風 712~714

因為上段婚姻的痛，她早已發誓不再嫁人，
豈知當朝首輔的父親卻獨獨鍾意於她，盼她能當他的兒媳，
聽聞首輔大人是個鰥夫，獨自撫養一兒，
饒是這樣，依舊吸引眾多名門貴女的目光，
這樣的人中龍鳳，豈會輕易看上她這個被棄的村姑呢？

情真意摯，餘韻綿長／**櫻桃熟了**

說好聽點，她是沈家媳婦，姜秀娘卻覺得自己更像是傭人，
每日被使喚、折騰不說，還因多年無子而被迫和離，
其實真相是前夫若高中狀元，她這村姑身分怕是不夠格，
罷了，這噁心人的夫家她也不留戀，包袱款款回娘家孝敬長輩才是正理。
說也奇怪，夫家唯一對她好的姑奶奶臨死前贈了她一枚玉珠，
這玉珠能趨吉避凶，還能讓她在夢中看到一些奇事——
河水乾涸，再不解決大家就等著餓死，
她竟能看見深埋在山洞、被堵住的水源！
她以為只有自己知道，豈料當她前往山洞救援時，
赫然發現一摔斷腿的老者，竟也要來挖開被堵住的源頭。
老者眼神清明睿智，行事說話不按牌理出牌，似是不簡單，
果真，當前夫造訪姜家村，厚臉皮說出希望能接她回家時，
那老者突然乘轎現身，說她是他未來的兒媳婦？!

風 文創

721

烏龍小龍女 上

國家圖書館出版品預行編目資料

烏龍小龍女 /風白秋著. --
初版. -- 臺北市 : 狗屋, 2019.02
冊 ; 公分. --（文創風）
ISBN 978-986-328-966-1（上冊：平裝）. --

857.7 107022446

著作者 風白秋
編輯 林俐君
校對 黃亭蓁 周貝桂
發行所 狗屋出版社有限公司
地址 台北市104中山區龍江路71巷15號1樓
電話 02-2776-5889～0
發行字號 局版台業字845號
法律顧問 蕭雄淋律師
總經銷 知遠文化事業有限公司
電話 02-2664-8800
初版 2019年2月
國際書碼 ISBN-13 978-986-328-966-1

本著作物由北京晉江原創網絡科技有限公司授權出版

定價250元
狗屋劃撥帳號：19001626
網址：love.doghouse.com.tw E-mail：love@doghouse.com.tw